睡夠了嗎？

（上）

棲見 著

我所经历过的一切不幸和苦难、
都不过是为了攒日后的幸运积攒、
然后遇见你。

栖见。

高寶書版集團

目錄
CONTENTS

第一章　梅子湯與盛夏

時吟磨走她的第三位責編那天，剛好是她二十三歲生日。

上午十一點半，時吟即將辭職的第三位編輯站在門口，身後佛光普照，一臉「我佛慈悲終於熬出頭脫離苦海了快點結束吧」的豁然表情。

女生端著杯冰鎮酸梅汁站在門口，她叼著吸管慢吞吞地吸了兩口，抬著眼有氣無力地看著她的第三任編輯，表情哀傷得像是看著即將分手的男朋友：「真的不要我了嗎，我覺得我們合作還挺愉快的，我也挺喜歡你。」

從趙編輯的表情上來看，他顯然不是這麼覺得的。

他甚至驚恐了一瞬間，身形無意識往後虛虛晃了晃，堪堪穩住，苦笑：「時一老師，您別開我玩笑了，我交接工作都做好了，您以後歸我們新主編負責。」

時吟十分傷感地看著他，好半天，有點沮喪地皺了下鼻子，轉身進了屋，從冰箱裡抽了罐可樂出來遞過去，自己叼著吸管坐到對面沙發上。

客廳寬敞，正午陽光透過落地窗照進來，又被淡色窗紗過濾了一層，溫柔又明亮。

時吟雖然去年剛畢業，但從大學時期開始就沒閒著，算下來入行也三、四年了，自己有點積蓄。

她一向是個享受生活的人，市中心租了間房，面積不小，裝飾風格帶著很濃郁的個人特色，客廳大落地窗前像是一個小型室內花園，盆盆罐罐的滿是各種綠植。綠蘿莖葉飽滿，吊掛在剔透的圓形玻璃器皿裡，油亮亮的一大片。

七月日頭正盛，外面熱得很，趙編輯剛進屋，腦門上還掛著汗珠，接過可樂道了謝，拉開金屬拉環，迫不及待咕咚咕咚灌了幾大口。

冰涼的可樂滑進喉管，他整個人又活過來了，熟門熟路進入工作狀態，從公事包裡翻出幾疊修改過的分鏡和原稿，把月刊上連載的事情一樣一樣認認真真交代。

時吟聽著，抬起頭來憂傷道：「好，你說怎麼辦就怎麼辦吧，我也跟了你快一年了，哪次不是你說什麼就是什麼。」

「……」

趙編輯心道您別他媽吹牛了吧，快一年了，哪次我說什麼您聽過了？

就因為遇到了這麼一個祖宗，趙編輯年紀輕輕，今年已經開始瘋狂脫髮，伴隨著神經性偏頭痛，視力驟降，截稿期接近還會失眠，成宿睡不著，每天什麼也不幹，就打電話、打電話，老媽子似的玩命催稿。

畢竟時一老師的拖延症業內出名，據說大學時期外號時咕咕坊間聞名。

趙編輯用沉痛的目光默默地看著她，最終長嘆了口氣：「那就先這樣了，今天我們主編有點事情——」

時吟抬眼，接道：「就先不來了？」

趙編輯：「就晚一點到。」

時吟肩膀一塌，隨手拽過抱枕，重新窩回沙發裡，懶洋洋地「哦」了一聲。

天才漫畫家時吟，筆名時一，十八歲時第一篇短篇漫畫奪得新人大賞冠軍，後來憑藉著一部在漫畫月刊《赤月》上連載的戰鬥少年漫出道。

然而，整部漫畫連載了三年，她也整整拖稿拖了三年。

每個月臨近截稿日的時候，她的編輯都會被她折磨得三天老上三十歲，面容枯槁憔悴蠟黃，眼底布滿紅血絲，加班加點的蹲在她的工作室裡，勞心勞力幫她貼網點。

沒有人知道這種助手做的事為什麼身為時一老師的編輯也要負責，就連編輯自己也不知道。

雖然時吟是覺得挺納悶的，她覺得自己運氣太背了，這些編輯不是要回老家結婚就是老婆要生了準備調任，就沒有一個編輯能陪著她幫助她和她一起進步一起成長愛愛愛不完永永遠遠直到世界的盡頭地老天荒的嗎。

目前來看，好像沒有。

今天，在漫長的慘無人道的慢性折磨中，時一老師終於再次告別了這一任編輯，迎來了第四任。

但是偏偏，她跟很多網癮少女一樣有一個共同點，她其實不是很喜歡和陌生人接觸。每次換編輯或者助手，她都要適應好長一段時間，工作習慣和節奏也要慢慢磨合，非常麻煩且耽誤時間。

時吟興致不高，對於新編輯顯然沒有太大期待：「晚一點是晚多久啊。」

趙編輯抽出手機看了一眼：「應該差不多快到了吧。」他說著，抬眼看對面的女生。

女生無精打采地縮在沙發上，腳踩著沙發邊，拖鞋被腳尖勾住，一盪一盪的，微垂著眼，看起來有點委屈的小鬱悶。

平心而論，時吟長得賞心悅目，性格討喜家教良好，拋開她令人髮指的懶癌和拖延症不談，趙編輯是打心底挺喜歡這個小女生的。

喜歡歸喜歡，他也不想把自己有限的頭髮投入到無限的事業中。

沒走的時候想休息，等真的卸任了，趙編輯想起以前熬夜通宵貼網點改分鏡的點點滴滴，又感傷上了，趙編輯眼眶紅了：「時一老師，您還記不記得那次，我們趕稿趕到早上，天都亮了——」

時吟疑惑抬頭：「我們哪次不是趕到天亮的？」

「……」趙編輯一噎，掙扎道：「就是您還煮了碗泡麵給我那次，老壇酸菜的，汪涵代言的。」

時吟想起來了，幽幽地看著他：「哦，那次，你還讓我多加根火腿腸，還非要純肉的，我跑了好幾家便利商店才買到。」

「……」

趙編輯放棄掙扎，覺得這個情算是煽不起來了。

他眼眶裡那點潮意瞬間沒了，冷漠地換了話題：「主編應該快到了，您以後在搖光社的事情全歸他管，包括在《赤月》上的連載，還有單行本什麼的，這個新主編雖然看起來冷，好像不太好相處，但是人很好，能力也沒得說，」

趙編輯耐心道：「而且主編本來是不帶人的，他只負責您一個，各個方面肯定會更細緻些。」

時吟聽到這裡心一下提起來了，警惕地問：「他吃泡麵不加料吧？」

「……」

趙編輯面無表情地看著她：「時一老師，最後一次見面了，我們給彼此都留個好念想吧。」

「……」

兩個人默默無言對望了三十秒，趙編輯的手機訊息提示音打破了平靜。

與此同時響起的，是時吟家的門鈴。

趙編輯掏出手機看了一眼，時吟站起來往玄關走，走到一半，回過頭：「是新編輯來了嗎？」

趙編輯放下手機，也站起來了：「嗯，到門口了。」

時吟點點頭，直接走到門口，聽到他這麼說就沒看貓眼，也沒問人，直接打開了防盜門。

走廊背陰，陰涼，穿堂風順著敞開的窗無意穿過，涼風輕飄。

餘光掃見一個人站在面前，她抬起頭。

男人垂眼。

時吟看見，男人淺色的瞳仁裡，映出一個小小的，模糊又清晰的自己。

她恍惚了一下，眼睛睜大了點，唇微張。

吸管從嘴邊脫落，冰鎮的酸梅汁透心涼，玻璃杯壁上的水珠順著捏在上面的手指骨碌碌地往下滾。

大腦停滯了數秒，然後身體某處倏地傳來細微的「砰」的一聲。

像是香檳或者冰啤酒，玻璃瓶塞被人打開，半透明的香檳泡沫順著瓶頸一寸寸升騰，停在瓶口，將溢未溢，看起來搖搖欲墜。

時吟覺得不只語言中樞，她的腦子好像被香檳酒液浸泡得醺掉了。

雖然也只有幾秒鐘的時間。

兩三秒後，酒液的泡沫一點一點消失，她回過神來，將眼前的男人看了個真真切切。

依然是熟悉的那張臉，長眼內勾外翹，瞳色比常人淺，看人的時候帶著漫不經心的冷感。

時吟嘴巴張了張，又合上，喉嚨裡溢出兩個字，聲音很輕，在安靜的走廊裡迴盪。

男人垂著眼，眼神無波無瀾，像是看著陌生人。

他像是沒聽見她含在嗓子裡的那兩個字，眸光微斂，音調平，嗓音又冷又淡：「我是《赤月》的主編顧從禮。」

像極薄的冰片，緩慢順著耳膜滑進體內，鋒利的邊緣卻無法被溫度融化，從內裡劃破組織，把人割得皮開肉綻。

「……」

時吟吞了吞口水，沒說話。

男人身材頎長，無聲站在門口，似乎是在等著她反應，也不急。

萬籟俱寂，酸梅汁的酸澀甜味在口腔裡蔓延，穿堂而過的風以及彼此的呼吸聲彷彿也變得清晰起來。

門內，趙編輯走過來，看見外面站著的人，面上一喜，趕緊揚起手，熱情地打招呼：「顧主編！您來了，快點進——」

他還沒說完，時吟肩膀微微顫抖了一下，終於回過神來一般。她單手扣著門把，手臂以迅雷不及掩耳之勢往前猛地一送。

「哐」一聲巨響，防盜門被她狠狠摔上了。

如虹氣勢帶起的風，颳歪了門內趙編輯僅剩的幾根瀏海。

趙編輯的手還舉在半空中：「——來……」

酸梅汁還剩下小半杯，杯子被時吟緊緊捏在手裡，人站在門口，發呆。

還是趙編輯最先反應過來，兩個人大眼瞪小眼對著看了半分鐘，趙編輯舉在半空中的手放下了，看著她眨眨眼：「時一老師，您關門做什麼。」

時吟表情有一點呆滯，直勾勾地看了他半晌，「啊」了一聲，恍惚道：「他剛剛說什麼？」

趙編輯：「……」

趙編輯：「他說他是《赤月》的新主編。」

時吟點點頭：「叫顧從禮。」

趙編輯道：「對，顧從禮。」

時吟目光幽幽看著他：「你不用重複，我知道他叫什麼。」

「……」

趙編輯覺得最後一次一起工作了，有些事情還是不要太計較。

他深吸口氣：「時一老師，您開門吧，那就是我們主編本人，不是什麼可疑人士。」

時吟又不說話了。

她就那麼站在門口，捏著玻璃杯的手指力氣很大，指尖泛了白。

她發了十幾秒的呆，恍恍惚惚地再次抬起頭，舔了舔嘴唇，緊張地問：「我現在看起來怎麼樣？」

趙編輯沒反應過來：「蛤？」

「我好看嗎？」

「……」

平心而論，時吟的五官雖然說不上多驚豔，但絕對算得上是漂亮的女生。

即使她現在身上穿著一套純棉長袖睡衣，腳踩毛絨拖鞋，腦袋上戴著個淺粉色的兔耳朵毛絨毛巾髮箍，髮際線處毛絨絨的碎髮全被刷上去，露出光潔飽滿的額頭，看起來像是日劇和漫畫裡的網癮宅女。

她皮膚很白，鼻子挺翹，杏眼又黑又亮，明明整個人渾身上下都帶著提不起勁的感覺，盯著你看的時候卻又給人一種十分投入的專注感。

好像這個世界上，再也沒有比聽你說話更重要的事了。

趙編輯實在地說：「好看。」

時吟終於放鬆下來，抬眼肅然道：「那我開門了。」

她的表情太嚴肅，纖細的小身子挺得筆直，看起來像是馬上要會見總統了。

趙編輯不知道為什麼被她搞得也有點緊張，他不由得直了直腰，點點頭：「開吧。」

時吟重新轉過身，手搭上門把。

她是真的沒有想到，她會再次見到顧從禮，還是在這種情況下，還變成她的主編。

從老師變責編，顧從禮的涉獵範圍可以說是十分之廣了。

時吟想起自己剛剛脫口而出的那句「老師」。

他應該是聽到了，可是看起來像是沒聽到似的。

看著她的眼神沒有一丁點詫異，波瀾不驚的的冷漠樣子，反而顯得時吟的激烈反應有點過度奇怪了。

時吟有點懊惱的垂了垂眼，努力放鬆有點僵硬的唇角。

女人，和老相識久別重逢，一定是要精緻的。

要從容、要淡定、要冷靜、要若無其事。

尤其是這老相識還挺厲害的。

她深呼吸兩次，面部表情調整到最自然端莊的樣子，一氣呵成，壓下門把，打開了門：「不好意思，我——」

門口空無一人。

時吟話音戛然而止。

她捏著杯酸梅湯站在門口，面無表情地看著面前空蕩蕩的走廊。

挺利害的顧主編走得連人影都沒有了。

顧從禮這個人脾氣大。

時吟很多年前就發現了。

雖然他看起來冷漠薄涼，好像沒什麼事情能入他老人家法眼，沒什麼事情能讓他在意，其實都是假的。

他是一點不順心都不行的少爺。

客廳裡窗開著，清晨空氣清新，陽光很薄，時吟倒著躺在沙發上，腿掛著沙發靠背，直勾勾看著天花板。

梁秋實端著一碗牛奶走過來，另一手拿著麥片，放茶几上，倒好，勺子架在一旁，屈指敲了敲桌邊：「老師。」

時吟身子往下竄了竄，頭朝著地面，揚眼倒著看他。

梁秋實嘴角一抽：「練瑜伽呢？」

時吟長嘆：「實秋啊……」

「……」

梁秋實面無表情：「秋實。」

「實秋啊……」

「秋實。」

「球球。」

「……」

梁秋實當時吟的助手一年，知道這個人越理她她就越沒完沒了，連糾正她的欲望都沒有了，乾脆抱了本漫畫書坐在旁邊沙發上看，不回答。

時吟腿往旁邊一側，在沙發上整個人翻過來，盤腿坐起來，無精打采地垂著眼皮：「球球啊，你談過戀愛嗎？」

梁秋實一頓，抬起頭，一臉防備地看著她：「沒有。」

時吟捏過勺子，有一搭沒一搭的攪了攪碗裡的麥片：「哦，那有喜歡的人嗎？」

梁秋實重新垂頭，專注於手裡的漫畫：「我永遠喜歡木之本櫻。」

時吟沉吟了半晌，才緩慢地問：「那如果你遇見了高中時認識的人，並且你們以後因為這樣那樣的原因應該是要有親密接觸的，你會怎麼樣？」

梁助手恍然大悟，秒懂：「老相好？時一老師您還早戀啊。」

「……」

時吟隨手從沙發上撈了個抱枕丟過去：「我說什麼了就老相好了？都說了是認識的人，你思想乾淨一點行不行？」

梁秋實很懂：「反正就是喜歡過的人唄。」他身子往前傾了傾，神祕道：「這種還是要看，妳想怎麼樣？」

時吟：「還能有選擇的？」

梁秋實：「當然有，既然是年輕的時候喜歡的人，那就看妳還喜歡不喜歡他了。」

時吟愣住了。

半晌，猶豫問道：「還喜歡呢？」

「創造條件睡了他。」梁秋實答的乾脆。

時吟一言難盡地看著他，「不喜歡了呢。」

「讓他滾。」

「……」

梁秋實畢竟是個沒有過戀愛經歷的男人，還是個除了漫畫和輕小說以外對任何事情都沒興趣的阿宅，女朋友是D.VA、紗霧、木之本櫻，時吟不指望他能提出什麼有建設性的意見或建議。

顧主編三天前因為被關在門外乾脆走人，到現在三天沒再露面，既然是自己的新責編，事後時吟從趙編輯那裡要來了顧從禮的聊天帳號，做了一晚的心理準備，掏出紙筆寫了無數份演講發言稿，終於在臨睡覺前下定決心加他好友，準備道個歉，也要說說工作方面的事情。

人算不如天算，時吟保持著每天晚上十點半一則的頻率傳好友請求給他，就這麼連著傳了三天，那邊還是沒通過。

真是個大爺。

時吟第一天恍惚，第二天忐忑，第三天氣得咬牙切齒，對著手機畫面整個人帕金森氏似的抖，最終「啪」一下把手機丟在床上，一臉憤憤地盯著亮起的手機螢幕。

你強，你偉大。

你愛！加！不！加！

老子不伺候你了行不行啊！

時吟煩躁地抓了抓頭髮，撲騰著從床上爬起來，去浴室洗澡。

洗手間鏡子裡的女孩頭髮亂糟糟地披散著，臉色蒼白，眼底重重的黑眼圈，整個人看起來無精打采的，一看就是沒好好休息。

她搥著肩膀，去沖了個澡，換上新睡衣，爬上床，靠著床頭縮進被子裡。

——又拿起了手機，對著手機螢幕發呆。

時吟第一次見到顧從禮那年是高中，十七歲。

正是最好的年紀，文理組剛分班，時吟以年級第一名分進理組資優班，被老師和學年主任叫進辦公室裡談了個話，裡裡外外都是等著她考個清華北大的意思。

談了十分鐘，少女出了主任辦公室，一改之前乖巧模樣，挺得筆直的脊背軟下來，懶洋洋地打了個哈欠，準備去學生餐廳。

路過藝體樓，看見三三兩兩沒穿制服的藝術生正從裡面出來，往福利社走。

實驗一中不僅在教學方面出類拔萃，還是省裡美術教育實驗基地，藝體樓地下室有個大畫室，給藝術生平時上課，還有高三集訓用。

老師的水準很高，每年往清美、魯美輸送不少新生，私下自己去找畫室集訓的雖然也有，但是大部分還是會留下。

時吟就是那時候第一次看見顧從禮。

男人站在畫室出口，表情淡，薄唇微抿，陽光下淺色的瞳仁溫柔又冷漠。

額頭鼻樑下顎，修長脖頸鋒利喉結，連襯衫的褶皺都在漫不經心的勾人。

路過的藝術生笑嘻嘻的，有女孩子紅著臉，湊過去跟他打招呼：「顧老師好。」

他眼都不抬，只淡聲應了一句。

時吟不遠不近的聽著，喉嚨動了動，不自覺地咽了咽口水。

突然沒由來覺得口渴。

秀色可餐、耳朵懷孕這種小說裡才會出現的詞彙，原來也可以是真實存在的。

本來，對於顧從禮通過她好友申請這件事，時吟已經不抱任何期待了。

七月盛夏，空氣燥熱潮悶，時吟懶洋洋地靠坐在咖啡廳角落位置，手裡捧著素描本，垂著眼皮，透過巨大的落地玻璃窗觀察外面的行人。

「我跟妳說話妳到底有沒有聽見？」

「銀行工作的，我看了照片了，長得也挺好，講起話來慢悠悠的，性格穩重。」

時吟充耳不聞，依然是一臉提不起精神的樣子，連眉毛都沒抬一下，看得時母氣不打一處來：

「妳現在還不覺得有什麼，等妳過了二十五就知道了，女人的年華是不等人的！」

時吟頭也不抬：「那也要二十五呢，我才二十三，再過兩年吧。」

時母直拍桌子：「妳都二十三了！我像妳這麼大的時候都懷了妳了，妳大學不談戀愛也就算了，都畢業一年了，還什麼動靜都沒有。妳要是正常二十三媽媽肯定不催妳，但是妳看看妳現在，也沒有正經工作，天天待在家裡，怎麼可能認識優秀的男孩子呀？」

時吟聞言，終於抬眼：「我工作怎麼了？」

時母眨眨眼，反應過來，不說話了。

時吟全職畫漫畫這事，時家一家沒一個人同意。

國內漫畫行業並不景氣，說好聽是漫畫家，業內也會叫聲老師，其實真正賺錢的只有金字塔頂端的那些人，大部分只是餓不死的程度，更有很多人甚至連溫飽都解決不了。

漫畫行業蕭條，紙類媒體方面有些規模的漫畫出版社就那麼幾個，週刊、月刊競爭激烈，有些人費盡心思都拿不到一個連載資格，就算是取得了連載名額，人氣投票拿不到名次，隨時都會被腰斬。

後來有了網路漫畫，情況好轉了不少，但老一輩的人依然沒有幾個承認這個行業。

在他們看來，所謂網路小說家、漫畫家、電競選手這些職業，全部都是不務正業家裡蹲，不如去公司裡面找個蹲辦公室的工作，每月拿幾千塊錢來得穩定正經。

時吟剛決定畫漫畫的時候和時家人發生過激烈的爭吵，時父甚至說出斷絕父女關係之類的氣話，時吟也是性子倔，一個禮拜找好了房子，直接從家裡搬出去住。

關於這件事，就成了家裡的禁忌話題。

時母一時口快，看到時吟的反應訕訕道：「反正妳就去吃個飯，當多認識個朋友，妳要是不喜歡他，就讓他跟妳介紹介紹他朋友。」

時吟：「……」

讓相親對象幫忙介紹男朋友這種事，大概只有她媽想得出來。

時吟正想著怎麼說服母親大人讓她斷了相親的念想，放在桌上的手機清脆一響，螢幕亮起。

她放下手裡的筆和素描本，拿起來滑開瞧了一眼。

下一秒，她瞪大了眼睛。

通過了，竟然通過了。

厲害的、小肚雞腸的、睚眥必報的主編大人，在晾了她快一個禮拜以後，終於通過她的好友請求。

『我通過了你的朋友驗證請求，現在我們可以開始聊天啦！』

時吟眨眨眼，又眨眨眼，確定自己沒看錯以後，幾天堆積下來的怨氣消失得無影無蹤，顫抖著手指小心翼翼地打字：『顧主編您終於加我啦！』

一分鐘過去，那邊才慢吞吞地回覆。

也是三個字。

連標點符號都懶得打。

『點錯了』

時吟：「……」

時吟：？？？

時吟覺得，這顧主編隨著年齡的增長，好像也越來越幽默了。

雖然這種冷幽默還是讓人覺得有點火大。

她把素描本往前一推，人靠進椅子裡，冷笑了聲，磨了磨牙，依然不動聲色，甚至很好脾氣地開玩笑道：『沒事，您還可以再拉黑。』

等了三分鐘，沒等到回覆。

難道是不知道該說什麼了嗎？

時吟想了想，覺得自己其實善解人意一點也不是不可以，從貼圖裡精心挑選一個軟萌中帶高冷的貼圖傳過去，以此來表達自己半真半假的不滿。

這次綠色的對話框下面彈出一則提示。

──『消息已傳送，但被對方拒收了。』

「……」

時吟：？？？？

時吟不敢置信地瞪大了眼睛。

坐在對面的時母看著她拿起手機以後就調色盤似的變來變去的臉色，不滿地拍了拍桌子刷存在感：「跟妳說話呢！現在連我跟妳講話都當耳邊風是不是呀？妳把媽媽當什麼啦！」

時吟沒聽見似的，直勾勾地盯著手機，恨聲道：「王八蛋……」

時母：「……」

下一秒，尖利的女高音響徹整個咖啡館：「時吟！我看妳是要上天了！」

最終，時吟鬼哭狼嚎的答應了去見見時母口中那位銀行工作精英男，時母才勉為其難留了她一條狗命沒把她就地打死。

時母原本的意思是先加個好友聊一聊，時吟覺得沒有必要，一邊把速描本塞進包裡：「不用現在加吧，我們先見了面看看，如果聊得來再加好友也可以。」她頓了頓，又小聲嘀咕，「不然我還得刪……」

時母耳朵太好了，氣本來還沒消，一臉恨鐵不成鋼地抬手戳她腦袋：「見面妳就好好見，好好表現，別給我搞出什麼亂七八糟的事情！」

時吟不敢造次，乖巧地點點頭。

時母想了想，又道：「也不用好好表現，是我女兒挑男人，好好表現應該是他要好好表現，妳隨意一點、潑辣一點也行。」

時吟：「……」

時母下午要和姐妹逛街喝茶，沒和時吟聊多久，急著做美容去了。

下午的時候傳來訊息，說是和那邊說好了，在金鼎頂樓的旋轉餐廳，週六晚上五點半，順便傳了個電話號碼過來，後面備註，林源。

時吟隨便掃了手機一眼就丟一邊去了，也沒在意，繼續捧著手裡的漫畫看。

時一的第一部長篇漫畫連載了三年，時間不算短，然而畢竟只是她的第一部長篇作品，在漫畫界毫無疑問算是個新人。

趙編輯臨走前，跟她說的最後一件事，就是每年七月底八月初的夏季漫畫新人賞。

時吟之前也參加過一次，不過那屆平均水準普通，沒有什麼出彩的作品，時吟的冠軍拿的沒什麼懸念。

後來她開始畫長篇連載，也就沒什麼精力參加，今年她的長篇連載接近尾聲，編輯的意思是讓她用新連載的第一話去參加這個新人賞看一下效果，也炒個熱度。

而時吟現在手裡的這本漫畫書，也是去年新人賞冠軍的作品，並且這人今年也要參加。叫甜味蘋果糖。

看著這個筆名，時吟甚至能夠想像出一個穿著蘿莉塔小洋裝的蘿莉懷裡抱著電繪版哼哧哼哧上色的樣子。

甜味蘋果糖對得起她的筆名，故事非常少女心，畫風也很甜，筆觸細膩，色彩明豔，一眼掃過去就極抓人眼球，讓時吟羨慕得很。

時吟的弱項就在彩圖上。

可惜現在國內黑白漫畫根本沒有出路，彩漫當道。

時吟將甜味蘋果糖的漫畫扣在臉上，不太開心地皺了皺鼻子。

書本從臉上緩慢地滑下去，掉在腿上，啪嗒一聲輕響，在安靜的房子裡顯得十分清晰。

這空盪盪的一聲，時吟聽了太難過了。

她皺著臉直起身，從茶几上撈過手機，傳訊息給趙編輯：『趙哥啊啊啊啊啊啊！』

趙編輯：『？』

時吟：『我真的好想你啊。』

趙編輯沉默了半分鐘，才小心翼翼地回：『時一老師，妳別這樣吧，我小孩都三歲了。』

「……」

時吟無語了三秒鐘，重新打起精神，開始控訴顧主編的暴行，字字泣血。

『趙哥，實不相瞞，自從上次在我家門口那驚鴻一瞥以後，我再也沒見過顧主編。』

『一次，一次都沒見過他。』

『甚至沒有說過話。』

『我去加他好友，他不加我。』

『好不容易加我了，他說他點錯了。』

『點錯就點錯吧，他又把我拉黑了。』

『這也太賤了吧！？！？！？！』

『趙哥啊！！！我日子過的好苦啊！！！』

『想你，想你，想傳訊息給你，想打電話給你。』

『想你幫我改分鏡，幫我貼網點的日子。』

『為什麼換編輯！我不要！我不要換！他不幫我貼網點！也不陪我討論新連載，我不想要他！！！』

『他連我好友都不加！！！』

時吟一口氣劈里啪啦的打完，心中鬱氣消散了大半，長出口氣，重新懶洋洋靠回沙發。

趙編輯那邊安靜了一下，才慢吞吞回：『主編剛剛就在我旁邊看著。』

時吟：『……』

趙編輯繼續說：『現在他站起來了。』

時吟：『……？』

趙編輯挺幸災樂禍：『哦，他出去了，可能找妳算帳了吧。』

「……」

沉默了三秒，時吟默默地滑著聊天記錄往上翻，回顧一下自己剛剛都說了什麼。

時吟絕望地閉上眼睛。

自從遇見顧從禮，她就開始諸事不順。

人倒起霉來，還真的是喝口涼水都塞牙。

她說了那些大逆不道的話，全被顧從禮看到了，肯定是來找她勾魂索命了。

時吟盤腿坐在沙發上，一邊看手錶，一邊計算從搖光社開車到她家來需要的時間，並且腦海裡開始飛速編寫小作文，模擬她和顧從禮第二次見面會出現的各種情況和情境。

大概半個小時，她把顧從禮可能說的話全都羅列了一遍，並且想到適合的對應策略，才深吸口氣，做好戰鬥的準備。

算算時間，他應該快到了。

時吟脊背挺直，靜坐了一分鐘，又忽然想起什麼，撲騰著站起來狂奔進洗手間，洗了個臉，衝進臥室化妝檯前，開始化妝。

有一種妝，叫做裸妝。

時吟噴濕了美妝蛋，遮瑕遮了兩坨黑眼圈，上了薄薄一層粉底，腮紅眼線極近自然，甚至連睫毛膏都沒塗。

她看著鏡子裡的自己，想著要不要換套衣服。

還是別換了，睡衣看起來比較自然，要不然看起來就像自己盛裝打扮等著他來似的。

萬事俱備，時吟從冰箱裡拎出一瓶冰鎮酸梅汁，從容地坐到沙發上，漫畫書平鋪在面前茶几上。

時吟甚至還屁顛屁顛地拿了面小鏡子過來，擺了好幾個姿勢，琢磨哪個姿勢比較好。

結果一擺又是半個小時。

顧從禮還沒來。

一個小時前，趙編輯不是說他出去了嗎？

時吟腿都坐麻了，她換了個姿勢，決定再給他半個小時。

門鈴安靜如雞，一點聲音都沒有。

時吟終於忍不住了。

她抓過手機，傳訊息給趙編輯：『趙哥，顧主編來了嗎？』

趙編輯回訊息的速度一向挺快，這次也是秒回，字裡行間充滿了茫然：『啊？來哪？』

時吟：『你不是說他剛剛來找我了嗎……』

趙編輯：『沒有啊，我開玩笑的，主編沒幾分鐘就回來了，可能去放水了吧。』

時吟：「……」

她精心化了直男絕對看不出來的裸妝，找了八百個姿勢，還想了三萬年對手戲臺詞。

結果對方只是去撒了泡尿。

時吟好他媽氣啊。

她面無表情的，緩慢的退出了和趙編輯的聊天室，回到清單畫面，點開了顧從禮的聊天室。

兩個人的對話只有那麼幾則，還停留在『訊息已傳送，但被對方拒收了』。

時吟更氣了。

她想著，反正她也被拉黑了。

那她現在說什麼，顧從禮都看不見。

搖光社漫畫月刊《赤月》編輯部，趙編輯等了一陣子，沒等到回覆，有點摸不清頭緒的放下手機。

正是臨近下班的時間，編輯部裡氣氛輕鬆，顧從禮手裡拿著個牛皮紙袋從會議室出來。

趙編輯側頭：「主編，剛剛時一老師跟我問你。」

顧從禮腳步微頓，神情漠然：「嗯？」

趙編輯誠實道：「她好像找你有事，問你什麼時候過去找她呢。」

不知道是不是錯覺，趙編輯似乎看見這位冷若冰霜的主編大人表情有那麼一瞬間變得柔軟了起來。

好像還笑了一下。

趙編輯還沒來得及確定自己是不是看錯了，顧從禮口袋裡的手機鈴聲響起。

簡單說了兩句，他掛了電話，指尖落在螢幕上，頓了頓，點開聊天軟體。

最上頭一個對話欄，大頭照是個腦袋扁得像是一頭撞在牆上，看起來很傻的貓。

顧從禮盯著那隻貓看了一下，想起上週女生戴著毛絨髮箍，一臉茫然地站在門口看著他發呆的樣子，覺得物似主人型。

他點開聊天室，進入對方的資料畫面，把人移出了黑名單。

也不知是心有靈犀還是無與倫比的湊巧，剛好，兩秒鐘後，這個剛從黑名單裡放出來，並且自己還毫不知情的人，氣勢磅礡的傳來了一則訊息。

——『顧從禮大！傻！子！！！』

顧從禮：「……」

一傳出去，時吟就覺得哪裡不對勁。

毫無預兆的，一股讓人毛骨悚然的違和感順著腳底板直竄到天靈蓋。

時吟凝神思索了兩秒，反應過來。

為什麼她的訊息傳出去以後，沒有馬上彈出拒收提示？

不是拉黑了嗎？不是已經把她拉黑了嗎？

時吟拿腳想，也沒有想到顧從禮會主動地、無聲無息地把自己從黑名單裡拽出來。

耍帥一時爽，事後火葬場。

這可真是，防不勝防。

幾年不見，這男人的段位和恐怖程度越來越高了，竟然也學會了鬼鬼祟祟了！

時吟心裡發慌，手忙腳亂地趕緊長按收回，看著綠色的對話框被收回以後，整個人長長吐出口氣，放鬆下來。

放鬆了幾秒，又緊張起來。

不知道他有沒有看見。

應該沒看見吧，她很快就收回了。

顧從禮好像不是會無時無刻盯著手機看的人。

時吟舔了舔嘴唇，小心翼翼地、試探性地、非常刻意地，又傳過去一則：『主編，買包嗎？外貿原單買一贈一。』

忐忑焦心地等了五分鐘，對方都沒有回。

看來應該是沒有在看手機的。

她終於放下心來，長舒口氣，轉頭去做別的事情，把顧從禮忘了個精光。

時吟也確實是沒有什麼時間閒著摸魚了，《赤月》是月刊，雖然比起週刊來說已經輕鬆很多了，然而問題就在於，她是個懶癌晚期拖延症患者。

時一老師的生活，在交稿後和臨近交稿前可以說是天差地別的兩個極端。

《赤月》每月月初出刊，此時正是七月中上旬，平時這個時間時吟還在吃飯睡覺煲劇打遊戲，每天都能閒出屁來好不自在。

然而這個月，她不僅要畫出正在連載的漫畫收尾，又要準備新連載的分鏡腳本，還要趕在八月前畫出原稿參加八月初的的夏季新人賞。

拖延症歸拖延症，時吟真正進入工作狀態以後其實認真得非常瘋魔，並且要求極高，龜毛得很，導致這幾年助手換了無數個，跟著她時間最久的助手也只有梁秋實一個。

梁秋實取了個和著名當代散文家換了個順序的名字，卻是個深愛漫畫和各種電子產品的宅男，並且據說家境殷實，家裡的手辦多到可以弄個展。

梁球球同志工作效率不低，時吟只有他一個助手，以前臨近截稿期趙編輯也會來幫忙，倒是勉強夠用。

但是這次因為事情堆了一堆，新舊連載半個月內都要弄出一話，一個助手實在有點忙不過來，時吟就讓梁秋實幫忙留意一下有沒有認識的人願意來當臨時助手。

正忙的時候，時母再次打來電話，讓時吟不要忘記週六晚上跟人家約好的吃飯。

時母打過來的時候時吟正在畫分鏡的腳本——NAME，手上動作沒停，接了時母電話歪著腦袋用肩膀夾住，就聽見時母在那邊大著嗓門：『喂！喂喂！寶貝，妳在幹嘛呢寶貝！』

時吟心思不在電話上，哼哼哈哈的應付著，說了什麼也沒太聽進去。

等分鏡腳本草稿終於畫完已經是晚上快十一點了，時吟一下午連一口水都沒喝，拖著半條命出了工作室去廚房覓食，就看見一個陌生號碼打來的電話。

時吟從記憶最底層挖出某個好像叫林源的電話號碼。

時間太晚，時吟不好再回電話過去，只傳了則訊息，道了個歉，確定明天的見面時間和地點。

等了一陣子，對方沒回。

這人太養生了，不到十一點就睡覺。

時吟把手機丟在一旁，拽了包泡麵出來煮了，又熬到後半夜把草稿改完，完全沒有明天就要去相親了要睡美容養顏覺的自覺。

第二天理所當然的睡到日上三竿，時母哐哐哐來砸門了才迷迷糊糊的醒過來。

一開門，就看見時母雄赳赳氣昂昂站在門口，表情和氣勢有點像馬上要衝進敵人警備區的女戰士。

時吟剛從床上爬下來，衣衫不整，鳥窩頭，眼皮腫得像兩個饅頭，迷迷糊糊地瞅著門口的人。

喀嗒一聲，時母手裡的手榴彈保險栓被抽掉了。

下一秒——

「時吟！妳是不是又熬夜了！」

——爆炸了。

時吟不太懂時母為什麼對這次相親這麼重視。

她自認為自己長得沒有很醜，而且才剛二十三歲，還有好幾年可以浪，實在不是需要急著相親的年紀。

時母的態度好像她錯過這次的這銀行精英，以後就嫁不出去了。

被按在沙發上拿冰勺子敷眼睛的時候，她提出了異議。

時母翻了個白眼，一手拿著一把勺子貼在她眼皮上：「妳以為我想呀？妳天天在家待著，到哪認識男人，妳要是去公司裡找個工作我還要幫妳操心這些事情？就現在這樣，別說妳二十三，妳待到三十三歲也不會有男朋友，」時母越說越起勁，憤憤嫌棄道：「我幫妳辦了個健身卡，以後每天都去運動聽見沒？天天除了吃就是睡，我是生了豬啊？」

「……」

時吟這個人，情路一直不怎麼順暢。

初戀是國中時，年紀小，還不懂什麼是喜歡，只覺得學校裡那個呼風喚雨的校霸小哥哥真是帥。他的制服永遠不好好穿，吊兒郎當的樣子，耳朵上一排亮閃閃的鐵圈，燙頭紋身，還抽菸喝酒。

時吟好學生一枚，看著那群頭髮紅紅黃黃的高年級姐姐圍著她的初戀前前後後打轉，覺得對方可能喜歡這個類型的。

某天放學以後，她屁顛屁顛跑去學校旁邊小髮廊，拿出存了半個月的零用錢，找了平價替代版Tony總監染了個頭。

當天晚上，時吟頂著滿頭紫毛美滋滋地回家了，準備明天就去找夢中情人告白。

以後她也是老大的女人了！四捨五入不就是老大本大了嗎！

時吟內心激動的咆哮。

結果沒能進去家門，差點被時母打死在家門口。

第二天就被拽著重新把頭髮染回來了，時吟半個月的零用錢打水漂，還挨了一頓胖揍，頓時怨念乍起，覺得什麼談戀愛、什麼男朋友，真是個罪孽的東西。

揉著還發疼的屁股，時吟發現校霸好像也變得面目可憎了。

當時怎麼會覺得他帥呢？

從那以後，國中生時吟小朋友哭唧唧地發了毒誓，覺著天若有情天亦老，清心寡欲是正道，她再也不碰愛情了。

感情這杯酒，誰喝都得醉。

她也是有青春疼痛經歷後看透了男人參透愛情真諦的女人了，時吟多愁善感的想。

直到高中遇見顧從禮。

時吟二十三年來沒叛逆過幾次，國中為了校霸染了個紫毛算一次，被時母打了兩棍子屁股就打服了。

高三的時候，放棄北大的保送名額，不顧所有老師同學家長的阻攔和勸說，執意要學畫畫考美術學院算一次。

這次打斷了兩根棍子，也沒能讓她服。

少女平時看起來軟，其實性格固執起來像頭牛，真的決定了就會一條路走到黑，怎麼都拉不住。

因為時母拼命催，著名鴿王時咕咕同學不但沒遲到，反而提前了十幾分鐘就到了。

金鼎的餐廳需要提前訂位，時吟說了林源的名字，服務生帶著她過去。

銀行小精英已經到了，人正坐在窗邊的一張桌子前，撐著下巴側著頭看著窗外，側臉看起來英俊端正。

時吟走過去，他轉過頭。

男人面部輪廓乾淨鋒利，濃眉，眼窩很深，表情看起來有點不耐煩。

夏天晝長夜短，晚上五點多天空還亮著，落日餘暉透過落地玻璃窗，落在他的黑髮上，整個人顯得溫柔——個屁。

林源同學的眼神，看起來不耐煩得像是下一秒就會把她從窗戶丟出去。

時吟的視線落在他又寬又厚的肩膀，還有挽起袖子露出的結結實實的手臂肌肉上。

這是銀行上班的？這他媽其實是銀行保全吧？

她清了清嗓子，走過去，拉開椅子，在對面坐下。

近了看，男人表情看起來煞氣愈發濃烈。

好像有點眼熟。

時吟小心翼翼道：「林先生？」

林源擰著眉看過來，凶神惡煞，聲音嘶啞：「幹啥。」

時吟：「……」

太可怕了嗚嗚嗚說好的溫潤精英金融男的呢……

時吟咽了咽口水：「等很久了嗎？」

林源：「等到他媽花都謝了。」

「……」時吟快哭了，可憐兮兮小聲道：「那我們先點餐吧……」

說著，又偷偷瞥了他一眼。

眉眼確實是有點眼熟，時吟覺得自己絕對在哪裡見過這個人。

可是突然想不起來。

時吟皺著眉，歪著頭，表情頗為嚴肅，腦海裡一張張臉閃過，最終定格在某一個人上。

時吟「啊」了一聲。

校霸！帥哥校霸！

她的黑月光，她的黑砂痣，她疼痛青春的始作俑者，她美好初戀的終結者。

有緣千里來相會。

時吟覺得屁股又開始陣陣作痛。

可是那個人不叫林源啊。

時吟不確定地看著他，猶豫再三，還是開口問道：「那個，林先生，你國中讀的是不是十一中？林佑賀？」

林先生聞言，瞇起眼，似乎是在回憶她的臉，眼神警惕凶狠又狐疑：「妳混哪邊的？」

「……」時吟肅然回答：「我遊走於黑白正邪兩道。」

林佑賀：「……」

林佑賀看起來脾氣不是很好，看著她的眼神明明白白寫著「妳他媽是要我的吧」，時吟怕他下一秒直接把桌子掀了，趕緊道：「開玩笑的，我只是以前和你同校，見過，覺得有點眼熟，」時吟笑了，「沒想到真的是你啊。」

林佑賀沒說話，表情看起來依然不太爽，像是隻暴躁的獅子。

時吟假裝沒看見，溫柔問道：「林源是你？」

林佑賀：「我表弟，他不想來。」

時吟詫異了，覺得怎麼看這大佬都不像是有耐心替人家相親的類型。

沒等她說話，就聽林佑賀又道：「我聽說妳是畫漫畫的，就來看看。」

「……」

抽菸喝酒燙頭刺青的炫酷校霸疑似是個漫畫迷，怎麼聽怎麼可怕。

她瞪大了眼，儘量讓自己的語氣聽起來平靜一點：「林先生也喜歡漫畫？」

林佑賀點頭：「我也是畫漫畫的。」

時吟大驚失色。

夭壽啦，校霸長大以後沒去收高利貸，竟然畫漫畫啦！

時吟覺得這校霸路子真是含蓄野，面上卻不顯，依然十分淡定地點點頭，道：「畫的是少年戰鬥漫畫吧。」

校霸捏了捏他滿是肌肉的，堪比健身房教練的粗壯手腕子，面無表情道：「不是，我畫少女漫，我的筆名是甜味蘋果糖。」

「……」

時吟：？

第二章　荷爾蒙戰爭

時吟不知道為什麼校霸可以把「我的筆名是甜味蘋果糖」這幾個字說得這麼流利順暢，這麼自然而然，這麼平靜又面不改色。

就像她死也想不出來為什麼一個肌肉猛男會去畫少女漫，還畫得那麼細膩，那麼溫柔甜美，那麼入木三分。

還幫自己取名叫甜味蘋果糖。

從國中到進入社會，這八年來校霸身上究竟發生多少慘絕人寰的故事和事故。

時吟的臉色變了又變，校霸彷彿沒注意到，開始滔滔不絕地講述起自己入漫畫這行的機遇。

「之前有次送堂姐家小孩去上補習班，懶得再回去了，就在旁邊一個書店等他，那邊全是漫畫。我等得無聊，就隨手翻一本看看，結果超難看，我覺得我也能畫，就去報了個班隨便學了一年。」

時吟：「……」

校霸：「那個作者好像叫什麼，時一吧，畫的是什麼鬼，現在什麼人都能當漫畫家了，呵呵。」

時吟：「……」

校霸原本笑得嘲諷，突然想起什麼，抬眼問道：「對了，妳的筆名叫什麼？」

時吟：「呵呵。」

時吟覺得自己和甜味蘋果糖聊得挺不愉快的，不過金鼎這家餐廳的食物確實不錯，時吟不太擅長煮飯，而且她很懶，平時每天在家裡不是叫外送就是隨便弄點東西吃，這一頓吃得她胃口大開，心情愉悅。

拋開校霸對時一這位漫畫家的抨擊不談的話。

「色彩很差，而且內容普通，」校霸一手捏著叉子，指尖點了點桌面，「雖然我是畫少女漫的，但是少年漫很多東西應該差不多吧。」

「差很多，」時吟不太開心地說：「等你畫一次少年漫就知道了。」

校霸聊高興了，咧嘴一笑，露出一口大白牙，燦爛的笑容在他那張臉上有種陰森森的感覺：「這次夏季新人大賞我準備嘗試一下戰鬥少年漫，草稿已經畫好了，叫《水蜜桃之戀》。」

「……」

時吟沒聽出來這名字哪裡戰鬥了，戀愛修羅場嗎。

一頓飯邊吃邊聊，一場相親莫名其妙變成了兩個漫畫家交流會，吃到一半，時吟去了趟洗手間。

洗好了手，她一邊從鏡子下抽了張衛生紙，一邊往外走，隨意瞥了窗外一眼。

晚上七點多，外面已經天黑了，天空呈現藍紫相間的顏色，不見星光，顏色濃郁得像鋪了張天鵝絨簾幕。

從頂樓的餐廳玻璃窗俯瞰，下面的世界車水馬龍，高樓大廈鱗次櫛比，燈火通明，車燈和路燈的光線交織，流離璀璨，亮如白晝。

火樹銀花不夜天。

時吟在這個城市出生，在這裡長大，見過了無數次這樣的夜晚，卻依然每一次都忍不住想要駐足。

餐廳巨大玻璃前，影影綽綽映出女人的身影，被拉得有些長，黑色的連身裙幾乎融進背景，露在外面的皮膚顯得尤為清晰。

時吟好一陣子，才發現那上面映著的另一個人影。

男人倚靠著洗手間出口處大理石柱，深色的衣服，影子模糊，看不清五官。

他一動也不動，就那麼站在那裡看著她的方向，給人一種他彷彿已經站在那裡千萬年的錯覺。

時吟回過頭。

顧從禮微微垂著眼看著她，睫毛輕輕覆蓋，淺色的瞳孔被打下一層深色。

冰冷陰鬱，藏著點暴戾。

時吟無意識地縮了下肩膀，忍不住想要後退。

只是被他這麼看著，好像整個人都被剖開重組了一遍似的，想動卻又沒辦法動，被生生釘死在原地。

她眨眨眼，再看過去，那雙狹長的眼底暴戾淺散，只剩淡漠。

時吟手裡捏著剛才擦完手，被水珠打得皺巴巴的衛生紙，身子微微往前傾了傾，小聲開口：

「顧主編？」

顧從禮沒應聲。

時吟等了兩秒，朝他走過來。

剪裁簡單的黑色收腰連身裙，裙擺落在膝蓋往上幾寸的位置，隨著女孩的動作微微晃動。纖細的腕，白瘦手臂，圓潤的肩。往上是鎖骨的線條，脖頸的弧度，單薄脆弱得彷彿單手捏住就會像個洋娃娃一樣碎掉。

顧從禮平淡地收回視線。

時吟剛好走到他面前，她今天化了很精緻的妝，眼角微揚，唇膏應該剛補過，是很飽滿的紅。

幾秒鐘後，那嘴唇輕動，吐出字來：「主編，您也來這裡吃飯呀？」

顧從禮抬眼。女孩仰著顆小腦袋，漆黑杏眼看著他，兩把長睫毛刷子似的眨。

他往她手裡掃了一眼，突然道：「外貿原單？」

「啊？」時吟沒反應過來。

兩三秒後，她順著看向自己手裡的包。兩個C背靠著背，交疊在一起張牙舞爪掛著。

時吟張了張嘴，試圖解釋：「不是不是，欸，主編，我那天是開玩笑的，我就隨手一打，其實我不賣什麼原單的。」

顧從禮點點頭，表情平靜：「騙我的？」

「……」時吟不知道該怎麼回答，絞盡腦汁想著能編出什麼適合的理由，沒奈何，想不到，只能慘兮兮地咧了咧嘴角，好半天，才慢吞吞道：「也不能這麼說，就……」

顧從禮微微歪了下頭，十分耐心地等著她的答案。

他是窄窄的內雙，眼皮很薄，顯得有些冷漠薄情，配上內勾外翹的眼型，卻好像怎麼看都有點勾人的感覺。

面無表情歪著頭安靜的看著她的時候又莫名多出了點無辜的稚感，像是在引誘著人似的。

時吟有種被誘惑到的感覺。

這男人，幾年不見，段位真是越來越高了。

她沒出息地吞了吞口水，老實說道：「想跟你說句話……」

沒人再說話了，安靜片刻。

顧從禮垂眼，突然笑了一下。

時吟覺得有點熱，她厚了這麼多年臉皮，沒有想到也有不好意思的一天。

男色害人啊。

她還沒來得及臉紅，就聽見害人的男色淡聲道：「說我大傻子？」

時吟：「……」

時吟震驚了。

她唰地抬起頭，瞪大眼睛，不可思議，難以置信，驚恐萬分地看著他。

顧從禮語氣平淡，不辨喜怒：「時吟，幾年沒教妳，妳現在膽子大了。」

女孩慘白著臉，面無血色，形容枯槁，眼神絕望，看起來快哭了。

她哆哆嗦嗦地道歉：「顧老師，我錯了，我不是故意的，我以為——」

——以為你拉黑我看不見我罵你。

後面的話她不敢說，怕自己被打死在這。

「主編……」時吟可憐兮兮地看著他，「我真的不是故意的，您別生氣了。」

他沒說話。

時吟還想再接再厲，就聽顧從禮突然道：「週一之前畫好新連載的原稿給我。」

話題轉得太快，時吟沒反應過來，一臉茫然：「什麼？」

顧從禮看了她一眼，言簡意賅重複：「週一早上，我去取新連載的原稿。」

時吟：「……」

今天已經是週六晚上了，也就是明天一天時間，他要她畫好新連載的幾十頁原稿，這不是扯淡嗎。

就算她現在飛回家去通宵畫一晚都畫不完。

時吟回去的時候，林佑賀正在玩手機。

跟氣勢極強冷漠面癱的主編膽戰心驚地交流了一波，時吟現在看著校霸這張表情豐富的臉覺得親切異常。

又想到她還有幾十頁的原稿要畫，時吟腦殼疼。

她長嘆口氣，看了手錶一眼，再看著林佑賀：「林先生，你吃飽了嗎？」

林佑賀是個極其沒有眼力的人，完全沒看出她的暗示，點點頭：「普通吧，我剛又點了兩個甜點，巧克力巴菲和紅酒雪域妳要哪個？」

時吟：「……」

一頓飯最後吃完都八點了，時吟後來看了四五次手錶，校霸半點未察，還在和她討論時一老師的彩圖有多少缺點。

吃到最後，萬念俱灰生無可戀，面無表情地捏叉子戳著面前的紅絲絨，像是在戳什麼殺父仇人。

校霸終於吃飽了。

時吟撲騰著站起來準備去付錢，被林佑賀攔下來了。

「怎麼說也是相親，男方請是應該的。」

時吟覺得也是，校霸這種炫酷狂霸的性格肯定會覺得女孩子買單很丟面子。

校霸大大方方刷卡：「反正也是林源的卡。」

時吟：「……」

九點鐘，時一老師終於回到家。

她妝都來不及卸，洗了個手屁滾尿流就滾進了工作室，前幾天剛畫完的一疊分鏡草稿攤在面前。

時吟數了數，整整三十四頁。

正常她一個月的工作量，就算叫上助手，從現在開始不吃不喝不睡，每天頭不抬眼不睜的畫，也要十天才能畫完。

顧從禮就是故意想搞她。

他早就不是她的老師了，她也不是他的學生。

即使他現在是主編了，兩個人也算是平等的合作關係吧，非要說的話，他甚至還應該反過來喊她一聲時一老師呢。

老子才是你的搖錢樹！

時吟憤怒摔筆，覺得有必要讓顧從禮瞭解一下形式，認清誰才是爸爸。

晚上九點半，時吟坐在工作室裡，手裡筆一丟，電繪板一推，哼哼兩聲，靠回到椅子裡，開始玩手機。

明天週日，剛好有部新電影上映。

時吟翹著二郎腿，眼珠子一轉，有了決定。

手邊草稿隨意丟在一邊，她慢條斯理站起來，走出工作室，回手關門，踢踢踏踏跑去浴室卸妝去了。

卸完，時吟泡了玫瑰牛奶花瓣浴，敷了面膜，躺在床上哼著歌，一邊拿著平板看影片，一邊傳訊息。

時吟是A市人，遍地是朋友同學，高中時期的閨密方舒剛從紐西蘭留學回國，目前還沒有找工作，每天家裡蹲待業混吃等死，吃喝玩樂必備人選。

時吟二話不說傳訊息給她：『姐妹！姐妹！妳說，我們是不是好閨密。』

方舒回的很快：『我只有三塊錢。』

「……」

人情冷漠，物欲縱橫的社會。

時吟面無表情，嘴巴動了動，臉上的面膜貼了十多分鐘，此時已經有點乾了，稍微緊繃繃的感覺。

她捏著面膜紙一邊撕掉，隨手丟進垃圾桶，和方舒約好了明天見面的時間，又在高中的同學群組裡面狂轟亂炸了一通，約了幾個許久沒見的朋友晚上一起，才爬下床，去洗手間洗面膜液。

時吟跟方舒國中同校，不過兩個人當時不怎麼合。

方舒是小才女，多才多藝，琴棋書畫樣樣精通，學校裡有什麼活動都能拔得頭籌，人很高傲，幾乎不怎麼跟其他同學說話。

時吟當時算是她強而有力的競爭對手。

沒有想到高中，兩個人考進同一所高中，還同班。

同班也就算了，還是隔壁桌。

隔壁桌也就算了，方舒無意中發現，這個她國中時期以為的強勁對手，是個嘴巴停不下來的傻子。

方舒覺得，如果時吟是個反派，那麼她一定是個死於話多的典範。

而對於她高中時期的那點破事，方舒自然是最瞭解的一個。

包括顧從禮。

週日是好天氣，日頭大，陽光晃得人睜不開眼。

原稿肯定是畫不完了，時一老師乾乾脆脆地放棄，不僅一張也不準備畫，還像個中二時期的小孩似的跟顧從禮玩起了叛逆。

她行程安排很滿，中午和方舒吃個飯，下午看場電影，晚上參加同學聚餐。十點鐘回家，洗個澡睡覺，第二天神清氣爽的起床跟顧從禮正面剛。

完美計畫，滿分操作。

正午時分，兩個人坐在商場泰國餐廳裡，一個懶得像是渾身沒骨頭，一個腰板挺得筆直一絲不苟。

時吟軟趴趴地捏著叉子戳盤子裡的香蘭葉包雞，無精打采。

方舒一臉刻板精英樣：「他現在是妳主編？」

時吟鬱悶地點點頭。

方舒沉吟片刻，理智問道：「那他認出妳了嗎？」

「……」時吟一臉無語：「我難道是毀了容了嗎？」

方舒搖了搖頭，冷靜地說：「妳變好看不少，妳高中的時候——」她頓了頓，上上下下掃了她一圈，似乎在回憶她以前的樣子，最後，微微嫌棄，「太醜了。」

「……」

時吟手裡叉子一丟，憤怒地抬起頭：「妳怎麼回事啊，我找妳出來是為了聽妳說我長得醜嗎？」

方舒「哦」了一聲，一臉淡定：「不是嗎，那妳想聽我說什麼？妳跟顧從禮是上天註定的緣分啊，要好好把握，不要錯失良機，爭取和他再續前緣。」

她這一番話說得刻薄，完全沒有給時吟留任何情面的意思，話畢，她等著對面的人炸毛。

等了一下子，還是沒有反應。

女孩垂著眼，長睫低低的覆蓋著，咬了下嘴唇，又很快鬆開。

然後很輕鬆的勾出一個笑。

時吟重新拿起叉子，叉子尖插進雞肉裡，濃郁的油汁從裡面溢出來，黏上外面包著的深綠色的葉，聲音淡淡的，聽起來有些漫不經心：「哪門子的續法，」

她戳著雞肉舉起叉子，啊嗚一口咬下去，燙得舌尖發麻，只能咬著雞肉，嘶嘶哈哈的呼氣，口齒不清，「我們又沒前緣。」

飯後，兩人去看了電影。

電影是好電影，星際特效大片，演到最後，男主角死了，女主角瞎了。

時吟看得一把鼻涕一把淚的，散場的時候抱著方舒的手臂哭，把方舒煩得不行，抬指推了兩下沒推動，時吟哭得安靜又投入，沒擦乾的眼淚順著眼角滑到唇畔。

好一陣子，她才眨眨眼，伸出舌尖舔掉，又小心翼翼地擦了擦濕漉漉的眼眶，抬眼看向方舒，可憐兮兮地吸了吸鼻子：「我妝花了嗎，是不是該補個妝？」

方舒神情複雜的看著她。

時吟點點頭，轉頭就往洗手間走：「看來是花了，還好我帶了化妝品過來。」

大學以後，時吟很少和高中同學聯絡了。

後來他們班班長也搞過幾次同學會，時吟都沒去，這次本來是她主動提出來的，結果群組裡話音剛落，幾個狂熱聚會分子就立刻扛起了接班的大旗，最後負責討論的都是他們，時吟看起來反而變成了被拉著邀請的那個。

餐廳選在離商場不遠的一家，淮揚菜很出名，時吟和方舒是第二波過去的，人到的時候幾個人正站在門口聊天。

少年褪去了稚氣，夾著菸站在餐廳門口，看到學生時代熟悉的舊友驚喜萬分，相談甚歡放聲大笑。

方舒一下計程車，門口站著的兩個人就認出她來了。

男人笑嘻嘻地小跑過來：「哎喲我們方人美女，上次見面也兩年前了吧，怎麼樣，海的那邊空氣不如這裡好吧？」

方舒哼哼兩聲：「空氣沒怎麼注意，男人比這裡強多了。」

她一向是這個性子，大家都瞭解，男人也不在意，看到時吟跟著下來，側頭，眨著眼，做作的驚呼：「時咕咕！見到妳真高興啊！」

時吟非常配合他：「二狗！你又長高了！」

學藝股長二狗，本名苟敬文，高中時期是個自稱發育不良的矮子。現在依然是個矮子，看來確實不是發育不良了。

幾個人說著邊往門口走，二狗說笑了兩句，湊過頭來，神祕兮兮：「今天有神祕嘉賓。」

方舒挑眉：「有多神祕？」

二狗雙手合十，一臉虔誠：「我求佛求來的。」

時吟笑了：「看來是妹子。」

二狗啪啪鼓掌：「還真的是妹子，隔壁班的秦研，還記得吧，就高三時去參加什麼女團出道的那個，人家現在紅著呢，前兩天不是剛參加了一個綜藝，剛好那個節目的策劃我認識，大家高中都熟嘛，就叫來一起玩了。」

方舒笑了一聲：「你跟美女都熟啊。」

二狗笑嘻嘻地擺手：「大家都是好朋友嘛。」

此時幾個人已經走進了大廳，方舒翻了個白眼，一抬眼，愣了一下，腳步頓住了。

時吟就走在她旁邊，還在聽二狗說現在秦研有多多多仙女，沒注意到她。

方舒一把拉住她。

時吟停下來，轉過頭看著她：「怎麼了？」

方舒不確定地瞇眼，往前揚了揚下巴：「妳看那個，是不是顧從禮。」

時吟一愣，順著看過去。

最先看見的是他的腿。

顧從禮很高，學畫畫的人對人體敏感，目測就八九不離十了，他的身高差不多一八八，腿看起來比別人長了一截，黑色的長褲裹著修長的腿，腿型勻稱，襯衫的衣擺塞進褲腰，腰線處紮出俐落的褶皺。

方舒在她耳邊小聲道：「和他說話那個女的誰啊，戴墨鏡的那個，秦研？」

時吟目光落在男人身上不轉，彷彿沒聽見。

週末的餐廳大廳人滿為患，四周聲音喧囂，他低著頭，站在休息區旁邊，看起來像是在聽人說話。

側臉線條鋒利又冷漠，像是沸騰塵世間唯一的寂靜。

彷彿有什麼奇怪的感應似的，顧從禮抬起頭，正對上她的視線。

時吟朝他眨了眨眼。

顧從禮微瞇了下眼，眸光微沉。

二狗完全沒意識到這邊的風起雲湧，昂首挺胸走過去，大著嗓門道：「人到得差不多了吧？還差誰啊？秦研帶我們顧老師先進去吧，」他又壓低了聲音，幽默道：「不然國民女神等等被人認出來了該脫不開身了。」

時吟默了默。

聽這意思顧從禮還是秦研帶過來的。

秦研聞言笑了一下，巨大的墨鏡遮住大半張臉，只露出紅潤的嘴唇和小小的下巴尖。她側過頭，看向顧從禮，聲音溫溫柔柔的：「那我們先進去吧？」

顧從禮沒理。

秦研等了幾秒，抬手，似乎想去拉他袖口。

幾乎是同時，顧從禮站直了身，不著痕跡錯開她的手，往前走了兩步。

已經有幾個人注意到這邊的動靜看過來，秦研手指停在空中，有點尷尬。

時吟心裡有一點點小開心，也不知道在開心什麼，無意識彎著唇角，偷偷摸摸地笑。

還沒反應過來，顧從禮已經走到她面前，垂眼看著她，淡道：「作業寫完了？」

「……」

時吟唇角的笑意僵住了。

嚴格來說，這次也不算同學聚會。

是高中時關係比較好的出來吃個飯，有分班前的，也有兩個隔壁班的，秦研會過來很正常。

但是顧從禮在這裡就不太對。

顧從禮當年是他們的老師，雖然沒多久，而且教的是藝術生，但是因為一張盛世美顏在實驗一中引起過軒然大波的，大半個學校女生的夢中情人，算是非常有名。

那些無法無天天王老子都不怕的半大小夥子們看見他都要乖乖喊一聲「顧老師」。

二狗覺得，以前沒發現，顧老師還挺幽默。

他看了面露尷尬的秦研一眼，非常有眼力的上前打哈哈：「顧老師，我們都畢業多少年了，你還收作業啊，太慘了吧。」

顧從禮沒說話。

時吟很快反應過來，充滿感激地看了他一眼，爪子搭在他肩膀上，一邊轉頭往裡走：「二狗說的對啊，顧老師越來越幽默了啊，哈哈哈哈，我們先進去吧，啊，好餓啊……」

她越說聲音越低，面露心虛，嘴角抽搐。

二狗瞥了她一眼，又看看落在自己肩膀上那隻顫抖著的爪子，低聲問：「妳怕什麼？」

時吟一個激靈，瞪他：「誰怕了？」

「不怕妳抖什麼，妳溜這麼快幹什麼？顧從禮能吃了妳？」

兩個人走得快，跟身後的人拉開一段距離，時吟忍不住偷偷側頭往後瞥了一眼，餘光掃見秦研和顧從禮並排走，跟在她們後面。

她撇撇嘴：「剛剛還一口一個顧老師的叫，現在就顧從禮了，二狗，你還是那麼虛偽。」

二狗也不生氣，反而笑了，他長得清秀，一張娃娃臉，笑起來有種天然黑的感覺：「不是怕妳有心理壓力嗎，」他突然貼過來，人湊近了點，聲音壓得低，幾近耳語，「怎麼，還喜歡他呢？」

時吟腳步一頓，側過頭，看著他的眼神陰沉沉的，帶著警告。

二狗咧嘴笑：「妳這個人就是太較真，當年別說妳，我們班，我們學校有多少女生都喜歡他，天天一下課就趴窗臺上盯著，花癡似的叫喚，妳也垂涎一下美色怎麼了？而且都畢業這麼久了，妳不能因為當年的事就永遠這樣吧，一朝被蛇咬十年怕井繩啊？妳膽子也太小了吧。」

時吟快煩死他了，長嘶了一聲，咬牙切齒：「你知道你為什麼這麼多年了還是一百六嗎？」

「嗯？」

「因為你屁話太多，還愛多管閒事。」

二狗挑眉：「被我說中了啊。」

「滾。」

包廂是大包廂，一行八九個人落座，時吟坐裡面，一邊是二狗，另一邊方舒。

顧從禮的位置在她斜側面，旁邊坐著秦研，正在和他說話。

顧從禮靠坐在椅子裡，微垂著頭，有點懶洋洋的樣子，食指指尖搭在手機邊緣，也不說話，不知道是在聽還是沒在聽。

已經進了包廂，秦研就把遮住她大半張臉的墨鏡摘了，掛在胸口，V領的紅裙往下拉了點，線條飽滿誘人。

她一邊說話，上半身往顧從禮那邊一點一點傾斜，從男人的角度，只要一側頭，應該剛好看見寬闊領口後的美好光景。

時吟心裡冷笑一聲，撇開了眼。

沒有見過顧從禮這麼不要臉的男人。

一邊問她作業寫完了沒，自己倒是天天在外面鬼混，把妹把得美滋滋的。

眼光還高的嘞，一來就來個女明星，還國民女神。

酒桌情緒熱烈，時吟自己也喝了不少，有點醉了，她翻了個白眼，面前啤酒瓶子一推，捏了另一頭白酒倒滿，往二狗面前一舉，一臉肅然：「二狗，你剛剛是不是說你要調去帝都了？」

二狗沒反應過來，愣愣點頭：「對啊。」

話音剛落，時吟那邊已經一杯乾了：「祝你一路順風。」

滿滿一杯白酒，白開水似的咕咚咕咚下肚，透明的液體滑過喉管，辣得她皺起眉。

倒了第二杯，仍然笑嘻嘻道：「如日方升。」

秦研注意力不知道什麼時候被拉過來，沒再跟顧從禮說話，只看著她吐了下舌頭，嬌嬌氣氣地笑：「白酒是不是很辣啊，姐姐厲害啊，我酒量特別差。」

時吟本來聲音不大，大家各聊各的，沒引起什麼注意，倒是秦研這一聲，滿桌人都看過來了，開始起鬨。

時吟瞥她一眼，沒說話，舉杯喝了個乾淨。

女生喝起酒來有種淋漓盡致的大氣，暢快又灑脫，沒有半點扭捏，細瘦的手捏著杯子，頭微揚著，頸部線條拉得修長，室內燈下白得晃眼。

喝完，她手裡玻璃杯往桌上一擱，揚眼勾唇，似笑非笑瞥了秦研一眼：「姐姐還能更厲害，想不想看？」

這操作毫無預兆，秦研愣了愣。

時吟微微傾身朝她的方向靠了靠，胸口的布料貼緊桌沿，聲音低懶，帶幾分邪氣：「叫兩聲好聽的，哄姐姐開心了就給妳看？嗯？」

語氣輕佻，半點尊重也沒有，像是哪家的浪蕩公子哥。

秦研反應過來，臉色十分難看。

一片寧靜裡，方舒「噗嗤」一聲笑出聲來，抬手按著時吟腦袋啪嘰一下推回去，時吟重新栽進椅子裡，不滿地拍掉她的手。

方舒含笑道歉：「不好意思啊，秦研，時吟有點喝多了，她今天特別開心，大家又都熟，玩笑開大了。」

時吟撇嘴嘟囔：「我說什麼了？我說什麼了？我就喜歡和漂亮的小姐姐玩不行嗎？我看她電視

裡不也是這麼演的嗎……」

秦研剛緩過來一點的臉色變得更難看了。

她之前接過一部刑偵單元劇，在裡面演一個夜總會陪酒

說是什麼國民女神，當紅小花旦，其實也都是好聽的，別說大螢幕了，就算電視劇裡面，她也只能拿到一些配角刷個臉熟，此時時吟迷迷糊糊嘟囔著，明擺著打她的臉。

方舒又是一巴掌拍上時吟腦門，拽著手臂把人拉起來，毫無誠意又道了個歉：「喝得不清醒了，大家先吃，我帶她去醒醒酒。」

時吟十分乖巧地依偎在她懷裡，跟著她往外走。

出了包廂，方舒關上門，手一鬆。

時吟晃了晃腦袋，一臉不滿：「妳別鬆手啊，我真的有點暈呢。」

方舒抱著臂，好笑的看著她：「妳過分了，秦研眼睛都氣紅了。」

時吟翻了個白眼：「我和二狗玩得與世無爭呢，誰讓她突然跳出來幫自己加戲啊。」

方舒卻瞇起眼，湊近看著她：「妳和秦研這麼大仇？」

時吟聳肩：「沒仇。」

方舒哼哼笑了兩聲。

兩個人走到洗手間門口，時吟隨手拉開最近一個隔間門：「妳為什麼要問這麼愚蠢的問題？我和她有什麼仇妳心裡沒數嗎？」

方舒「哦」了一聲：「因為顧從禮。」

時吟沒說話。

方舒就當她默認了：「妳之前不是說妳現在對顧從禮已經沒有非分之想了嗎？」

「我什麼時候說的。」

「妳中午剛說過。」

「我說的是，我們沒有前緣可以續，妳對我不關心，妳到底是不是真的愛我？」

方舒一陣惡寒：「時吟妳要點臉，妳有非分之想就想吧，妳噁心我幹什麼？」

時吟忍不住笑了兩聲，頓了頓，輕飄飄道：「非分之想好像還是有，不過二狗說我是一朝被蛇咬十年怕井繩，其實我覺得他說得挺有道理的。」

方舒怔了下。

隔間裡，沖水聲嘩啦啦地響起，然後歸於平靜。

方舒回神，剛想說話，隔間門哢嗒一聲開了，時吟從裡面出來，平靜地走到洗手檯前：「我一直有，但我不敢了。」

時吟回去的時候，氣氛依舊熱烈，只是少了人。

顧從禮不在。

秦研倒是還在，已經被哄開心了，只是看見她們進來的時候冷冷瞥過來兩眼。

男人喝嗨了以後就喜歡開始說胡話，桌上位子已經換了一圈了，幾個男人湊在一起天南海北的亂吹牛，時吟旁邊換成一個女孩子。

小個子女生，長了張娃娃臉，皮膚很好，聲音也幼幼的，以前是班裡的英語小老師，叫李思璿。

幾年過去了，她沒有太大的變化，笑咪咪地跟她們打了招呼，將旁邊的酒瓶挪到一旁，換成果汁。

時吟一陣感動，覺得還是女孩子好，香香軟軟，又體貼。

她道了謝，端起來喝了兩口。

李思璿撐著腦袋歪著頭，狡黠眨眼：「好點了吧，別喝太多了，不然多難受呀，白酒後勁大。」

女人是比較懂女人的。

時吟滿臉無辜：「妳說得對。」

李思璿湊過頭來，小聲和她咬耳朵：「其實剛剛在大廳的時候我就懂了，秦研只說她帶個人，我也沒想到。」

「……」

妳又懂了。

時吟不知道該說什麼，只好保持沉默。

好在李思璿沒說兩句就轉到別的事情上的，女人的話題總是無窮多，三個人聊得火熱，沒多久，顧從禮回來。

秦研又湊過去了。

時吟覺得這頓飯吃得真是不爽極了，鬱氣陰魂不散似的圍著她轉，她煩躁地偷偷往那邊看，對上男人寡淡的視線。

她微愣了下。

顧從禮整個人靠坐在椅子裡，隔著半個桌子看著她，瞳孔在燈光下是淺淺的棕，剔透平靜的顏色，卻莫名有壓抑又鋒利的感覺。

時吟有種被老師抓包的狼狽感，匆匆移開視線，端起果汁杯，半張臉藏在杯子後面。

剛好那邊喝得嗨的又開始叫嚷著轉移陣地KTV不見不散，二狗熱情地扯著脖子喊她：「咕咕！咕咕！去不去啊！不見不散啊！」

時吟趕緊高舉手臂，興高采烈：「我去啊！不見不散！不見不散！」

二狗滿意了，又轉頭：「秦研去不去啊。」

秦研沒馬上回答，轉頭看向旁邊的顧從禮。

他還保持著剛剛的姿勢，靠坐在椅子裡，漫不經心的樣子，有點和他整個人的冷漠氣質不太相符的懶散。

又矛盾，又很奇怪的和諧。

秦研等著他的答案，所以所有人的視線都落在他身上，順便看熱鬧不嫌事大的起鬨：「顧老師，秦女神在徵求你的同意呢，讓不讓人家去啊！」

秦研笑得十分羞澀。

時吟看都懶得看，垂著頭，捏著小叉子戳盤子裡沒吃完的油潑魚片。

秦研這個女人是不是有毛病啊。

知道你們親近，你們認識，你們關係好，妳的事情他能做主了行了吧。

他是妳爸嗎？他讓妳去妳就去，讓妳不去妳就不去啊？妳這麼聽話啊。

妳作為一個成年女人能不能有點自己的主意？能不能？

時吟一邊心裡偷偷嘟囔著，一邊還是忍不住悄悄聽著顧從禮那邊的動靜。

等了兩三秒，才聽見他說：「時吟不去了。」

秦研笑容一僵。

被點了名的時吟茫然地抬起頭。

所有人一臉呆滯的表情，二狗沒反應過來：「啊？她說她去啊。」

顧從禮轉過頭來看著他，平靜又耐心地說：「她得回家寫作業。」

眾人：「……」

時吟：「……」

時吟：？

一頓飯熱熱鬧鬧吃到晚上九點，眾人一起走出去。

本來還張羅著要接下一場繼續玩，想了想第二天週一，該上班的上班該上課的上課，最終還是作罷，大家約好以後有時間再聚。

自然是要先把女孩子安排回去的，二狗和方舒順路，李思璿沒喝酒，自己開了車，體貼的荀學委看向秦研，熱情問道：「秦女神怎麼走？」

秦研的表情從剛剛開始就一直不太好看，她此時已經戴上了墨鏡，下巴高揚，紅唇抿著。

她站在餐廳門口張望了一圈，又去旁邊打了個電話，沒多久，踩著高跟鞋蹬蹬蹬的回來了：「剛剛忘記打電話給助理了，說剛出門，一個小時後到。」

有沒眼力的人嚷嚷：「讓顧老師送妳回去啊。」

二狗翻了個白眼，看了說話的人一眼。

剛剛在包廂裡，顧從禮話一出，整個房間都安靜了一陣子。

從剛剛在餐廳大廳裡開始，顧從禮一共只跟時吟說了兩句話，兩個人之間沒有任何交流，位子都沒坐在一起，可是就是這兩句話，已經足夠令人遐想連篇了。

眾人神情各異，原本以為是點錯了鴛鴦譜配錯了對，還是時吟解釋，說她現在和顧從禮勉強算是同事，作業指的其實是工作上的事情。

不過從態度上，一整個晚上，注意過這邊動靜的人也看出來了。人雖然是秦研帶來的，可這一頓飯下來，顧從禮根本沒怎麼理過她，明眼人多多少少看明白了幾分。

剛剛脫口喊出來的那個人對上二狗的視線，也反應過來了，訕訕道了別，腳底抹油飛快鑽進計程車先溜了。

但也沒什麼影響，秦研目的達到，順著臺階就下了，優雅一笑，聲音溫軟，三分打趣：「顧老師，有沒有空送我一程？」

顧從禮側頭：「妳的助理不是會來嗎。」

秦研一臉為難：「他說現在過來要一個小時才能到了。」

顧從禮：「那妳等等吧。」

秦研：「……」

秦女神連墨鏡下面露出的那塊下巴都變色了，踩著細高跟啈嗒啈嗒下了臺階，攔了輛計程車鑽進去走了。

時吟在一旁聽著，又忍不住想笑。

她靠在玻璃門邊，抬手摸了摸鼻子，唇角藏在掌心後悄悄彎起一點弧度。

人走的差不多，只剩二狗和方舒，時吟看著他們上了車，又看了二狗喝得通紅的臉一眼，不放心的拍了車牌號碼，才看著他們走。

剩下時吟和顧從禮。

夏夜晚風涼意微微，吹散了空氣中的悶躁，綠植蔥郁，樹影搖曳。

時吟偷偷抬眼看他。

男人走在她前面，背影頎長，寬肩窄腰，一雙賞心悅目的大長腿。

後面的計程車開過來，他走到車旁，回頭，居高臨下瞥她一眼，往車門揚了揚下巴：「上。」

時吟愣了兩秒，才反應過來，顛顛跑到後排，拉開車門鑽進去。

關上門第一件事就是放下車窗往外瞅，就看著他也跟著鑽上了副駕駛座，跟司機說了她家社區名。

時吟有種受寵若驚的感覺，小心翼翼地伸著腦袋往前：「主編，您打算跟我回家啊？」

「……」

顧從禮無聲地從後視鏡看了她一眼，眼神怪異。

時吟不敢說話了，乖乖地重新靠回後座。

過了兩分鐘，她又忍不住，低聲嘟囔：「我家挺大的，夠兩個人睡了……」

這次，顧從禮直接轉過頭。

光線昏暗，只有車窗外街燈的暖光被拉長了濾進來，他的眼睛漆黑，嘴角繃著，沒什麼表情，看起來有點陰沉。

時吟連忙閉上了嘴，安安靜靜地看著他。

她今晚喝得確實不少，白酒摻了啤酒，一雙杏眼卻依舊清亮。

顧從禮微瞇了眼：「不是醉了？」

她愣了愣，才反應過來他說的是哪回事。

莫名的又開始不開心了。

時吟沉默了一下，沒說話。

然後，毫無預兆的，她抬手把著副駕駛靠背坐直了身子，人整個靠過來，臉側貼著座位，下巴往上一擱。

顧從禮還側頭垂眸看著她，她的臉倏地貼過來，兩人之間距離無限靠近。

男人的五官在眼前放大，黑夜彷彿染黑了他的瞳孔，濃郁深沉的黑裡像是有無數隻從地獄裡伸出的手，拉著人幾乎要被吸進去，一同淪陷於沸騰業火之中。

她垂眼，視線黏在他薄薄的，柔軟的唇瓣上。

時吟無意識地吞了吞口水。

酒壯慫人膽。

她覺得，自己有膽子這麼近的距離盯著他看，可能是真的有點喝醉了，已經開始神志不清了。

她還沒回神，顧從禮已經轉過頭去，時吟直起身子，晃了晃腦袋，又重新擱上去：「我借著酒勁調戲了秦研，你不高興了？」

連敬語都沒有了。

顧從禮無波無瀾道：「跟我有什麼關係。」

「你剛剛為什麼沒送她回去？」她又問。

他重複：「跟我有什麼關係。」

時吟抿了抿唇，心跳變得有點快。

她頓了頓，輕輕吐出口氣來，聲音低低的：「可是你送我了。」

「妳是我的作者。」

她連呼吸都停了兩秒。

即使他說這話的時候平靜又冷漠，聲音沒有半點情緒波動，也沒有別的意思。

但是就好像，她與他之間終於再次建立起了關係的樞紐，不再是無關的人，即使只是編輯和漫畫作者的關係，她也是「他的作者」了。

不重要也沒關係。

不特別也沒關係。

只是作為他的作者，好像已經足夠。

時吟彎起唇角，一晚的煩躁鬱氣簡簡單單就消失得無影無蹤，她重新靠回後座裡，側頭看向車窗外。

車輛高速行駛，車窗開了一半，晚風灌進來，溫涼清爽，女生的聲音夾在風力，輕輕淡淡的：「主編。」

「嗯。」

「你不用跟我打親情牌了，就算你這麼說，我明天之前也不可能畫完三十四張原稿的，天王老子也畫不完。」

顧從禮沒說話。

時吟頓時有了底氣，覺得有必要鬥爭到底，讓顧從禮這次能夠清醒地認知到自己之前的要求有多麼可笑，多麼神經病，多麼反人類，多麼不可能做到。

而且他是編輯，她才是畫畫的！時一老師入行以來叱吒風雲三、四年，這點場子找不回來以後還要不要混了。

這麼想著，她一咬牙，側過身，在狹窄的後座哼哧哼哧翹起了二郎腿，揚起下巴，一臉很屌的樣子，大著膽子繼續道：「三十四張原稿，你如果兩天內畫得完，我跪下來給你磕頭，再叫你三聲爸爸。」

顧從禮以前是當老師的，功力自然毋庸置疑，時吟曾經見過他的畫，是真正有才能的人才畫得出的東西。

但是這並不表示，他能兩天畫出三十四頁原稿。

漫畫和普通的畫、人物肖像不同，是需要利用分鏡鏡頭來講故事的，職業漫畫家在有助手的情況下每天差不多可以完成兩到三頁原稿，彩漫則要更慢一些。

顧從禮當然畫不完，除非他有二十雙手。

時吟覺得自己穩操勝券，像個大爺似的翹著腿癱在計程車後座，斜歪著身子，周身充斥著強者的氣勢。

她已經無敵太久，立於不敗之地太久太久了。

現在連顧從禮都無法奈何她分毫，這個無趣的世界到底還有什麼意思。

時吟在後面一個人得意得沒完沒了，好像下一秒就要上天了，顧從禮從後視鏡瞥了她一眼，不鹹不淡道：「本來也不覺得妳能畫完，」他頓了頓，「也知道妳不會畫。」

時吟一噎。

怎麼說那種感覺呢？就好像是國中生跟三十歲的老男人說話。你當真的事情，你特別認真計較的事情，他四兩撥千斤就過去了，結結實實一拳打在棉花上，全是無力感。

偏偏他還一副雲淡風輕，不想跟小朋友計較的樣子。

時吟安靜了三秒，肩膀一塌，咬牙道：「不覺得你說什麼？」

顧從禮：「妳罵我。」

「……」

我不就罵你一句傻子嗎？你幼稚園剛畢業嗎？

時吟差點沒被自己一口口水嗆著，她坐在後座中間，腦袋伸過去，從駕駛座和副駕中間的空處看她，表情看起來既可憐又憤怒，一臉憋屈著想發火又不敢發的表情：「那你也不用……今天一直提作業什麼的吧，」她委屈地壓低了聲，「那麼多同學都在呢，我不要面子的啊……」

顧從禮手肘撐住車窗框，單手撐在耳畔，微側著頭，許是因為受了酒精的影響，聲音鬆懶：「人多才能讓妳長記性。」

「……」

妳說妳問他這個做什麼，他總是有理由。

時吟翻了個白眼，再次靠回後座，不想再說話了。

她不說話，顧從禮自然也不會主動跟她說話，餐廳到她家不算遠，車子停在社區樓下，時吟開門下了車，轉身跟他道別：「主編，今天麻煩您送我回來了。」

顧從禮「嗯」了一聲。

時吟頓了下，又試探性問道：「那您明天還……來嗎？」

顧從禮側頭：「新連載準備得怎麼樣了。」

時吟連忙道：「第一話分鏡草稿畫完了！」

「《ECHO》的完結篇呢。」

「……」時吟目光游移：「還差幾張……」

她一副心虛到不行的樣子，垂著腦袋，看都不敢看他。

結果顧從禮並不多問，只是點點頭：「《ECHO》畫完給我，新連載原稿先不用畫，第一話的分鏡草稿今晚傳給我看一下。」

時吟小雞啄米似的點頭。

社區裡路燈昏暗，小蟲飛蛾盤桓。

他說一句，她就乖乖答一句。

顧從禮抬眼。

她今天穿了件白裙子，昏黃的燈光將她描了一層毛絨絨的邊，大眼睛明亮水潤，認認真真看著他的樣子，像藏在森林深處樹叢裡的食草動物。

他收回視線：「上去吧。」

時吟如釋重負，長出口氣，朝他揮了揮手：「主編再見！」

一路小跑著顛顛顛跑走了。

白色的小影子兔子似的一竄一竄逃進大樓裡。

計程車司機聽了他們一路，此時看著也覺得好笑，打方向盤轉了個圈，笑道：「這小女生怎麼看起來這麼怕你呢。」

顧從禮沒說話。

司機四五十歲，可能是第一次看到有年輕人是這樣的相處模式，打趣道：「你可要小心點啊小夥子，對女孩子不能一直這樣，我看那小女生長得漂亮，你對她那麼凶，把人嚇著，到時候被別人一哄就跑了。」

「……」

這算凶嗎？

顧從禮終於有了反應，他眼皮微掀，彎了彎唇角：「不凶一點她就上房揭瓦了。」

差一點點就能上房揭瓦的時吟睡得不怎麼好，她做了個很長的夢。

夢裡一片汪洋大海，她踩著衝浪板魚似的在浪花間穿梭，突然一個大浪撲過來，她整個人被淹在裡面了。

又鹹又苦的海水順著鼻腔口腔不要錢地往裡灌，酸澀痛感刺激著淚水跟著嘩啦啦往外滾，巨大的浪花拍得她渾身疼得近乎沒有知覺，只覺得整個身體都散了，時吟閉著眼，跟著海流不知道沖到了什麼地方。

耳邊全是聲音。

哭聲、罵聲、尖利又放肆的笑聲，還有男人低低淡淡的嘆息。

海水中彷彿蘊含無數靈魂，前仆後繼往她的耳膜裡鑽。

再睜開眼睛，面對的是白花花的天花板。

時吟怔怔地一動也不動，覺得還有種在海水裡飄蕩沉浮的錯覺。

隔一陣子，她才坐起來，抬手抹了把眼睛。

濕漉漉的。

這夢也太真實了點。

滿身的汗黏著睡衣，時吟爬下床進浴室洗了個澡，整個人才從混沌的狀態裡清醒過來，擦著頭髮出來，剛好接到方舒的電話。

『怎麼，昨天和顧老師發展如何。』方舒劈頭蓋臉就問。

「……」時吟一陣無語：「什麼叫發展如何。」

『昨天我們走了就剩你們兩個了啊，妳別告訴我他自己走了把妳丟在那了吧，喝醉的、漂亮的女學生？』

「……」時吟疑惑道：「妳今天是不是被人魂穿了啊，昨天喝的是假酒？」

『別人關心妳妳還不適應了？我關心一下妳的感情發展不行嗎？』

「那不好意思啊，要讓妳失望了，並沒有什麼感情發展，也不會有的好嗎，」時吟穿著拖鞋走到床邊一屁股坐下，手機丟在一旁按了擴音，兩隻手抓著毛巾擦頭髮，「他現在是我的責編，我們除了工作以外的話半句都沒多說。」

時吟當漫畫家這事她從來沒說過，同學裡只有方舒知道，二狗只以為她是做設計之類的工作，甚至因為時吟社群動態上經常中午還沒起床，所以很多人以為她現在無業遊民每天在家裡啃老。

已經被親戚朋友們打上了啃老標籤的時一老師覺得無所謂，倒是時母十分在意這件事，每次那些七大姑八大姨親切地表示她實在是太寵時吟，畢業一年了，只靠著父母養哪行，並且開始幫她介紹工作的時候，時母都會非常無奈且煩躁。

時吟和方舒有一句沒一句聊了一下，掛了電話，毛巾隨手搭在門把上，撈了沙發上筆電開電腦。

她昨晚實在太累，乾脆躺在床上傳了新連載的分鏡草稿給顧從禮，傳完筆電就隨手放在一旁。

此時差不多上午十點，郵件已經讀過了。

時吟想了想，站起身，從床頭拿了手機過來，點開聊天軟體。

她常年有一大堆東西，廣告帳號傳送未讀訊息之類的，紅色的訊息提示幾百上千則，她懶得點，就那麼放著，多一兩個新訊息根本不知道，有時候過個四五天，她才會發現。

但是這個訊息如果是顧從禮傳過來的，那麼晚一分鐘看到，時吟都肝疼。

看著那個紅色的小小的阿拉伯數字一，時吟愣了幾秒才反應過來，瞪大了眼，小心肝顫顫悠悠地點開。

早上七點半的訊息：『醒了過來一趟。』

再看手錶，十點了。

時吟屁滾尿流地爬下床，飛奔到衣櫃前拽了套衣服出來套上，梳子隨手扒了兩下半乾的頭髮，拉起包就出了家門。

《赤月》是搖光社旗下的月刊漫畫，她家過去差不多半個小時左右，到那不到十點半，也可以假裝自己其實起了個大早，優雅地喝了早茶才過來的。

巨大辦公大樓玻璃帷幕牆映著碧藍天空，門口立著大大的 Alkaid 字樣 LOGO，時吟不是第一次過來，前檯也認識，打了個電話給顧從禮，領著她到了漫畫部的樓層會議室。

她進去的時候，顧從禮已經在裡面了，面前一個牛皮紙袋。

他的視線落在她半濕的髮梢半秒，移開，朝前面沙發揚了揚下巴，示意她坐。

時吟在他對面坐下。

「妳這個不行。」顧從禮開門見山道。

「嗯？」

「題材還可以，也不是第一個，想畫出新意要下功夫，設定相對出彩，但是故事核心很單薄，再擴一下，」他閉了閉眼，揉了下眼角，「而且分鏡問題大，節奏可以變一變，回去改完再拿給我看。」

也只有在這種時候，他才會對她說這麼多話。

時吟靠坐在沙發裡，單手撐著腦袋，指尖一下一下點在臉側。

她聽得認真，一邊思考一邊皺了下眉：「主編，您什麼時候有空，我拿稿子來您說一下，不然就這樣說有些地方還是不太懂。」

顧從禮沒說話，將面前的袋子推給她。

時吟拉過來打開，抽出裡面的東西看，愣住了。

是她新連載的分鏡草稿。

昨天晚上她傳過去的三十四頁，被他一張張列印出來，上面很多紅筆畫出來的圈圈框框，還有一行行的字跡批註。

而他早上七點多傳訊息給她，就是說明他通宵了一晚，把這些都看完了，每一張都很詳細的標出了問題和需要修改的地方。

她愣愣地抬起頭。

顧從禮微微前傾著身靠近，白皙修長的食指抬了抬，點在紙面上，淡淡看著她：「這樣懂了嗎。」

時吟恍了下神，彷彿又陷進之前那個夢境裡，滔天的巨浪捲著她穿過了時間的橫軸，回到學生時代，回到了高中時那熟悉的下午。

擺滿了石膏像和靜物的空曠畫室裡，顧從禮手裡拿著鉛筆站在她背後，脊背微弓，長臂前伸，垂著頭認真又專注地幫她改畫。

鼻尖嗅到的是他身上乾淨清冽的氣息，感受到的是他幾乎貼上她通紅耳廓的手臂的溫度。她坐在畫架前，有種被他圈在懷中的錯覺。

一片寂靜裡，男人清冷低淡的聲線混合著筆尖和紙張的摩擦聲，帶著淺淺的鼻息，在她耳畔一層一層曖昧低盪開。

「這樣懂了嗎。」

第三章　荒涼大夢

非要算起來，時吟第一次見到顧從禮並不是在藝體樓樓下。

實驗一中本來只有一個校區，雖然地處市中心，不過面積不大，教學設施的老舊程度也很配得上它百年老校的名號。後來學校發展起來，又建了新校區。

新校區位置略偏僻，靠近郊區，但是占地大，旁邊有個大公園，和學校之間一泊人工湖隔著，空氣清新，環境好得不行。

高一新生在老校區，期末分了文理組班以後轉到新校區去，那邊離市區遠，晚自習下的又晚，所以除了一些家長要求在學校附近租房子陪孩子讀書，其他人基本住校。

時吟就是在剛搬到新校區的第一天碰見了顧從禮。

校區新建沒幾年，宿舍嶄新，理科學校，男多女少，女生宿舍兩棟，男生三棟，中間隔著一條馬路，兩道欄杆，三片花圃。

舊校區地方小，學校是沒有強制要求住校的，時吟班裡的同學多數都沒住過校，第一次住校，大家跟參加集體露營似的，相當興奮躁動。

時吟長得好看討喜，性格又好，當時在班級裡人緣是很好的，也算很多人想混進去的明星小圈子裡的一員。

物理課一下課，她就被當時只有一百五的二狗拉過來，找了個牆角，低聲神祕兮兮地說：「九點半，三號男宿，玩嗎？」

時吟四下看了一圈，也低聲道：「什麼活動。」

二狗不肯再多透露：「妳來便知。」

時吟悄悄比了個江湖手勢。

二狗也回了一個，順便風情萬種地對她拋了個媚眼，蹦蹦跳跳一竄一竄回教室繼續上課了。

從老校區過來的孩子們彷彿貧困山區出來見世面的，第一天換校區，大家也是第一次知道原來實驗一中的桌椅可以這麼新，黑板可以這麼黑，廣播聲音可以這麼清晰。

就連晚自習也上得讓人通體舒暢，背起單詞幹勁十足。

八點半晚自習一下，時吟抱著書本和方舒回寢室，寢室裡另外幾個人還沒回來，時吟放下東西，洗了個澡，換了套衣服，九點半過了。

宿舍的門還沒鎖，舍監阿姨背靠著玻璃窗口坐，正一把鼻涕一把淚的看《還珠格格》。

時吟拉上方舒，躡手躡腳溜出去，路上還有不少同學下了晚自習笑笑鬧鬧往回走，路燈影影綽綽，大片的花圃傳來蟬鳴。

兩個人走到男生宿舍那邊，自然是不可能大搖大擺走進去找人的，二狗又只說了在門口，沒辦法，只能站在門口等。

時吟為難側頭：「光讓我們來，怎麼進去啊？」

方舒大學霸看起來興致缺缺：「我哪知道，是妳拉我來的。」

「是二狗讓我叫妳的。」

「讓妳叫妳就叫，妳真是聽話。」

時吟湊過來，神祕兮兮道：「妳知道二狗他室友是誰嗎？以前三班的沈之揚啊，級草瞭解一下。」

方舒一臉「妳當我是妳嗎」的表情。

時吟搖頭晃腦，「妳不要假裝矜持了，畢竟愛美之心人皆有之，這個世界上有誰不愛帥哥呢？而且這沈之揚我曾湊巧有過幾面之緣，實乃絕代佳人也。」

方舒沒理她，時吟也習慣了，沒在意，蹲在男宿舍門口想著就這麼吼二狗一嗓子他聽不聽得見的時候，聽見旁邊有人笑了一聲。

時吟仰著腦袋，側頭。

少年穿著校服站在她們旁邊，有點眼熟，有過幾面之緣的時吟慢吞吞地認出來，好像正是絕代佳人沈之揚本揚。

突然和她對上視線，他愣了一下，不好意思地摸了摸鼻子。

二狗從他身後竄出來，一爪子拍在時吟肩膀上，個子不高力氣卻不小，一把把她提起來，下巴一揚：「走了。」

時吟揉了揉蹲得有點發麻的腿，跟著他走。

宿舍旁邊隔著花圃和一條石子路是藝體樓，樓側外面也有樓梯，門開在每層走廊的最裡面，是安全疏散通道，只不過平時那門都鎖著，出不去進不來。

二狗帶著她們過去，人走在最前面，中間兩個女生，沈之揚墊後，四個人就這麼順著藝體樓外面的樓梯一直爬到了樓頂天臺。

已經有幾個人在了，一團團黑影兩兩三三湊在一起，看見他們過來，擺了擺手。

時吟走近了才看清，四五個人，一個不認識，應該是誰帶來了新室友，剩下的幾個都是他們班的。

工具倒是齊全，天臺正中央鋪了塊大床單，中間還立了個做舊小夜燈。

幾個人盤腿坐在上面，黑夜裡看不見身體，只能看見在夜燈昏黃光線下一張張陰森森的臉，像是一個個沒有身體的，懸在半空中的腦袋。

時吟：「……」

時吟開始後悔參加這次活動了。

她後退兩步，還沒來得及溜，被二狗推著走過去。

腦袋們仰起頭來，對她笑。

時吟雞皮疙瘩都起來了，哆哆嗦嗦地：「你們就不能帶個亮一點的燈嗎？」

二狗笑嘻嘻地：「太亮了不就被發現了嗎？」

「誰沒事會往樓頂看啊，而且你們坐在正中間，從下面看也不會看見好嗎？」

「那也沒氣氛了啊，還怎麼玩了。」

旁邊已經坐下的體育股長也伸過頭來，幽幽道：「對啊，妳知道我們為什麼還在這裡嗎？」

時吟悚然看著他，腦海中已經閃過無數個校園靈異故事，比如從前有個女學生，她怎麼怎麼樣，後來怎麼怎麼樣了。還比如從前有個女老師，她怎麼怎麼樣，最後怎麼怎麼樣了。

她想得肩膀直縮，還沒來得及捂上耳朵，就聽見體育股長陰森森道：「因為我已經考察過了，只有這棟樓的天臺鋪了草坪，坐著比較舒服。」

時吟：「……」

她翻了個白眼，靠邊坐下，也成為一圈懸著的腦袋裡面的一顆。

眾人坐好，二狗手一抬，靜了聲。

黑夜裡的校園一片寂靜，二狗白皙清秀的正太臉在昏暗燈光下迷離又朦朧，他從口袋裡捏出一副紙牌，低低開口，聲音輕卻清晰：「遊戲簡單，玩之前，你們有沒有感覺，天臺上不只有我們在？」

有女孩子縮了縮肩膀，和旁邊的人靠得近了點，下意識往身後看。

時吟：「……」

她本來還沒覺得什麼，被這女生一搞，也覺得背後有人。

二狗垂眼，手裡的牌嘩啦嘩啦洗開，配合著周圍氣氛，聲音陰詭怪異，像是被扭曲著飄蕩在空中：「七月鬼門開，月底了，那些個髒東西在陽間也留不了幾天了，你們覺得，他們會喜歡什麼地方？」

話音剛落，一聲尖叫，來自方舒旁邊的女生。

她這一叫不要緊，旁邊的另一個女生緊跟著撲騰著跳起來，大叫尖聲。然後，就跟多米諾骨牌似的，沒被嚇到的被這兩聲突如其來的高分貝女聲嚇了個半死，二狗一個激靈，也跳起來了，嚷嚷道：「妳們幹嘛啊！嚇死我了！」

最開始叫起來的那個女生臉色蒼白，看起來更加恐怖，越過時吟看著她身後，哆哆嗦嗦地抬起手，指著前面，聲音聽起來快哭了：「真……真的有人，眼眼眼眼睛是紅的……」

時吟汗毛都立起來了，唰地轉過頭去。

寂靜黑暗裡，她身後一點猩紅的光點，明明滅滅，上上下下微微晃動。

時吟站起身，瞇起眼，大著膽子直勾勾望進黑暗裡，仔細分辨。

那猩紅的點頓了頓，停了兩秒，晃晃悠悠地靠了過來，怎麼看都像是……人影漸近。

屬於成年男人的骨骼身架，黑褲子，白色襯衫鬆鬆垮垮，衣角後隱約可見褲腰。

袖子隨意的捲著，小臂低垂，一雙削瘦的手，手背青筋掌骨微突，修長手指間夾著一根——菸。

時吟的猜測得到證實，肩膀塌下來，有點無語地回頭瞥了身後的女生一眼。

天臺唯一的光源就是她們帶過來的燈，此時燈前一圈人全都站起來，光線被上半身遮了大半，男人的臉藏在黑暗裡，只能模糊看到眉眼的輪廓。

好像是個挺帥的男的。

可是這個時間，老師應該早就下班了。

難道是保全？

時吟被這人藏在黑暗裡的長相勾得心癢癢，側頭小聲對方舒道：「新校區就是不一樣啊，連保全都長得很帥？」

她聲音不大，比上課的時候悄悄和同學說話的聲音沒大多少。

但是此時周圍太靜，她的低語聲顯得清晰又突兀。

一句話，倒是喊醒了周圍一群人的魂，大半夜的被抓了包，剛剛還張牙舞爪的男生們一個個安靜如雞，女孩子看清了是人類以後鬆了口氣，緊接著又緊張了起來。

說實在的，現在想想，就算是害怕，也應該是面前這個男人害怕才對，人家上天臺抽個菸，看見前面亮著光的腦袋懸在半空中圍了一圈，跟他媽小鬼聚眾開大會似的，誰不怕。

時吟也有點尷尬，抬眼看面前的人，見他一直沒有說話的意思，她也不知道說什麼好，只能尷尬道：「叔叔好……」

他沒什麼反應，也不知道是聽見了還是沒聽見，捏著菸的手輕動，食指微抬，撣了下菸灰，又抬手，咬進嘴巴。

寂靜黑夜裡，猩紅一點的光照出了男人下半張臉的鋒利輪廓，然後很快再次被黑暗吞噬。像膠捲電影裡出現的畫面。

他含著菸，吐字有點模糊，嗓音冷淡低啞：「十點半，小朋友上床時間，在外面逛什麼。」

時吟覺得，如果再讓她遇見這個男人，她一定能夠認出他，即使沒能看清楚他的臉。

因為他有一把讓人耳朵懷孕的嗓子。

清冽低淡，薄冰似的質感，裡面還彷彿摻雜著融不掉的冰粒，磨得人靈魂發顫。

一圈小朋友們半夜從寢室裡偷偷溜出來被大人抓包，一個個心虛得不行，生怕被問幾年級的哪個班的班導師是誰叫什麼名字明天跟我見一下你們老師，點頭哈腰齊齊鞠躬道歉，動作整齊劃一，聲音比軍訓的時候喊口號還要嘹亮：「叔叔再見！」

——掉頭就跑了。

「……」

時吟走在最後面，鬼使神差地回頭看了一眼。

黑夜與他融為一體，唯有一點紅光可見，亮起了一瞬，然後墜落在地，被踩滅掉了。

真的有點像鬼火。

時吟克制住想衝過去拿手機照亮他的臉，看看他長什麼樣子的欲望，轉頭跟著二狗一起跑下樓。

沒見到人家長什麼樣，心臟就開始砰砰砰跳個不停，怕不是真的見了鬼。

後來的幾天時間裡，上課下課午休自習，她都有點不在狀況，直到再一次在藝體樓下看見他。

男人站在藝體樓門口，靠著牆邊，有路過的學生跟他打招呼，不少女生紅著臉，一句顧老師叫得百轉千迴。

他點頭回應，眼都不抬。

時吟發現，他甚至根本不需要開口說話，不需要透過聲音辨認，他站在那裡，無聲無息，就能和那天晚上的人影重合。

氣息和輪廓，都是他。

夜裡沒能看清的那張臉，要比想像中年輕一些，也比想像中更英俊好看，像個不食人間煙火的妖精。

下課時間一共也沒有幾分鐘，此時已經過半，眼看著就要上課，時吟有點著急，想不到有什麼理由能過去跟他說話。

他怎麼不是保全，是老師啊。

還不如是保全呢，時吟想。

她跺了跺腳，有點急，乾脆豁出去，先過去問聲好，到時候隨機應變好了。

剛想過去，上課鐘響起。

「……」

時吟好氣啊，煩躁地抓了抓頭髮，依依不捨看了他最後一眼，才往教學大樓的方向跑。

跑了兩步，又停住了，重新轉過身，結果巧得很，男人剛好也不知道什麼時候轉過了視線，看著她。

時吟第一次清清楚楚地看見他的眼睛，淺淺的棕灰色，眼神冷漠，落在她身上毫無情緒，像是看著什麼沒有生命的東西。

可是她來不及思考那麼多，時間緊任務急，時吟趕緊小步重新跑回去，仰著腦袋看著他，有點緊張地舔了舔嘴唇：「嗨。」

「……」

時吟懊惱地塌了下眉，覺得自己現在看起來肯定很像個傻子。

她清了清嗓子，明知故問道：「原來你不是保全啊？」

他垂著眼，依然沒說話。

時吟露出恍然大悟的表情：「你是不是不記得我了，就是——」她頓了頓，四下看了一圈，才壓低了聲音，小聲問道：「前幾天在天臺上，我們不是見過一次嗎，那個是你吧？」

他頓了兩秒，終於有了反應：「嗯，是我。」

時吟鬆了口氣，有點開心，又有點得意：「我就知道是你，雖然我當時沒看清你的臉，你是老師嗎？」

他瞥她：「不像嗎？」

「太像了，就是沒有想到會有老師那麼晚了還在學校裡，」少女從善如流，還加上了敬語，「您是姓顧嗎，您教什麼科目的呀？理科嗎？物理？化學？」

她話音剛落，上課鐘響起第二遍。

剛剛打過的那個是預備鐘，所以現在已經開始上課了。

校園裡已經見不到別的學生，男人安靜的看著他，聲音平而淡：「教妳不用學的科目，上課了，回去吧。」

你又不知道我學什麼，你怎麼知道哪些課我不用上。

她還沒來得及說話，他已經轉身先走，進了藝體樓。

時吟眨兩下眼睛。

理組老師的辦公室可不在藝體樓裡，文組應該也不在，新校區的藝體樓是什麼結構她也不知道，只聽學長學姐說一樓和地下室都是畫室。

跑回班級用了三分鐘的時間，時吟回到教室的時候，光榮地遲到了五分鐘。

正在上生物課，據說實驗一中的兩個校區生物組全體老師都是地中海，而且沒有一個女老師，全部都是男的。所以一進到生物組教師辦公室，能看到一排排一模一樣的鋥亮的腦門連著頭頂，從老到小，無一倖免，也不知道是不是什麼神祕的詛咒。

時吟她們班是理組實驗班，生物老師是生物組組長，大概是因為最強，所以禿的最厲害，人稱老禿，也剛好是她們班班導師。

時吟想，那個不知名顧老師一定不是教生物的，因為他不禿。

可是她又實在不能接受他不強的事實。

那麼帥的男人，怎麼可以不強？

可是他不禿。

強者都禿。

時吟痛苦極了，沐浴在老禿譴責的目光下恍了一整節課的神，內心陷入了極度的煎熬與糾結之中，好不容易混到了下課鐘響起，她「唰」站起來，椅子往後一推，刺啦一聲。

全班都看過來，老禿臉色漆黑。

時吟肅然深深一鞠躬：「老師辛苦了！老師再見！」

——然後衝出了教室。

老禿一臉茫然，兩三秒後才反應過來，大步走到教室門口扯著脖子朝走廊裡喊：「時吟！我還沒講完呢！我再講五分鐘！妳給我回來！」

時吟頭都不回朝後面擺手，姿勢帥得像個浪子劍客：「老師您先講吧，我五分鐘後就回來！」

老禿氣得七竅生煙，大吼著她的名字，時吟兩個字在空曠的教學樓走廊裡長久地迴盪、迴盪、迴盪，也拉不回少女一顆追逐美色的心。

時吟直奔藝體樓，像是一個熟練的新校區的學生，神色自然得彷彿第一百次踏入這個地方，一邊不動聲色的打量。

果然，一樓一整層，全部都是畫室。

一共三大間，其中兩間的門關著，透過玻璃窗看得見裡面藝術生坐得七零八落，神情專注。最後一間空著，裡面沒人。

時吟小心地推開虛掩的門進去，有顏料混合著紙張、木頭和灰塵的味道。

層層疊疊的木頭架子上擺著大大小小各種石膏像，牆邊一個橢圓形的小洗手檯，檯邊搭著兩支沾滿顏料的筆。畫架或兩三個一堆立在一起，或單個孤零零地架在角落，有些上面白紙上有未完成的畫，顏料層層疊疊暈開在紙面上，時吟看不出名堂來，卻覺得有種說不出的美感。

她像是窺探到其他世界，不敢再往裡走，只敢站在門口小心地張望，目光能及之處有限，她看著門口白色桌布上擺著的一顆桃子，小心翼翼地，有點好奇地伸手，拿指甲尖輕輕戳了一下。

在時吟還沒來得及反應的時候，桃子滾下了桌子，掉在水泥地面上，輕輕地啪嗒一聲。

摔爛了，還摔出了汁。

「……」

時吟僵住，幾秒鐘後，才意識到自己闖了禍。

少女臉色都白了。她蹣跚著磨蹭過去，顫顫巍巍蹲下身來，哆哆嗦嗦地伸手，捏著被摔得稀爛的，軟乎乎的桃子的屍體，有點拿不準是現在毀屍滅跡好還是投案自首好。

正猶豫著，畫室門又被人推開了。

時吟仰起頭。

顧姓不知名某老師站在門口，單手握著門把，垂著頭看著她。

毀屍滅跡好像是不行了。

時吟蒼白著臉，吞了吞口水：「不是我的錯，我就碰了一下，是它自己想不開。」

「……」

顧從禮有點好笑。

少女穿著制服，蹲在地上，仰著小腦袋，驚慌又不安地看著他。

手心裡捧著爛桃，像是捧著一隻死了的小鳥，桃汁順著她的指縫，滴答滴答地滴在水泥地面上。

顧從禮神情冷漠，嫌棄地皺了皺眉。

這是他這張臉做出的，到目前為止，唯一一個可以勉強算得上生動的表情。

居然是嫌棄。

時吟覺得他生氣了，而且本來就是她的錯，進了人家的畫室，弄爛了桃子，還妄圖推卸責任。

「對不起，是我的錯，」她有點慌了，可憐兮兮地認錯，手裡的桃高舉過頭頂，一臉虔誠，小心翼翼地，「我再買十個一模一樣的賠給您，行嗎？」

「不行，」顧老師面無表情地說：「這是奧地利皇家果園空運過來的新疆天然桃。」

時吟沒反應過來，像個傻子一樣看著他：「啊？」

「價值千金。」顧老師平淡補充。

時吟：「……」

奧地利皇家果園空運過來的新疆天然桃。

時吟不知道為什麼顧老師可以用他這張極具欺騙性的臉，面無表情無波無瀾的說出這種糊弄傻子的話，而且偏偏這話被他說出來還有力得讓人無法發出質疑。

她乾笑了兩聲，捧著桃站起來，往他身前遞了遞：「那還扔嗎？要不然吃了吧，怪浪費的。」

「……扔了吧。」

時吟乖乖地「噢」了一聲，屁顛屁顛跑到垃圾桶旁邊丟掉，又洗了手，拽了立在牆邊的拖把走過來，問他：「用這個拖地可以嗎？」

「嗯。」

得到首肯，時吟抓著拖把走到凶案現場，一小塊深色的地方，旁邊還有滴滴答答的幾滴。

她一邊擦，一邊覺得還是需要解釋一下：「顧老師，我真的不是故意的，我只是想看看它是真的還是假的，對不起，我不應該隨便亂動的。」

男人已經在木架子旁坐下了，正在看一本很厚的畫集還是什麼的書，聞言，他眼都沒抬，只「嗯」了一聲：「沒事。」

時吟拄著拖把，沒話找話繼續說：「我從小到大連一隻蟑螂都捨不得傷害。」

「……」

「更別說是一顆來自奧地利皇家果園的新疆天然桃。」

「……」

「太珍貴了。」

「……」

實驗一中也有自己的論壇，平時還挺活躍，裡面有一中的一切動向，校內的任何風吹草動都逃不過論壇大佬的火眼金睛。

帥哥自然也不可能。

以理科出名的學校，男生占比本來就比女生多，基數大，還有個什麼花樣校草榜。

時吟平時是不玩論壇這種東西的，偶爾看看也是有八卦什麼的，同學拉著她上去看看，結果一打開論壇，就看見一篇被高高頂起的文。

『救命啊以前的男神跑來當老師啦！！！』

點進去就能看得出來樓主有多興奮，滿螢幕的驚嘆號橫飛——

『樓主準高三，是個藝術生，畫畫的，學了很多年，高一的時候在畫室有一個美術學院的小哥哥來當助教，帥！得！慘！絕！人！寰！！！！他剛來的那天整個畫室的女生都沸騰了！小哥哥是那種非典型的冰山型，雖然人很冷漠但是超有禮貌！無論誰有多麼弱智的問題去問他他都不會不耐煩！都會很耐心！反正很快就成為大眾男神了，不過沒多久他就不做了，結果前段時間樓主準備藝考，回學校裡的畫室上課的時候樓主發現那個小哥哥現在是老師了啊啊啊啊啊啊！已經畢業了！！剛好教樓主！！啊啊啊啊啊樓主激動！這是不是天賜良緣！別說了我要去想想怎麼跟男神老師搭上話了。』

樓下一樓：『如果這都不算愛。』

二樓：『緣，妙不可言。』

三樓：『我知道那個老師！！！我今天看見了，當時還以為他是哪個學生的哥哥什麼的！帥得我合不攏腿！！！』

四樓：『是我我就上了，這不是天賜的緣分嗎，樓主在等什麼：）』

老天爺哪有那麼閒啊，到處給人賜緣分。

時吟看著上面一串勸樓主勇敢追愛的留言煩得不行，翻了個白眼，很響亮的嗤了一聲，才繼續往下看。

留言蓋得很高，後面還有人放出了偷拍的照片，黃昏時的畫室裡，男人單手撐著木架，正在跟旁邊一個學生模樣的女生說話，神情冷漠平淡，頗有幾分出塵謫仙的味道。

確實是那位顧老師沒錯了。

時吟爬了很久才爬完留言，資訊七七八八拼湊在一起，知道了他叫顧從禮，剛畢業沒兩年，教藝術生的。

確實是她不用學的科目。

意思就是活動範圍差不多就是在藝體樓那邊了。

離教學大樓好像有點遠啊。

沒人說話，教室裡面一片安靜，臨近期末考試，大家都在聚精會神地抱著書本啃。

時吟是整個教室裡唯一的不合群，抱著手機刷刷地滑著論壇，時不時長嘆口氣。

就這麼嘆了兩三次以後，方舒終於忍不住了，抬起頭，筆尖「啪啪」敲了敲她的桌角。

時吟一臉沮喪地抬起頭來。

方舒皺著眉看著她：「馬上要期末考試了，妳想考倒數第一？」

時吟憂鬱地看著她：「我為情所困。」

方舒：「哦。」

時吟：「妳怎麼不問我為什麼情所困。」

「我懶得問。」

「這個故事有點長，一兩句說不清楚——」

「那妳閉嘴吧。」

時吟彷彿沒聽見，自顧自繼續道：「事情是這樣的，那天夜黑風高，鬼門大開，伸手不見五指，我和我的朋友們坐在寒風中，只有一盞做舊的夜燈能夠勉強照亮彼此的臉——」

方舒忍無可忍，筆一摔：「妳到底要放什麼屁。」

「妳還記不記得我們之前在藝體樓樓上捉鬼，然後遇到的那個疑似保全的男的，他其實不是保全，是老師，教畫畫的，然後——」時吟深吸口氣，「我有點喜歡他。」

「……」

寂靜了半分鐘，方舒僵著臉看著她，然後，瞪大了眼睛：「妳再說一遍？」

時吟嘴角一咧，笑容燦爛：「我好像還挺喜歡他的耶。」

方舒難以置信：「妳不是說他是老師嗎？」

「教畫畫的，應該不是正式老師。」

「那也是老師啊！」方舒沒想到她狗膽這麼大，「而且妳都不知道他長什麼樣，就喜歡他了？」

時吟二話不說，掏出手機，翻出了剛剛在論壇裡儲存下來的那張偷拍，舉到她面前：「我後來遇見他了，知道他長什麼樣。」

方舒盯著那張照片三秒，用評價鴨子一樣的口吻冷靜評價道：「是個尤物。」

時吟：「……」

有的時候她覺得方舒這個人真是社會，不應該是學霸才女，應該是個女流氓的。

女流氓聽不到她的腹誹，繼續道：「妳不是喜歡他，是見色起意。」

時吟正色道：「所有的一見鍾情都是見色起意。」

方舒被她氣笑了：「妳這個情來得還真是突如其來。」

時吟肅然：「情不知所起，一往而深。」

方舒：「……」

時吟是個行動派。

她國中的時候覺得自己喜歡上校霸，第二天就去找 Tony 染頭了，雖然最後沒能在一起，但是怎麼說也算是一段難忘的單向初戀吧？

週五下了課，時吟回家，在家裡潛心鑽研琢磨了兩天，週日起了個大早，和時母一起去菜市場，挑桃。

早上的果蔬是第一批貨，最好的都在裡面，最新鮮，時吟平時都是不到十點不起床的，這次設了三十個鬧鐘起了個大早，挑了一大袋子桃子。

下午到了學校，時吟直奔藝體樓。

集訓期間的高三藝術生是沒有休息日的，時吟判斷，顧從禮應該也會在。

反正不在的話，她就明天再來。

她賭對了，顧從禮確實在。

他不在畫室，在辦公室裡，走廊盡頭，門沒關，裡面有兩張桌子。

不過只有他一個人在，時吟剛剛路過畫室的時候看見裡面有一個女老師，正在指導裡面的學生。身材很好，穿著緊身的裙子，高跟鞋，長得很好看。

時吟站在辦公室門口，垂頭看了自己一眼。

她今天不用穿制服，穿得是自己的衣服，精心挑選的一套，加菲貓T恤，牛仔短褲，白球鞋。

時吟本來覺得這一套好看得冒泡了，高腰的牛仔短褲，顯得腿特別長，白T恤往褲腰裡一塞，腰特別細。

但是跟那個女老師的連身裙比起來，就又幼稚又廉價，又沒有女人味。

人真的不能比較。

她手裡拎著一袋桃子靠在牆邊，心裡打起了退堂鼓。

可是她又沒有那樣的衣服可以穿，也沒有那樣的胸和屁股，難道永遠不跟他說話了嗎。

算了。她還有人格魅力！

她長出口氣，拎著一袋桃子走到門口，剛要敲門，裡面的人就抬起頭。

時吟眨眨眼，乖乖巧巧地叫了他一聲：「老師好。」

顧從禮手裡握著筆，點點頭：「怎麼了。」

時吟走進去，舉了舉手裡的袋子，一臉討好：「賠給您的桃子。」

「……」

顧從禮的眼神有些複雜。

時吟跑進去，放在他桌子上：「我買了二十個，說好的賠給您的，之前真的對不起。」

顧從禮垂眼。

一個塑膠袋二十個桃子，個個大而飽滿，不知道有多重。

少女費力地提起來放在他桌上以後終於如釋重負吐出口氣，不自覺地甩了甩手，白白嫩嫩的手心勒出一道道紅鮮鮮的印子，幾乎發紫，邊緣泛著白，從虎口一直蔓延穿過整個掌心。

到嘴邊的拒絕轉了個方向，最後吞回肚子裡。

顧從禮不動聲色收回視線，放下筆，身體傾了傾，從口袋裡翻出皮夾：「多少錢。」

「一百六。」時吟乾脆道。

顧從禮頓了頓，從皮夾裡抽出兩張一百，遞過去。

她沒接，瞪著他：「您要給我錢啊？」

他歪了下頭，沒說話，等著她接。

時吟手往身後一背，眼珠滴溜溜轉了一圈：「您別給我了啊，我也沒有零錢找，要不然您轉帳吧。」她覺得自己這個主意好極了，簡直宇宙無敵機智，美滋滋繼續道：「轉帳多好，也不用找錢了，又方便，顧老師，您有沒聊天帳號啊，或者手機支付？您的帳號是手機號碼嗎？」

顧從禮聽她說完，微挑了下眉，抬眼，對上女孩灼熱期盼的視線。

他忽然笑了一下。

眼角低垂，唇角勾起一點弧度，冰層融化，灰粽色的瞳仁含了一點點溫柔。

時吟傻了幾秒，表情有點呆，還沒等回神，就聽他說：「行啊。」

少女眨兩下眼，意識到他剛剛說了什麼，開心到得意忘形，急急忙忙從口袋裡把手機掏出來，翻出加好友條碼，走到他身邊彎腰湊過去，遞給他，一邊毫無任何歪心思地，真誠地讚美道：「顧老師，您笑起來真好看。」

顧從禮動作一頓。

她一垂頭，長髮跟著垂下來，髮梢掃在男人肩膀上，帶著椰子油的味道，混合著桌上滿滿一袋桃子的香味。

停了兩秒，顧從禮捏著她手機邊緣抽走：「上學帶手機。」

「……」時吟愣了愣。

男人修長手指夾著白色手機，輕輕在桌面上點了點，身子後撤，懶洋洋地靠回到椅子裡：「沒收了。」

「……」

時吟：？

時吟沒有想到，顧從禮這麼狠。

看起來年紀輕輕，沒想到老教師的套路還挺熟練，竟然利用她對他的熱情釣魚執法。

其實現在人人都有帶手機，只要不上課拿出來被發現老師們基本上也睜一隻眼閉一隻眼不怎麼會沒收，而且她們現在住校，不帶手機家長有時候聯絡不到，確實不太方便。

最關鍵的是，很無聊。

時吟度過了兩天沒有手機的日子，平時上課的時候倒還好，一到晚上下課回寢室，無聊得像鹹魚一樣。

在她跟方舒說明了事情的起因經過結果以後，方舒女神無情的嘲笑了她：「妳也太明顯了，手段拙劣，粗糙到讓人不忍直視，人家又不是傻子，看不出來妳什麼意思才奇怪。至於他沒收妳手機，應該不是真的想沒收的意思，妳現在去要他應該就給妳了。」

時吟嚴肅地點了點頭：「我知道，他是故意想引起我的注意力，」說完，她美滋滋地捧臉，「真是個磨人的小妖精。」

「……」方舒翻了個白眼：「是『我知道妳想幹什麼，但是妳死了這條心吧。』的意思。」

時吟不開心地瞪她。

方舒毫不留情：「妳瞪我幹什麼，他明顯就是在委婉地勸退妳啊。」

方舒本來以為時吟就算不會醒悟過來放棄，也至少會有點失落的反應才對。

沒想到她平靜地聽完了，竟然還煞有其事地點點頭：「畢竟像我這麼優秀的女孩子不可多得，他一時間覺得難以接受也是正常的。」

「……」方舒被她氣笑了：「時吟，妳一共才見過他幾次？妳不可能真的喜歡上他。」

時吟瞪大眼睛：「這個怎麼能靠見過幾次來定奪，我天天跟二狗朝夕相處了一年了，我也沒喜歡他啊。」

「那妳喜歡他哪了？」

時吟很認真地想了兩秒，坦誠道：「長得好看。」

「……」

方舒無言以對，又翻一個白眼，懶得理她了，轉頭繼續看書。

剛好老師進來，話題結束，時吟也拿起筆，繼續寫物理習題。

其實這是騙人的。

這個世界上長得好看的男生有那麼多，她見過的也不少，比如二狗的新室友沈之揚，已經從級草升級成校草了，天天有高年級的姐姐們圍在他班級門口。

但是顧從禮是不一樣的那個。

這感覺來得突如其來又毫無預兆，時吟也無法解釋，甚至在她第一次見到他，還沒看清楚他到底長什麼樣的時候，就已經惦記上了。

像夏天天氣預報都無法預知的雷陣雨，猝不及防澆了她滿身。

一整個禮拜，時吟都有點心不在焉。

她偷偷的去了幾次藝體樓，沒見到顧從禮，倒是碰見了之前在畫室裡看到的那個穿緊身連身裙的美術老師，姓裴。

裴老師長得很對得起她的身材，又氣質又性感，總之是個很有女神氣質的美女老師，看見她來敲辦公室門表情了然：「妳找顧老師？」

時吟點點頭。

「有什麼事嗎？」

時吟覺得有點丟人，小聲道：「我手機被顧老師沒收了……」

美女老師詫異地看著她：「顧老師？他現在不在。」

時吟有種在美女面前自慚形穢的感覺，連忙乖巧點頭：「那我之後再來吧，老師再見。」

——然後飛速撤離現場。

她糾結得要死，一方面又想借著要手機的名義去找顧從禮，一方面又明白方舒說的話其實是有道理的，她用那麼拙劣又蹩腳的辦法跟他要加好友要手機號碼，還說他笑起來好看。

他不可能沒聽出來的，所謂的沒收手機，不過是不想給她聯絡方式，委婉地拒絕了她，作為老師又不能傷害到她的自尊心，給她個臺階下罷了。

時吟傷心死了，傷心了三秒鐘，又開始陷入糾結。

倒不是因為被顧從禮婉拒，而是在思考，如果她去把手機要回來，那她好像就沒有其他的理由能去找他了。

除非他來幫她上個課什麼的，可是那是不可能的。

時吟長嘆口氣，慢吞吞地往學生餐廳走。

中午午休，大群人為了不排隊而朝學生餐廳方向狂奔，時吟不緊不慢地走，一邊一個人神遊天外。

實驗一中新校區學生餐廳很大，一共三層樓，一、二樓是打飯窗口，三樓算是教師餐廳，菜比較豪華，據說價格也很豪華。

時吟隨著人群進了餐廳，先去一樓門口買了瓶冰可樂，邊喝邊往二樓走。

瓶口貼在嘴邊，隨意抬了眼，看見顧從禮正往樓上走。

時吟眼睛一亮，還踩在樓梯上，邁了一半，蹬蹬蹬快走了兩步，湊過去：「顧老師，好久不見呀。」

顧從禮腳步一頓，看了她一眼，「嗯」了一聲。

時吟咬著可樂瓶口：「您也在這裡吃飯？」

一說完，她就懊惱地拍了拍腦門。

這是什麼破問題。

果然，顧從禮並沒有理她。

時吟小步著跟著他上樓梯，想了想，委屈兮兮開口：「顧老師，您什麼時候能把手機給我，我知道錯了，我再也不當著您的面拿出來了。」

他終於有了反應，腳步一頓，側頭挑眉。

「再也不拿出來了。」時吟認真糾正道。

他點點頭：「妳下午過來拿吧。」

「下午幾點的時候您在？」

「我都在。」

時吟不依不饒：「如果我去的時候您在上課呢？」

「我放桌上，妳自己拿。」

時吟義正辭嚴：「那怎麼行，我不能隨便動老師的東西的，」她一本正經地告訴他，「我必須等您回來。」

「……」

顧從禮終於看了她一眼。

此時兩個人走到了二樓，時吟好像沒指望他會理她一樣，站在二樓到三樓的樓梯口朝他擺了擺手：「顧老師再見。」

她依依不捨地轉身，往裡走。

二樓的人比一樓人少了點，每個窗口前隊伍也沒排那麼長，她擰開手裡的冰可樂，邊喝邊思考著中午吃什麼，剛走沒幾步，聽見身後有人喊她：「時吟。」

時吟下意識回過頭。

顧從禮朝她走過來，兩步走到她面前，人一晃，站到她身後。

時吟眨眨眼，剛想轉身，男人低淡的聲音從身後響起：「別動。」

她愣了愣：「顧老師？」

「看看有沒有同學在這裡，」他頓了頓，補充道：「女生。」

時吟完全摸不著頭腦，有些莫名其妙，又不讓她轉身，又讓她找什麼女生。

她身子微微往後傾了傾，腦袋朝後面仰成九十度，脖頸拉長，嘴巴微張，腦袋瓜抵上他的胸膛，聲音因為嗓子繃著聽起來有點緊：「沒有，怎麼了？」

「……」他垂頭看著她，睫毛覆蓋下來，露出一個看起來有點無奈的表情，聲音平淡，無波無瀾：「妳生理期。」

時吟：「……」

饒是臉皮再厚，終究是個女孩子。

她唰地垂下了頭，整個人僵在原地，漲紅了臉：「那，我衣服……」

「嗯，髒了。」

二樓基本沒老師會過來，兩個人就這麼站在二樓樓梯口，不停地有學生上來，繞過她們的時候都會多看兩眼。

女孩尷尬到不行，手足無措的樣子，咬著嘴唇站在那裡一動都不敢動，看起來快哭了。

一垂眼，就能看到她紅透的耳尖。

顧從禮嘆了口氣：「先到牆邊去。」

時吟猶豫了一下才動，她往前走一步，就能感覺到身後的人也跟在她後面走一步，一到牆邊，她飛速轉過頭，背靠著牆面站，哭喪著臉仰起頭來看著他：「然後呢。」

「等著。」他說完，轉身下樓了。

「……」

時吟就僵著靠牆站在那裡，餐廳裡吵吵鬧鬧，打飯窗前長隊變短，座位區坐滿了人，她盯著樓梯口，等了好像有一個世紀，才看見顧從禮回來。

時吟感動得快哭了：「顧老師！」

顧從禮走過來，手裡一件衣服丟在她身上。

時吟接住，抖開來，一件白襯衫，款式簡約，金屬鈕釦上刻著繁複的花紋。

她也顧不得穿著會有多奇怪了，連忙披在身上，扭著身子回頭看，確定了長度一直到了大腿，才長長鬆了口氣，重新轉過頭：「顧老師，我先回寢室換衣服。」

顧從禮微揚了下下巴：「嗯，去吧。」

女孩紅著臉跑了。

顧從禮盯著樓梯口看了一陣子，也跟著下了樓，回了辦公室。

和他同間辦公室的裴詩好看見他回來，有點詫異地挑了挑眉：「這麼快就吃完了？」

顧從禮一頓，才想起來，跟著這小朋友折騰了一個中午，午飯沒吃。

室內裡一股散不去的桃子味，桌上白色的手機靜靜躺在電腦旁，全部都無聲無息地刷著存在感。

他拿過那支手機，點了下 home 鍵。

手機螢幕亮起，桌面是黑色的底，上面鮮紅大字橫橫豎豎沒有規律的排列著，顯眼得很——

「我時吟就算單身一輩子，和女生談戀愛，去荷蘭結婚，我也絕對不會喜歡男人。」

「男人都是大騙子。」

「走開你們這些該死的男人，讓我讀書。」

「我愛讀書，讀書使我快樂，我生命中最美好的兩個字——讀書。」

「今天誰都別想談戀愛，都給我讀書。」

他突然很淡地笑了一下，關上螢幕，放下手機：「嗯。」

裴詩好注意到他的動作，剛想起來似的：「說起來，我這兩天碰見一個學生好幾次，說是來找你要手機的，」她頓了頓，開玩笑道：「怎麼回事啊顧老師，您也有收學生手機的閒情逸致呢？」

顧從禮坐進椅子裡，沒說話。

裴詩好狀似無意笑道：「而且你可要小心點啊，那女孩看起來不像是來要手機的樣子，不過她也不是第一個了，這個年紀的女孩子正是喜歡胡思亂想的時候呢。」

顧從禮垂著眼，想起剛剛在餐廳的時候，女孩後仰著腦袋看著他，杏眼微彎，像天生含著笑，亦步亦趨跟著他，麻雀似的沒話找話嘰嘰喳喳，張揚又莽撞的，帶著滿滿的少女感。

真的有點吵。

他食指微曲，輕叩了下桌角，神情鬆懶：「一個小丫頭。」

饒是時吟臉皮堪比城牆厚，少女第一次遇見這種尷尬事，還剛好被心儀對象撞見，也夠她難以接受的了，一時間有點不知道該如何面對顧從禮。

可是他的衣服還在她這，她的手機還在他那。

有點像是交換了定情信物，時吟不可救藥的想。

襯衫雖然只是披了一下，她依然裡裡外外洗了好幾遍，認認真真晾乾，裝進紙袋裡，放在寢室衣櫃裡又擱了兩天，中間用方舒的手機打了個電話給家裡，說她這個禮拜閉關讀書，不用電話。

時母立刻懷疑道：『妳是不是上課玩手機被老師沒收了？』

「……」

時吟覺得很委屈，她上課沒玩手機，莫名其妙就被沒收了。

她連忙否認。

時母還不信：『那妳怎麼不用妳自己手機跟我說？說完了再不用不是也一樣嗎？』

「我為了防止自己抵擋不住誘惑把手機鎖起來鑰匙給我們老師了，老師說週五才給我，他還誇獎我，說我有覺悟。」時吟正直地說。

時母：『……』

時母懶得聽她扯屁，囑咐了幾句就掛了，又問她想吃什麼好吃的，週末回來煮。

臨近考試，就這麼上課做作業，每天被數不完的試卷和練習題淹沒，時間過得很快。

週五，時吟拎著紙袋去找顧從禮。

顧老師在畫室，站在一個學生身側，手裡拿著鉛筆，筆尖在面前畫架上夾著的紙上勾勒出輪廓，一邊說話。畫室的門關著，聽不見他的聲音，只看見他薄唇輕動，不緊不慢。

時吟就這麼抱著紙袋，偷偷站在門口看了一陣子。

他有所察似的，突然轉過頭。

視線對上，男人的眼清灰，無波無瀾。

時吟愣了下，不躲不閃，和他對視，咧嘴笑了一下。

黑漆漆的大眼睛亮晶晶的，一對上他的視線就雀躍起來，鮮活又生動。

他看了她一眼，又若無其事重新轉過去了。

時吟偷偷地，有些開心。

從他的角度明明看不到門口這邊，卻突然轉過頭來，還和她對視，感覺就像是他對她有所感應似的。

每一個巧合，都像是命中註定，像是心有靈犀。

高三的藝術生集訓沒有下課休息這一說，基本上就是在畫室裡從早上一坐坐到晚上，顧從禮從畫室裡出來的時候已經是半個小時後。

人已經不在外面了，顧從禮轉身往辦公室走，穿過走廊，腳步一頓，退了兩步。

女孩坐在正對著大門的樓梯口，抱著個紙袋微垂著頭，安安靜靜的樣子，不知道在想什麼。

藝體樓裡面陰冷，大理石的地面更是冰涼，顧從禮還沒走過去，她抬起頭，看見他了。

時吟眨眨眼，蹦跳著站起來，剛想跑過去，看見他的表情。

雖然也是淡淡的，好像沒什麼不同。

但是就是有什麼不一樣的地方，冷冰冰的，有點陰沉，像是不太高興。

明明剛剛看起來還挺正常的。

她走過去，仰起腦袋，手裡的袋子遞過去，小心道：「顧老師，謝謝您的衣服……」

顧從禮沒接。

時吟清了清嗓子，繼續說：「今天週五了，我的手機，您看……」

可憐兮兮地，小心翼翼地，有點怕地看著他。

就好像他會吃人一樣。

顧從禮轉身：「走吧。」

她又高興起來了，像條小尾巴，蹦蹦跳跳跟在他後面。

僅僅是因為，他跟她說了一句話。

女孩抱著袋子走在他身後，他步伐大，她看起來像是一路小跑著跟著，一邊問他問題：「顧老師，您只幫藝術生集訓上課嗎？」

「嗯。」

「啊，」時吟有點遺憾，「為什麼不幫普通的學生上課啊？」

「你們有美術課嗎？」

沒有。除了正課以外唯一的課是體育，數理化都上不過來，一到自習課每科老師都瘋狂來加課，臺詞通常是「同學們，我就講十分鐘」。

哪有空上什麼美術。

時吟有點沮喪，開始胡說八道：「那您要是跟學校說，你就是非得要幫普通學生上課呢。」

「……」

顧從禮回頭看了她一眼。

時吟不好意思地摸摸鼻子：「我亂說的……」

兩個人走到辦公室門口，看著他開門，時吟又道：「那顧老師，我如果是藝術生，你是不是就會幫我上課了？」

顧從禮握著門把，動作一頓。

她沒察覺到，很小聲地，自言自語嘟囔了一聲：「那我也不用天天絞盡腦汁了……」

每天費盡心機地找理由來藝體樓找他。

「啈嗒」一聲輕響，門開了，顧從禮推門，站在門口沒動：「進來。」

時吟乖乖地跟著他進去。

他回手，把門關上了。

辦公室裡沒人，那個長得很漂亮的裴老師不在，時吟走到桌前，把手裡的衣服放在桌子上，迫不及待問他：「老師，藝考難嗎？我這種半路出家以前沒學過畫畫的行不行啊？」

顧從禮沒答。

他走過來坐下，拉開抽屜抽出手機，蒼白修長的手指捏著，玩似的轉了一圈，手機邊緣輕輕磕了下桌面，他叫了她一聲：「時吟。」

時吟垂眼，眨呀眨看著他。

「我不反對你們這個年紀談戀愛，或者有喜歡的人，只要不影響正事，我不會管。」他聲音淡淡的。

時吟愣住了，慢慢地瞪大了眼睛，心臟開始狂跳。

「但是對象的選擇上，妳要慎重。」

上一秒還在狂跳的心臟彷彿驟停了。

他靠坐在椅子裡看著她，眼底沒有情緒波動，平靜地看著她，緩慢地說：「妳懂我的意思嗎？」

女孩站在他面前，垂著眼，眼睛睜得大大的，嘴唇微張，呆呆地看著他。

她似乎沒反應過來，有點茫然。

過了好幾十秒。她忽然狼狽地垂下眼，聲音低低的，有點模糊：「不懂……」

顧從禮閉了閉眼：「時吟，妳還小——」

時吟猛地抬起頭，眼睛睜得大大的，眼眶紅紅。

她強忍著才沒哭的。

時吟覺得自己十七年來一直都是大心臟，什麼事情看起來都有點吊兒郎當的，好像沒什麼事情能讓她上心，也沒什麼事情能讓她真正難過。

但是她畢竟是個女孩子，女孩子都有柔軟的靈魂。

她沒有辦法在他說出這樣的話以後還能真的保持若無其事。

他的意思表達的明明白白，清清楚楚。

他知道她喜歡他，看清了她的癡纏，明白了她的心意，第一次為了照顧她那脆弱的自尊心，委婉地拒絕了以後發現沒用，她絲毫沒有受到打擊，還是追著他轉。

可是他不喜歡，他覺得她年紀小，覺得她麻煩，覺得困擾。

他覺得她不自愛。

時吟藏在桌沿下的手緊緊攥在一起，深吸口氣，努力讓自己的聲音聽起來和他一樣平靜：「顧老師為什麼跟我說這些，您是不是誤會什麼了，我問您藝術生的事情是因為我感興趣，我覺得畫畫很好玩，我自己想學，我以後想藝考。而且我有喜歡的男孩子了，是校草，長得很好看，跟我同歲，共同話題也很多，」

她一口氣劈里啪啦說了一堆才停下，深吸口氣，抬手抽掉他虛虛捏在手裡的手機，「謝謝您把手機還我，我知道錯了，我以後不會再犯了，對不起。」

不敢看他的表情，也不想讓他看到狼狽的自己。

時吟捏著手機，轉頭衝出辦公室，猛地開門，對上正靠著牆邊站在外面的女人的視線。

裴詩好愣了愣，還沒來得及說話，女孩子匆匆朝她鞠了鞠躬，很快跑掉了。

她看著女孩跑遠的背影，輕歪了下頭，勾了勾唇角，轉身進屋，聲音溫柔輕快：「這個年紀的女孩子很麻煩，你這樣說清楚其實也好，她應該懂了，不過顧老師這次還真是有點溫柔——」

她一轉身，看清他的表情，話頭頓住，愣了愣。

男人像是在發呆，微垂著眼，眼底藏著陰影。

裴詩好的聲音像是隔著很遠模模糊糊地傳過來。腦子裡是剛剛，女孩濕漉漉的大眼睛倔強地瞪他，咬著牙，拼命睜大了眼睛沒讓眼淚掉下來的樣子。

聲音帶著一點哭腔，發黏，軟軟啞啞的說對不起。

後來無數次，時吟都在想，如果當時她真的放棄了，他教他的畫，她讀她的書，老老實實參加升學考，按照家裡人安排的路平平穩穩走下去，只把他當做懵懂躁動的青春裡一段小插曲，是不是會好一點。

十七歲的時吟無法預知以後，她年輕又鮮活，生動跳脫，有一腔熱情和莽莽倔氣，不屈不悔不回頭。

在家裡緩了一整天，週六中午吃飯前，她按著腦袋狂搖了兩分鐘，兩手往臉蛋上啪嘰一拍，精神振奮出了家門，出去散心放鬆，順便思考一下人生大事。

她後悔了。

當初耍帥的時候一番話說得流暢又大方，事後想想，時吟一陣絕望。

什麼你是不是誤會了什麼，什麼有喜歡的男生了，什麼是校草的。這樣不是就顯得她之前的行為像個朝三暮四的壞女人了嗎！心裡喜歡著別人還纏著他。

話說的太滿，以後不就一點去找他的理由都沒有了。

只因為一句拒絕就玻璃心，還哭了一晚。

她本來就知道這是不可能的事情，也知道八成會被拒絕，還是忍不住矯情地難過。

明知道是沒結果的，可是就是想嘗試，就是想靠近，就是忍不住找出各種理由來說服自己，就是不由自主會生出那麼一點點期望來。

萬一呢。萬一他瞎了眼，萬一自己走了狗屎運呢。

他那麼優秀出色，那樣好，時吟一刻都不敢等，生怕自己猶豫等待的時候，他就被別的女孩騙走了。

所以還是算了，念在他是初犯，這次就勉為其難地原諒他了。

誰叫她喜歡他呢。

休息日街道上熱鬧，時吟家算學區房，附近小學國中幼稚園一條龍，旁邊自然也有很多私人補習班。

時吟路過十字路口的時候買了個炒冰果，邊吃邊沿著附屬小學往前走。

休息日，學校裡安安靜靜的沒人，旁邊的補習班什麼的倒是很多家長領著孩子進進出出。

再往前走轉角處是一家畫室。

這裡原本是個琴行，連帶著上課，離時吟家不遠，偶爾路過的時候能聽見裡面滋滋啦啦的提琴聲像電鋸一樣。

此時卻是一片安靜，不知道什麼時候改成了畫室，漆黑的牌匾上白色的字體乾淨凌厲，只寫了兩個字：畫室。

連名字都懶得取。

時吟的腳步停住，在門口站了片刻，鬼使神差走進去。

因為時母致力於把她培養成多才多藝的小才女，從小到大時吟各種課沒少上，長笛、鋼琴、爵士鼓，古箏、書法、拉丁舞，唯獨沒學過畫畫，大概是時母覺得她性格活潑，可能坐不住。

時吟也沒想過自己會有踏進畫室的一天。

裡面空間很大，冷氣開得強，灰墨色牆面上掛著白色的裝飾畫，裝潢風格透著種很有格調的冷淡感，前檯兩個人，左手邊玻璃隔開的一間間諮詢室，簾子半垂。

見她進來，前檯很熱情的打招呼：「您好。」

時吟走過去，清了清嗓子：「這裡教畫畫的嗎？」

前檯小姐姐笑了，似乎覺得她這個問題很可愛：「教的，學畫畫嗎？」

時吟點點頭。

「多大了？」

「十七。」

「那不就是明年要升學考了，準備藝考？」

時吟摸摸鼻子：「……嗯，還沒考慮好，就覺得感興趣，想先看看。」

「有沒有基礎呢，學過畫畫之類的嗎？」

「小學、國中的美術課算嗎？」

「……」

看來是不算了。

前檯垂著頭，隨手寫了什麼，起身，領著她進了旁邊諮詢室。

二十分鐘後，時吟走出畫室，手裡捏著空空的皮夾，有點恍惚。

不過是飯前出來溜達兩圈，散散心。

怎麼就花掉了兩個月的零用錢，報了個課？

接下來的兩個月她該怎麼辦？靠意念活著？

時吟開始後悔了，有點想衝進去把錢要回來。一轉身，剛好看見剛剛前檯的那個姐姐。

姐姐笑靨如花提醒她：「晚上六點下課，下午隨時都可以過來哦。」

「……」

「好的。」時吟艱難地說。

時吟不知道是不是所有的畫室都這樣，學費是按小時扣的，沒有固定的上課時間，平時下午四點開始，假日上午十點開始，直到晚上六點，在這個時間隨時都可以來，什麼時候走也都可以，老師都在。

聽起來不像正經畫室，時吟懷疑自己被騙了。

可是錢都繳了，時吟回家換了套衣服，吃了午飯，順便跟時母說她下午要跟同學去圖書館。

她從小成績上沒怎麼讓家裡人費心，讀書態度十分端正積極，時母不疑有他，應了。

到畫室的時候下午兩點。

還是前檯的那個姐姐領著她進去，穿過走廊，裡頭一扇雙開門，一面開著。

姐姐笑著回頭：「進去吧，今天剛好我們老闆上課，他只有週六在。」

時吟懷裡抱著一袋寫了她名字的紙，點點頭，走進去。

明亮的窗，貼牆擺放著的一層層白色石膏像、畫架、顏料、油彩、鉛筆芯。

歡迎來到他的世界。時吟心裡默默對自己說。

可能因為是新開的，畫室裡沒幾個學生，時吟走到角落裡的一個畫架前，不知道下一步要幹什麼。

也沒看見有老師在。

她等了大概兩三分鐘，聽到一聲輕輕的關門聲，時吟回過頭。

老師來了。

老師穿了件灰襯衫，捲著袖子，手臂自然垂著，手指修長削瘦，手背上掛著兩滴沒擦乾的水珠。

老師黑髮乾淨俐落，瞳仁顏色很淺，蒼白膚色，紅潤薄唇。

老師看起來有點眼熟。

時吟：「……」

如果沒有昨天那事，她現在大概會驚喜交加，頭昏腦脹，開心得竄上天和太陽肩並肩。

時吟閉上了眼睛：「老師好……」

畫室裡一片寂靜，他腳步聲清晰，一步，一步，走過來。

像是凌遲。

劊子手走到她面前，停住。

她能夠感受到他沒溫度的視線落在她身上。

「時吟。」

女孩一顫，下意識後退兩步，腿磕上身後的畫架，一聲悶響。

她「嗷」一聲，疼得整個人都蜷起來了，蹲在地上緩了幾秒，可憐兮兮地仰起頭來看著他：「顧老師……我真的不知道您在這裡，我家就在這附近，我只是隨便找了個畫室，想學畫畫……我如果知道您在這裡的話，我就——」

我早就來了。

她沒說出口。

顧從禮看了她一眼：「妳家人知道嗎？」

時吟揉了揉小腿被撞的那塊，站起來，眼神躲閃。

他懂了：「自己繳了學費？」

她低低垂著頭，不說話。

「學費可以退。」

時吟猛然抬起頭，難以置信地瞪著他。

很明顯是在趕人呢？

顧從禮平淡冷然，沒看見似的。

好，算你狠。

時吟深呼吸，長吐氣，杏眼一彎，唇微微翹。

「顧老師。」她輕柔開口。

顧從禮看著她，沒說話。

「我有錢，」時吟說：「我就願意把錢放在這，報個班，然後不來上課。」

「……」

畫室偶然遇見以後，時吟沒再見過顧從禮。

實驗一中考試不斷，三天一小考五天一大考，雖然才高二，每科老師也不停地提醒他們時間緊任務急，好像明天就要升學考似的。

省裡數一數二的高中，全是變態，時吟在顧從禮身上花了太多的心思，月考成績一出，名次退了八名。

再加上一顆少女心被接二連三無情拒絕，受傷頗深，時吟決定先把顧從禮塞進角落的牆縫裡晾一晾。

於是寢室裡每天晚上都會上演這樣的一幕，時吟同學一個人背著手，在寢室裡走來走去，腦袋一下子轉過來一下子轉過去——

「時吟，妳有點出息，人家都那麼凶妳了。」

「妳不是早就知道他什麼性格了嗎？妳矯情什麼？」

「妳考試退步了八名心裡還沒點數嗎？美色誤人。」

「不會的，我就每天或者每週定期去找他一下。」

「不行不行，做人要有原則。」

「原則是什麼狗屁。」

寢室裡的眾人：「……」

月考完又是期中，中間唯一的放鬆是秋季運動會。

時吟一直覺得運動會是個挺沒意思的事，而且她是啦啦隊，要蹦跳一上午，又熱又曬，累個半死。

但是這次不一樣，因為多了顧從禮。

運動會最後有個教師也要參加的接力賽，要求全體男性教師參加，身體允許。

這個身體允許的意思就是，不是像老禿這種拎著掃帚繞教室追學生半圈就氣喘吁吁的老頭。

對於顧從禮穿運動服的樣子，時吟還是非常期待的。

體育場很大，半圓形，中間球場圍著一圈賽道。建築上面是一層層看臺，下面一層進去是屋子。

器材室、更衣室、洗手間都在裡頭。

時吟換了啦啦隊服，從更衣室出來，一邊垂著頭整理胸口處的亮片一邊往前走，走了兩步，發現不對勁。

有哭聲。

淺淺低低的，斷斷續續傳過來。

體育場底下本就陰涼，時吟雞皮疙瘩都快起來了，循著聲音往前走，到離更衣室隔了一個房間的器材室門口停下。

器材室的門虛掩著，時吟猶豫了一下，還是悄悄朝裡面看了一眼。

顧從禮倚靠著窗臺，長腿微曲，站得有些懶散。

女人背對著門，時吟從背影認出來是之前那個裴老師，她哭得肩膀顫抖：「我等了你這麼多年，有多少人追我我都拒絕了，你敢說你對我一點感覺都沒有？」

美人哭起來果然也是梨花帶雨的，她一個女人，光是聽聲音都心軟了。

時吟有點緊張，咽了咽口水，集中精神等著他的答案。

顧從禮沒說話，突然抬起頭，看向門口。

時吟嚇了一跳，連忙縮回腦袋，背靠著牆邊站。

半晌，才聽到他開口：「抱歉。」

外面歡呼聲鼎沸，「砰」一聲槍響，像是開在心上。

時吟長長地鬆了口氣，抬頭看見裴詩好低低垂著頭捂著臉快步走出來。

她有點開心，又有點慶幸，忍不住偷偷地揚起唇角，搖頭晃腦地轉身正要走。

男人低低淡淡的聲音在背後響起：「有膽子偷聽還跑什麼？」

體育館外面吵吵鬧鬧的，槍聲伴隨著鼓聲和歡呼尖叫，不知道進行到哪個項目。

器材室門口，時吟前腳剛邁出去，一步都沒走出去，就被一句話釘在原地。

時吟閉了閉眼睛。

老實說，她對裴老師的印象很好，沒人會不喜歡美女，溫溫柔柔，賞心悅目，讓人看了心情就會變好。

前提是這個美女和你喜歡的人沒有什麼接觸。

可是不巧，剛剛那一位恰好是和暗戀對象同個辦公室的，而且這辦公室只有他們兩個人，他們天天朝夕獨處。

更不巧，還被她還撞見了告白現場，得知兩個人聽起來好像還是舊友，認識了很多年。

時吟覺得自己這樣確實挺不好的，特別特別不好，人家告白失敗，她卻偷偷鬆了口氣，實在有些陰暗。

本來就是偷聽牆角，雖然她不是故意偷聽的，只是撞見了，看到被表白對象是自己的意中人，腳步就像黏在地上一樣，根本挪不開。

結果當場被抓了包，人贓俱獲，尷尬。

她慢吞吞轉過身來，笑容收的一乾二淨了，乖乖巧巧地樣子，低眉順眼，像隻溫順的小綿羊：「顧老師好。」

一邊說著，她一邊悄悄打量他。

剛剛在器材室門口，她甚至沒來得及看清就被發現了。

顧從禮今天沒有穿運動服，身上半點運動氣息都沒有，依然是平日裡的樣子，白襯衫、黑長褲，就連袖口的褶子都紋絲不亂，表情淡漠冷然，沒有一絲一毫情緒。

就在一分鐘前，一個天使面孔魔鬼身材的大美女才在他面前哭得梨花帶雨的告白，他一根眼睫毛都沒動過，甚至拒絕了以後，連一句安慰都沒有。

原來他不是只對她這麼冷酷，他對所有人都一樣。

時吟開始懷疑，這個人是真的沒心，還是理性自制，或者是根本早就超然於塵世之外了。

她眨眨眼，決定先掌握主動權，岔開話題：「這麼巧，您也來參加運動會啊？」

「……」

超然於塵世之外的顧老師異樣地看著她，眼神看起來像是看著傻子。

時吟想把自己這張嘴縫上。

只要面對他，她就像個沒帶腦子的傻子，全是蠢問題。

她身上是啦啦隊的統一服裝，大紅色的抹胸上衣，白色短裙，大腿三分之一的長度，露出一雙腿。

白得像嫩豆腐，筆直修長，精緻腳踝，好看的膝蓋骨。

大清早的，太陽都沒見，再加上是體育場內部，陰冷陰冷。

她小幅度地縮著肩膀，紅色的啦啦隊服，胸口廉價的亮片往上，是流暢削瘦的鎖骨線條。

顧從禮道：「冷？」

這個問題有點突然，並且莫名其妙，時吟下意識點點頭，又搖搖頭，最終選了個比較含糊的回答：「還行。」

顧從禮笑了。

時吟從第一次見到他到現在，這個人沒有多少表情，笑是第二個。

而他上一次笑的時候，沒收她的手機。

但是他笑起來太好看了。

勝過清寂冷月撥開雲霧，勝過山間清風穿松林，也許是因為稀少，所以更顯得格外珍貴。

簡單來說就是，男色誘人，讓人身不由己，理智全無，誰看誰知道，不信你試試。

時吟作為一個合格的暗戀對象，理所當然的很沒有出息地看出了神。

正呆著，就看見他往前走了兩步。

時吟回過神，眼睛聚焦，他的笑容已經沒了蹤影，恢復到平日裡「露出一個多餘的表情算我輸」的狀態，垂眼看著她。

只是距離有點近。

她靠著牆，他站在她面前，頭一垂。

其實他還是保持著一段禮貌且合適的安全距離的，但是這是時吟第一次和他面對面，這麼近的對視了這麼久，從他的眉眼開始，到鼻樑和嘴唇，前所未有的清晰起來。

她往後靠了靠，整個人貼在牆上，唾液腺活躍起來。

顧從禮聲音冷然，壓低了的嗓音：「妳在這裡幹什麼。」

如果說之前他對她的冷是淡漠，那麼此時的冷可以稱得上冷厲。

大概是他以為她偷偷摸摸的跟蹤他，所以引起他的反感。

時吟連忙舉了舉懷裡抱著的剛換下來的制服，解釋道：「換衣服，我只是過來換個衣服，聽見這邊好像有人哭，才過來看看的。」

他微微偏了下頭，似乎是在思考。

片刻後，神色斂了斂，平靜問：「剛才聽見什麼了？」

時吟咽了咽口水，非常厚道：「什麼都沒聽見。」

這個答案大概令他滿意了，沒再說什麼，走了。

時吟看著男人轉身出門，外面天光從推開的門擠進來，亮了一瞬，又很快恢復昏暗。

難道實驗一中有校規，老師不能內部消化嗎，所以才來找她封口。那真是太好了，以後徹底不用擔心顧從禮被貌美的女老師搶走。

站在這樣的昏暗裡，時吟再次有點陰暗的想。

不過很快她的陰暗就變成鬱悶了，因為她和他，更不可能消化。

運動會一如時吟所料的沒意思。

到了後面，啦啦隊沒什麼事情了，時吟偷了個懶，悄悄溜回班級那邊吃吃喝喝，看看驕陽下少年少女們青春熱血的樣子。

直到最後一個教師接力賽，時吟才坐直了身子，放了點注意力過去。

她叼著洋芋片往那邊找了一圈，顧從禮意料之中的不在，只有一群頭髮半掉不掉的，三十多歲已婚教師在賽道上揮灑汗水和熱情，還有他們的頭髮。

二狗坐在時吟旁邊，撐著腦袋看著，頗為感嘆：「趁還能跑趕緊跑吧，跑一年頭髮就少一年，過個三五年就變成老禿那樣了，一根都沒有。」

老禿剛好路過，聽了個真真切切，手裡的紙卷啪嘰一下砸在他腦袋上：「造什麼謠！誰說我一根都沒有？我只是少了點！」

周圍的學生一陣爆笑，老禿更氣了，揍得二狗鬼哭狼嚎求饒。

運動會結束，期中考試將近。

因為這次在體育場偶然撞見了顧從禮，兩個人雖然只說了兩句話，但是也算是給了時吟一個臺階下。

畫室那次以後，她終於可以不計前嫌的，大人有大量的原諒了顧從禮讓她退學費那事了。

也讓她發現了，顧從禮這個人其實很有可能脾氣不大好。

雖然他之前對她的態度一直是有禮的，就連拒絕的時候都算得上是耐心平靜，但這很有可能只是因為他現在是她的老師。

他對自己的情緒很是克制的，因為對象是學生，所以他表現出耐心溫和的樣子，保持著合適的距離感，在她的心意剛剛露出一些端倪的時候就乾脆地打消她的念頭避免不必要的麻煩。

時吟想起顧從禮在面對裴詩好告白時的樣子。

漫不經心地倚靠在窗邊，冷眼看著她哭，淡淡不耐，連掩飾都懶。

如果不是因為她是學生，恐怕他面對她糾纏的時候，也會是這種表情。

不過沒關係，人長得帥，不耐煩的時候都很帥。

週六下午，時吟去了畫室。

前檯姐姐之前就說過，她們的老闆只有週六來，有時候上個課，有時候在這待一下。不用說，這老闆八九不離十應該是顧從禮。

他在她家附近開了間畫室，走過來不用一刻鐘的路，時吟把這歸結於天賜良緣。

她來的時候，顧從禮背對著門站，正在幫一個學生改畫，聽見開門聲，回過頭看了一眼。

兩人視線對上，停了兩秒，他重新轉過頭去，跟那個學生又說了兩句話，才轉身走過來。

他手裡拿著鉛筆，蒼白的指腹沾著一點點鉛筆屑，黑灰色，手腕處凸起的骨骼也蹭著一點，有些髒，和他平時消毒水一樣的潔淨氣質很不符。

時吟覺得有些神奇，好像一點鉛筆屑，就把他從神壇上拽下來了。

她依然挑了最裡面的畫架，特別乖地跟他問好：「老師好，」她頓了頓，「我來上課了。」

顧從禮走過來，微挑了下眉。

時吟已經習慣了他的沉默，自顧自地繼續道：「我後來想了一下，覺得因為一時的小性子放棄自己的愛好不太妥當。而且我現在還賺不了錢呢，用著爸媽的錢，還是不能任性。」

畢竟這段時間以來，她都是靠著方舒的接濟苟延殘喘的活著。

「所以我決定，還是要來上課，做一個德智體美全面發展的好學生，也在繁忙的課業壓力下忙裡偷閒，學一點自己感興趣的東西，放鬆自己。」時吟一本正經地說瞎話。

顧從禮很安靜的聽完她一聽就是瞎胡扯的解釋，點點頭，直接從角落裡拖了把椅子過來，放在畫架前，從袋子裡抽了紙：「過來。」

時吟乖乖過去，坐在椅子上等，看著他夾上紙，抽出鉛筆。

她趁機偷偷看了看畫室裡其他的學生。

有一個面前一堆球體圓柱體正方形，另一個在畫水果，從時吟的角度剛好可以看見畫紙上一顆顆葡萄粒排列在一起，鬆散或緊貼，組成惟妙惟肖的一串。

時吟有點興奮，轉過頭期待地抬眼問道：「老師，我畫什麼啊。」

顧從禮平淡地看了她一眼：「妳畫線。」

「……」

劇本裡明明不是這樣寫的。

女主角在學習的第一天就展現自己驚人的天賦，宛如一塊未經雕琢的璞玉，讓男主角不由得暗自驚嘆，另眼相看，從而引起他的注意力。

難道不該是這樣的展開嗎？為什麼還是要畫線？

她覺得自己應該從清明上河圖開始畫起，作為她美術生涯的開端，很完美。

然而事實是，時吟花了一整個小時，紙上密密麻麻的橫橫豎豎烏壓壓一片全是線，她的橫依然畫得像波浪紋。

她開始覺得有點無聊了，單手撐著下巴，捏著鉛筆在紙上畫小花。

顧從禮鬼魂似的無聲無息從她身邊走過，好看的手指輕輕扣了下她的畫板。

時吟立刻挺直了腰，繼續畫線，偷偷看他：「顧老師。」

「嗯。」

「您真的不管學生早戀啊？」

顧從禮瞥她：「我為什麼要管。」

「早戀不好，人生中最重要的時刻，怎麼能夠沉迷於男女私情？」時吟答得很官方。

顧從禮回得也簡潔：「反正也不會有好結果。」

「……」

時吟服氣了。

她手腕抖啊抖啊畫海浪似的又畫出十幾條橫線，沒安靜幾分鐘，又小聲開口：「顧老師。」

「嗯。」

「那您短時間內有沒有談戀愛的意思啊，您歲數也不小了吧？」

您歲數也不小了吧。

歲數也不小了吧。

也不小了吧。

「……」

顧從禮側過眼來，眼神冷漠。

時吟被凍得遍體生寒，縮了縮肩膀，趕緊補救：「我的意思是，您現在是可以談戀愛的年紀了。」

他表情更冷了。

時吟驚了，第一次知道他原來還能更冷漠。

男人長得過於好看看來也是不行的，會美麗凍人。

「真的沒有戀愛的打算嗎？」

顧美人平平淡淡收回視線：「沒有。」

時吟變本加厲：「沒有喜歡的姐姐嗎？」

「沒有。」

時吟蹬鼻子上臉：「那也沒有——」

顧從禮終於不耐煩了，打斷她：「時吟。」

他的聲音低，在空曠的畫室裡有一點點回音。

時吟縮了縮肩膀，閉嘴了。

顧從禮居高臨下睨著她：「妳來幹什麼的。」

時吟心想，我來幹什麼的你難道不知道嗎？你不是心知肚明嗎！

少女撓了撓臉，小小聲嘟囔：「就關心您一下……」

沾滿了鉛筆灰的手在白嫩的臉頰上抓出兩道黑，像貓鬍子，也不知道她到底是用了多麼高難度的動作畫畫，下巴上也蹭到了好幾塊。

顧從禮看起來像是頭疼，冷聲警告似的：「時吟。」

「陶冶情操，培養興趣愛好。」時吟馬上肅然道。

「那就畫，」他敲了敲她的畫板，「別的問題別亂問。」

時吟仰著腦袋，黑眼睛滴溜溜瞅著他：「噢。」

她現在發現，對著他這張冷臉看多了，好像也會有那麼一丁點免疫了。

見她還是沒什麼反應，顧從禮無奈地嘖了一聲，直接抬手，按住她高高仰起盯著他看的小腦袋，扣著髮頂壓下去：「看我幹什麼，看妳的畫。」

他力氣用得不大，卻猝不及防，時吟腦袋被壓得低低的，視線下移，愣愣地看著地面。

幾乎只是一瞬間，他就鬆了手。

時吟還保持著剛剛的樣子，脖頸彎著。她慢慢地眨了眨眼睛，又眨了眨眼，幾秒種後，才回過神。

心跳的聲音一下高過一下，砰砰砰，清晰又有力，像是下一秒就要跳出胸膛。

她舔了舔嘴唇，抬起頭。

顧從禮已經走了，遠遠站在畫室另一端的一個學生旁邊，背對著她。

時吟悄悄地抬手，摸了摸自己的髮頂，剛剛他掌心落下的地方。

彷彿還能感受到那一瞬間。

雖然只有一瞬間。

男人的大手落在她髮頂，冰冰涼，隔著髮絲都能感受到冷意，一如他整個人。

卻有灼人的溫度順著髮絲急速攀爬一路向下，通遍了全身。

半個月以後，時吟開始懷疑起自己對顧從禮的愛情。

上次讓她產生對愛情的懷疑，是因為時母的棍棒教育。

這次，是因為手裡的鉛筆。

她徹底接受了自己沒有繪畫天賦當不成女主角的事實，每次畫畫全憑顧從禮一口美色吊著，就這麼吊了半個月。

時吟覺得畫畫無聊，但是她莫名其妙地對畫室裡的味道上了癮，那種顏料紙張灰塵和木屑混合在一起的奇異味道，就像是中藥或者油漆，聞久了好像有種奇異的成癮性。

可喜可賀，她現在可以畫正方形了。

雖然大部分的時間都要用來畫線。

時吟懶洋洋地坐在畫架前，看看坐在她隔壁的學姐正在畫骷髏，另一邊隔壁哥哥畫石膏人像。

只有她面前，孤零零擺著一個正方體，好沒意思，好單調，好枯燥乏味。

時吟左右瞧了一圈，看見顧從禮往這邊看，舉了舉手。

他走過來，微傾下身，看她畫的正方形：「怎麼了？」

「老師，我現在還是畫方塊嗎？」

他隨手幫她整理畫得模糊的線條：「嗯。」

她拖著腮幫子，軟趴趴地「哦」了一聲：「那我什麼時候能畫別的啊。」

顧從禮側頭，看了她一眼。

女孩在這裡坐了一下午，屁股沒挪過地方，紙上一堆橫橫豎豎正方形，大概是畫得睏了，無聊得眼睛都長了。

她實在是不適合這種靜止型愛好。

就這樣，她還鍥而不捨地往這裡跑，每天睏得拿腦袋撞紙，抓一臉鉛筆印。

顧從禮點點頭問：「妳想畫什麼？」

時吟不說話了，她看四周一圈，確定沒人在旁邊以後，偷偷摸摸地朝顧從禮招了招手。

他沒動。

她兩隻手一起，朝他瘋狂搖擺。

「……」

顧從禮緩慢地靠過去一點。

時吟悄聲道：「顧老師，我中午的時候看見學姐領了個很帥的哥哥，她說是模特兒。」

「嗯？」

「我們模特兒以後都是要自己找嗎？」

「妳可以自己找。」

時吟臉紅了，吞吞吐吐地：「那……模特兒是要全裸的嗎？」

顧從禮：「……」

他側頭，很平靜地瞥她：「都隨妳。」

「都隨我嗎？」

「嗯。」

「我說脫就脫？」時吟很興奮，剛剛那點虛偽的臉紅不見了，眼睛亮晶晶的看著他，又不好意思地神祕兮兮壓低了聲，「那我什麼時候才能開始畫裸體？」

「……」顧從禮不想再跟她廢話，直起身來，面無表情的看著她：「時吟。」

時吟笑容一斂，坐直身子轉過頭，筆尖唰唰唰幫正方體畫陰影上調子：「啊，這個正方體真方啊！」

顧從禮：「……」

十一月，期中考試剛結束，老禿已經開始催起了期末。

時吟十月份的月考在年級大榜比之前退步了七名，被時母一頓催魂奪命連環CALL，質問她到底怎麼回事，挨了一頓痛罵，時吟不敢再偷懶，這次期中考試成效顯著，她成功的進步了一名。

總體來算，就是倒退了六名。

時吟不知道這個學校的人到底是怎麼回事，全都是變態吧，為什麼分數能考得那麼高。

期中成績放榜的那天，公告板前擠滿了人，現在教育部為了不傷害學生的自尊心，年級的排名大榜都不能公開這麼掛了。不過實驗一中競爭很激烈，用年級主任的話說就是，沒有競爭，就沒有進步。

所以學年前一百還是會放，掛個百名榜。

反正老禿已經提前找過她，時吟得知自己還在學年前十，也就沒去看。

結果第二節課下課，二狗出去沒兩分鐘，又像一陣風一樣呼嘯著跑回來，一臉撞了鬼似的表情跑到時吟面前，手撐著她的書桌，呼哧呼哧喘氣。

時吟莫名，警惕地看著他：「你幹什麼啊？」

二狗氣還沒喘勻，啪啪拍她桌子，拍得試題本都皺起來了：「大榜……年級……妳……妳大榜……」

時吟有點嫌棄，從他手下扯出本子：「苟二狗同志，麻煩你氣喘勻了再說話可以嗎？」

「妳的名字在年級大榜上被人畫爛了！」

時吟一頓：「什麼？」

二狗終於喘勻了氣：「妳的名字……年級第九名時吟同學，妳的名字在外面那個年級大榜上被人用紅筆劃爛了，看起來超他媽恐怖，鮮血淋漓的，」他皺著眉，一臉驚魂未定，「妳最近是不是得罪誰了啊。」

時吟愣了愣：「我沒啊……誰沒事畫我名字幹嘛？」

「妳去看看就知道了。」

時吟狐疑地起身，方舒跟她一起出了教室，往公告欄那邊走。

走廊上聚滿了人，公告欄前擠了一堆，聲音嘈雜，伴隨著女生的驚呼，有點吵。

時吟在學校裡不算是默默無聞的那種，成績好性格好長得又漂亮，大眼睛白皮膚小臉蛋，是招人喜歡的長相，喜歡她的其實不少，算起來追過她的各個年級男生也要排個小隊。

她走過去，聽見旁邊低聲議論。

「來了來了，當事人。」

「她惹到誰了啊，太他媽嚇人了。」

「我賭五毛是情感糾葛，我愛你你卻愛著她那種戲碼，我得不到你們也別想得到那種戲碼。」

「我覺得不是吧，說不定是她占了誰的名次，那人懷恨在心呢，不過她這次考得也不怎麼好啊，才第九。」

時吟：「……」

真的不愧是升學高中，成績可比談戀愛重要多了。

她隔著密密麻麻的人頭湊過去看了一眼，大榜上她的名字被人用紅色的奇異筆來來回回地畫了至少十幾條，幾乎看不清她的名字，最深的地方紙張都爛掉了。

二狗還真的沒有誇張，乍一看去確實有點鮮血淋漓的感覺。

其實在公告欄這塊寫寫畫畫的人以前也不是沒有，但是這次針對性實在是太強太明顯了。

方舒當場炸毛，上去就要扯掉那張百名榜，被時吟拉住了。

她笑吟吟地：「好同學，沒有想到妳這麼關心我。」

知名沉默寡言才女文青方舒小仙女陰沉著臉爆了粗：「我關心你媽。」

當事人繼續笑嘻嘻，一邊把滿身殺氣的方少女拉走了。

時吟看起來淡定，其實內心也很茫然。

她做人一直很低調，從來沒跟誰結過仇，甚至深交都沒有幾個，也就和方舒他們幾個關係好一點。

所以時吟心很大的把這個意外歸結於有人看錯了名字，誤傷了她，這個插曲也很快過去了。

直到週四晚上——

自從上次在校內的論壇看見顧從禮的文章以後，時吟無聊的時候，就會打開來逛一逛。

時吟看得更多的還是之前的那篇文，樓主是個藝術生，每天有一百零八張偷拍顧老師的照片。

時吟手機相簿的照片數量以十分可觀的速度開始增長。

而且，不逛不知道，這個校內論壇竟然有很多人玩，每天都有各種神奇的發文冒出來，還有什麼打卡刷等級，吐槽遇到的奇葩事情或者瑣碎，以及吵架。

時吟覺得學霸們的日常也是非常精彩的。

但是她從來沒有想過，自己會和顧從禮一起出現在同一篇文章裡。

以這樣的方式。

文章最開始是以很愉快的口吻敘述的，標題非常農場——震驚！去尿個尿竟然會遇到這種事情。

發文時間是運動會那天。

樓主講述了他運動會去尿尿，但是因為沒有來過新校區的體育場沒找到廁所在哪，所以他就在體育場裡轉了一圈。

然後，他看見了非常香豔的一幕。

樓主放了一張照片。

很明顯看得出來是偷拍的，角度很隱蔽，距離不近並且光線昏暗，只能看清畫面裡，一男一女站在器材室門口，女的背靠著牆，男的面對著她，俯下身，微垂著頭。女生的臉被擋住了，只能看見她身上穿著啦啦隊的鮮紅色衣服，露出大片的皮膚，凝脂似的白。

從男人身後拍的一張，兩個人看起來是疊在一起的，像是在親吻。

也許是因為這個標題看起來實在太蠢了，或者臨近期中，大家沉迷讀書沒空看論壇，這個文章最開始的時候沉下去了，留言的人寥寥無幾。

然而，就在它已經被淹沒在歷史的洪流之中的時候，又被人頂起來了。

內容挺簡單，就一句話，『這男的一看就不是一中的學生吧，但是這女的穿的是一中啦啦隊服啊，美少女們真會玩，運動會帶男朋友過來在小角落裡這樣那樣。』

本來這也沒什麼，文章一直在第二頁，偶爾幾個回覆，也都是些騷話。

直到三十多樓一個樓主回覆：『這個男的看起來有點眼熟哦，我好像在學校裡見過。』

『這個不是那個嗎，首頁一直飄著的那個男神現在變成她老師的文，樓主即時更新的，裡面不少偷拍，那些偷拍裡的背影和這個一模一樣啊，同學們瞭解一下，這個老師姓顧吧。』

『我靠，老師？？？那麼請問他們在？？？』

於是一發不可收拾。

說什麼的都有，眾人開始好奇那女生到底是誰，可惜臉被擋得太嚴實，範圍只有啦啦隊，確實也找不到是誰。

攻擊的對象就變成了顧從禮。

時吟越往下看，只覺得渾身發冷，血液幾乎被凍住了。

方舒抱著書推門而入，看見她在，一邊整理桌子一邊問她晚上吃什麼。

時吟沒理。

叫了她好幾遍，她像是沒聽到一樣，完全沒反應。

方舒終於意識到不對勁，皺著眉走過去，拉了她一下：「我跟妳說話妳——」

她頓住了。

時吟被她扯得身子晃了晃，恍惚地抬起頭，臉上沒有血色。

方舒愣了：「怎麼了……妳怎麼了？不舒服？」

她反應過來，露出了驚慌的表情，聲音又低又模糊：「我錯了……」

方舒沒聽清：「什麼？」

「我得解釋……」她眼眶通紅，慌亂地看著她，有點語無倫次，「我得解釋，根本就不是那樣的，那個照片不對……」

「時吟！」方舒低聲喊她，「到底怎麼了，妳好好說。」

時吟沒聽進去，扯開她抓著她的手，抓著手機往外跑。

十一月份天氣轉涼，傍晚的風尤其冷，正是晚自習前的休息時間，校園裡人很多，成群結隊地說說笑笑，籃球場有男生在打球，遠遠地傳來哨聲。

時吟穿過花圃中間的小路，一路跑到藝體樓，直接衝了進去。

這地方她來了很多次，已經熟門熟路，藝術生這個時候都不在，三個畫室空著，她轉進走廊，往盡頭辦公室跑。

她速度很快，跑到第二間畫室門口，從裡面走出來一個人。

時吟來不及停住腳步，撞了個滿懷。

淡淡的花香味香水衝進鼻腔，撞到的觸感柔軟。

時吟連忙往後躲，一邊抬起頭。

裴詩好也猝不及防，被她撞得後退了兩步，才堪堪穩住身子。略有些不悅，皺眉抬頭。

看清了人以後，裴詩好愣了愣。

時吟也愣愣地看著她，甚至連道歉都忘了。

還是裴詩好回過神，看著她，緩緩地皺起了好看的眉，輕聲問她：「妳叫時吟？」

時吟點點頭，匆匆問了聲好，顧不上跟她說話，就要往前跑。

「如果妳是來找顧從禮，我勸妳別去了吧，我如果是他，現在應該不會想見到妳。」裴詩好淡淡道。

時吟腳步一頓，抬起頭看她。

女人化著妝，五官漂亮柔美，大波浪捲披在肩頭，是很精緻的女人味，之前的告白被拒沒讓她黯淡分毫。

她微揚著下巴，永遠帶著笑意的臉此時卻沒什麼表情：「照片裡的那個女孩，是妳吧，論壇裡那個。」

時吟僵住。

裴詩好笑了：「我有的時候覺得現在的女孩子真的很可怕，至少我像妳這個年紀的時候，可不懂這麼多，我記得顧老師之前拒絕妳拒絕得很乾脆，妳是癡纏不成，換這種手段？」

時吟有點慌：「不是，我沒有用什麼手段……我也──」

「妳現在裝什麼無辜呢，」裴詩好打斷她，「留言裡別人怎麼說的妳應該也看見了吧，說他人渣敗類，說他亂搞未成年，妳呢？妳自己倒是藏得很好，什麼事情都讓顧老師替妳抗，等到事情真的鬧大了他走人，妳不是他的學生了，說不定真能跟他終成眷屬了。」

裴詩好冷冷地笑了，溫柔消失得一乾二淨：「時吟同學，妳這算盤打得真是叮噹響。」她湊近她，輕聲耳語，每一個字都透著厭煩，「妳以後離他遠點吧，行嗎？放過他吧。」

時吟臉上最後一絲血色褪得一乾二淨。

校園裡歡聲笑語一陣一陣傳來，藝體樓裡面卻一片陰冷寂靜，一樓空盪盪的，夕陽透過玻璃窗，在走廊的地面上映出一格一格的暖黃色光塊。

裴詩好走了，時吟走到辦公室門口，站定，手指冰涼，整個人從頭到腳都控制不住的抖。

知道這件事情以後，她第一個念頭就是來找他，可是現在，她突然不敢進去了。

裴詩好說的每一個字都是對的。

從一開始，第一次見到他的時候就是她主動的。

是她一直纏著他，喜歡他，顧從禮幾次三番的，那麼直接那麼明確的拒絕過她了。

可她就是不死心，她不願意放棄，想方設法的找機會接近他靠近他，絞盡腦汁地想怎麼才能跟他多說兩句話，和他多相處一分鐘，讓他多看她一眼。

從頭到尾，明明都是她單方面的，他的態度清清楚楚明明白白，一直和她保持著合適的距離。

結果終於出了這樣的事情，名譽受損的人是他。

本來時吟想著，一定要解釋清楚，本來就是誤會，是照片角度的問題，解釋清楚就好了。

可是解釋的話，有人相信，就會有人不會信，而且這種事情本來就不是那麼好解釋的。

當影響已經造成了，真相的作用就越小。

更何況，她喜歡他是真的，纏著他是真的。

是她做錯了。

她不該喜歡他的，她對他本來就不該出現這種感情，這是錯的，是畸形的，是不對的。

明明都是她的錯，明明他什麼都沒做，卻被說得那麼難堪，明明她才是罪魁禍首，卻沒有一個人認出她，指責她。

她果然是顧從禮的飛來橫禍。

他現在肯定恨死她，討厭死她了。

時吟就這麼僵立在門口，不知道站了多久，辦公室門毫無預兆被人從裡面拉開。

溫暖的光線從室內投過來，時吟驚慌抬眼。

顧從禮逆著光站在門口，神情漠然一如既往，好像無論發生什麼事情都不會影響他分毫。

他垂著眼，平靜地看著她，聲音低低淡淡，像是一聲嘆息：「哭什麼。」

第四章 一人宇宙

時吟這十七年來的人生一直是順風順水的，家庭幸福和諧，父母感情美滿，沒怎麼有過青春叛逆期，上學的路上摔了一跤都能算是個挫折。

直到遇到了顧從禮，她有了求而不得。

喜歡這種事情真的很難控制，如果可以選擇，時吟寧願去喜歡二狗，喜歡校草，喜歡和她同齡的男孩。

至少不會發生這麼尷尬的事情。

照片是假，可是她的心意是真的。

顧從禮確實對她沒什麼想法，可是她有，她沒辦法問心無愧，沒法坦坦蕩蕩。

她突然不知道該怎麼面對顧從禮了。

她給他帶來困擾了。

而且現在，已經不僅僅只是困擾。

時吟咬緊了嘴唇，低低垂著頭：「對不起……」

她是真的不知道該怎麼辦。

時吟胡亂用手背抹了把眼睛，聲音低低的：「對不起，我會去解釋清楚的。」

顧從禮沒說話。

他知道這件事情，還是裴詩好告訴他的。

自從她告白以後，兩個人很久沒說話。

裴詩好有自己的傲氣，她沒再主動跟他說過話，各自上課，然後在辦公室裡忙自己的事情。

顧從禮當然也不會主動說什麼，他根本不在意。

直到昨天，裴詩好下課回辦公室，手裡的手機啪地砸在他面前，平日裡溫柔平和的表情不見蹤影，帶著怒火。

顧從禮看了她一眼。

她示意他看手機，他才看到那篇文章。

顧從禮很快掃下來，把手機還給她。

裴詩好怒氣衝衝地看著他：「你跟那個女孩到底怎麼回事，你不是已經跟她說清楚了嗎？我前一秒才在那裡跟你告白，你下一秒就拉著女孩去調情？你至少換個地方行不行？」

顧從禮很冷靜：「誤會。」

「你看到下面都是怎麼說的嗎？」

「嗯。」

「你看到怎麼說你的嗎？」

「嗯。」

裴詩好被他事不關己似的態度氣笑了：「這是你的事情，我現在又氣又擔心，像個傻子一樣，你倒是冷靜，顧從禮，你是不是真的沒有心肝？」

顧從禮冷漠地看著手機螢幕上的字，神色平淡：「誰知道呢。」

他大概沒有。

可是這種事情很麻煩，他有點怕麻煩。

顧從禮看著面前的女孩，突然不知道怎麼開口。

她的性子很倔。被他拒絕的時候，她紅著眼咬著牙，硬是一點眼淚都沒掉，對他說喜歡的是別人，說他是不是想多了。

現在，她看都不敢看他一眼，低低垂著腦袋，啞著嗓子跟他說對不起。

聲音裡濃濃的，全是愧疚和後悔。

顧從禮淡聲道：「時吟，抬頭。」

時吟一顫，抬眼看他。

視線有點糊，她抬起手，用力地揉了揉眼睛，深吸口氣，似乎冷靜下來了：「顧老師，這件事情是我造成的，我會解釋清楚的，也不會逃避責任，給您帶來了這麼大的困擾我真的很對不起。」

顧從禮側了側身，輕靠在門邊：「妳怎麼解釋清楚。」

時吟固執地看著他：「可是我也不能，就這麼躲在你後面什麼都不解釋，當個膽小鬼。」

「妳去說明裡面的人是妳，事情是個誤會，我們只是碰巧遇見了，還有嗎？」

時吟急了：「本來就是誤會！明明根本什麼都沒有的事情，只憑藉著一張模模糊糊的照片哪能就那麼簡單的隨便給人定罪？而且那些人一看就是看熱鬧不嫌事大，明明什麼不知道話怎麼能說的那麼難聽。」

顧從禮笑了一下：「妳也說了，是看熱鬧的，當然不在乎是不是誤會。」

時吟啞然。

他說的對，她也心知肚明。

那篇文裡也不是沒有說這個的，說光線那麼暗，距離又很遠，也許人家只是在說話，剛好角度看起來不對勁而已。

不過這樣的聲音寥寥無幾，而且很快就被淹沒了，因為沒意思。

既然事不關己，又是發生在自己身邊，他們想看到的是更精彩的劇本。

時吟緊緊咬著嘴唇，重新低下頭。

「抬頭，」顧從禮站直了身，「時吟，我雖然不是妳的老師，但也算教過妳。」

時吟習慣了他命令式的語氣，愣了下，下意識仰起頭。

他垂眼看著她，淺棕色的眸子無波無瀾：「我希望我教過的學生以後無論遇到什麼事，都能抬頭挺胸做人。」

時吟怔怔地看著他，濕漉漉的眼底水汽未乾。

顧從禮嘆了聲：「這件事情我自己處理，妳別隨便給我添亂。」

顧從禮說，這件事情他會處理，時吟就信他。

學校的論壇不是人人都玩，但是一傳十傳百，沒幾天，這件事就成了大家議論的焦點。說什麼的都有，有人覺得一張照片而已，被幻想的太過了。有人覺得有果必有因，肯定不會憑空就生出這麼張照片來，兩個人之間絕對是有點什麼的。

時吟沉默地聽著他們午休休息的時候無休止的討論。

方舒坐在旁邊，看著她有點欲言又止。

下課時間，教室裡吵鬧，旁邊的幾個男生八卦得很大聲：「那個老師是教畫畫的吧，我聽說他不是正式老師啊，就是好像很厲害，然後被學校請來幫高三藝術生集訓的。」

「藝術生不是有好多都喜歡他嗎，長得是真的沒話說，你們看到文章裡有個藝術生爆料了，說最近確實有個女生往他辦公室跑，只是沒看到長什麼樣。」

「唉，其實我特別能理解，你們看這姐姐的腿，哇靠，無敵，是我我也喜歡這樣的。」

「姐姐腿好美，不過啦啦隊身材都挺好，而且這麼糊，其實也看不清楚。」

旁邊另一個男生突然想起什麼，坐在桌子上伸頭過來：「對了，時吟，妳不是也是啦啦隊的嘛！有沒有什麼內幕的料給我們啊！」

時吟愣愣地張了張嘴。

方舒很不耐煩地嘖了一聲，筆一摔，冷冷看過去：「有完沒完？你們長舌婦嗎？一件事情嚼不爛，嘰嘰歪歪的煩死了。」

方舒一向是這種性格，大家也習慣了，幾個男生聳聳肩，各自回了座位。

時吟側頭，輕聲道：「好同學。」

方舒哼哼兩聲。

「我愛妳。」

方舒神情複雜地看著她，「是我想的那樣？」

「……妳想得哪樣。」

「就是你們，」方舒臉有點紅，「那個了？」

時吟瞪大眼睛，聲音拔高：「怎麼可能！」她反應過來，小聲解釋，有點急，「我們什麼都沒有，就是很純潔的——」

「很純潔的？」

時吟垂著眼，聲音低低的：「很純潔的單相思一廂情願關係。」

方舒不知道說什麼了。

安靜一下，時吟軟下身子，趴在桌子上，下巴埋進臂彎裡，聲音悶悶的：「我做錯了。」

方舒沉默了幾秒，才說：「這件事情不是妳的錯，但是妳確實是對他有想法的。」

時吟明白了。

方舒在外人面前，絕對是護短的那個。

但是她不盲目，她是那種絕對理智，會站在中間立場分析問題的人。

時吟沉默地推開椅子，起身去洗手間。

她走到最裡面的一個隔間，關上了門，開始發呆。

顧從禮說交給他，這是小事，可是時吟覺得這是她這輩子遇到過的最大的事了。

她想告訴所有人，可是她怎麼說呢，她去論壇發文，還是衝出去拽著每一個路過的在議論這件事的人，大吼你們知道個屁。

他不讓她添亂，可是她就這麼躲在他身後，只覺得自己像個膽小鬼，縮頭烏龜，良心每分每秒都備受煎熬。

洗手間隔間外，輕輕的腳步聲傳來，停在門口，聲音消失了。

緊接著是衣服摩擦的沙沙聲，一隻手推著張紙條進來。

時吟愣了愣，蹲下身，撿起來打開。

上面是用鉛筆寫的字——我知道是妳。

時吟指尖冰涼，手心沁出冷汗。

她猛地站起了身，撥開隔間門鎖推開了門。

外面空無一人，洗手間瓷白的瓷磚上印出一個模糊的，她的輪廓。

校方正式發出聲明，是在週一的升旗儀式上。

據說最近有不少藝術生的家長找來，校方一遍一遍的解釋，迫於壓力不得已，公開說明這件事情。

副校長親自上臺，說法很官方，最近學校裡有很多謠傳，顧老師雖然非編制內教師，但是職業操守毋庸置疑，希望大家以課業為重，不要相信無聊的不實之言。

長篇大論二十分鐘，一言以蔽之就是，闢個謠，順便推卸一下責任。

時吟心砰砰跳，第一個念頭是去找顧從禮。

而在她跑到藝體樓樓下的一瞬間，這個念頭就消失得無影無蹤了。

時吟站在門口，天氣轉涼，玻璃門關得嚴嚴實實，外面天光大亮，只能隱約看得見裡面大廳樓梯的輪廓。

她藏到對面的花圃草叢裡蹲了一陣子，蹲到腳都麻掉了。

時吟想，要麼就這樣吧。

本來這件事情從一開始就是錯誤的，因為她的喜歡是錯誤的，所以造成了負面的後果，就算沒有那張照片，她如果一直這樣執迷不悟地纏著他，最後肯定也會有其他不好的事情發生。

也許上天給了她這個機會，就是為了要她及時止損，避免以後更可怕的事情發生。

她和他都回到了正軌，是最好的結果。

更何況，她哪還有臉再去找他。

事情已經發生過了，傷害也造成了，他之前遭受到無妄非議是真，即使校方發出聲明，也沒有辦法控制所有人的想法。

他原本是那麼完美的一個人，他該是霞姿月韻，是霽月清風，是神祇，是高不可攀。

她卻將他拉下了神壇。

時吟覺得自己罪該萬死。

晚自習的鐘聲在校園裡響起，她腳麻到沒知覺，完全站不起來，乾脆一屁股坐在草叢裡。

腳底板密密麻麻的，尖銳刺痛感一寸一寸竄上來，像是針尖刺破皮膚，扎進肉體。

手機的訊息提示音響起，打破片刻寂靜。

時吟愣了一下，才從制服口袋裡摸出手機。

號碼陌生，內容卻熟悉。

——我知道是妳。

時吟僵住。

她唰地直起身，四下望了一圈。

學生往教學大樓的方向走，有些剛從福利社出來，手裡捧著一堆零食，朋友同學在遠處喊他們：「快點！晚自習要遲到了。」

她垂眼，飛快打字：『你是誰。』

『憑什麼走的人不是妳。』

時吟後背發涼，一個猜測逐漸成型。

她直接一通電話打了過去。

響了很久以後，那邊才接起來。

時吟沒說話，那邊也一片安靜，時吟撐著地面站起來，顧不得身上沾了泥土，深吸口氣：「我是時吟。」

那邊的人依舊沒說話。

時吟試探性地問：「你是藝術生嗎？」

對方的呼吸聲清晰起來。

「你是之前那個文章的樓主嗎？」

對方沉默了幾秒，突然開口：『關妳什麼事。』

是個女生，聲音有點嘶啞，幾乎聽不出原本的聲音。

時吟嗓子發乾，低聲問：「顧老師，要走了嗎？」

她一句話，像是引爆了什麼東西。

那女孩笑了起來：『妳還敢問他？』

時吟空著的那隻手攥得很緊，有點長的指甲嵌進掌心：「我不會再見他了，」她低聲說：「但是我想知道，他要走了嗎？」

女孩沉默一下。『妳來吧，』她啞聲道：『我在湖邊。』

她掛了電話。

時吟站在原地，深吸口氣。

實驗一中只有那麼一個人工湖。從這裡過去，繞過男宿舍，兩片花圃，在女生宿舍後面。

時吟想，自己膽子真的大。

那個樓主，喜歡顧從禮那麼久，每天偷拍無數張他的照片，執念看起來應該比她深。

之前百名榜上被畫掉的名字，洗手間裡遞進來的紙條，恐怕都是她。

照片的事情，大概是個意外，畢竟她討厭的是她，不是顧從禮。

這樣的一個人，會不會把她騙過去，然後偷偷殺掉。

她選的不是好地方。這人工湖作為一中的情侶聖地，現在應該正熱鬧。

每個學校都不乏蹺課的學生，晚自習更甚，有零星學生在，大多是一男一女，隔著很遠的距離，偷偷翻過護欄，坐在湖邊湊在一起聊天。

時吟遠遠地找，看見一個女孩坐在樹下。

和想像中那種偏激的人不太一樣，是個很清秀的女孩，梳著馬尾，抱著膝蓋靠著樹幹，安安靜靜的樣子。

她突然抬起頭，視線和她對上。

時吟走過去，在她旁邊坐下。

沒人說話。

還是女孩先開口。

嘶啞的，低低的聲音，幾乎聽不出原本的聲音：「妳還真敢來。」

「妳找我來是想打我嗎？」

女孩搖搖頭：「我本來準備把妳推到湖裡的，如果推不下去，我就拉妳下去。」

時吟笑了：「其實妳不用那麼麻煩，我可以自己跳。」

女孩側過頭，眼神古怪地看著她。

時吟抓了抓頭髮，「欸」了一聲：「顧老師真的要走了嗎？」

她表情變得陰沉起來：「他已經走了。」

時吟一怔，「啊」了一聲。

這個女生應該是恨死了她的，時吟覺得她剛剛說的那句，想把她推下去的話，應該不是開玩笑。

她突然有種詭異的，同病相憐的感覺。

時吟垂頭，聲音很輕：「對不起。」

她沒說話。

安靜了幾秒，才慢慢說：「我高一的時候就認識他了，那時候他還沒畢業。我和妳不一樣，我成績不太好，腦子很笨，無論怎麼樣就是聽不懂，我家人都覺得我如果不去藝考就考不上大學了，便送我去畫畫。我其實一直很自卑，覺得自己是因為成績不好才學畫畫，在好學生面前覺得抬不起頭。」

「然後我遇見他了，他跟我說，畫畫不是逃避，是選擇。」

「後來他走了，再在學校裡看見他的時候，妳不知道我有多開心，可是我不敢，我可以在網路上發文，可是一旦面對他，我一句話都不敢說，我只敢偷偷的。」

「所以我真的很討厭妳，妳每次那麼光明正大的去找他，去跟他說話，我都覺得非常煩。如果不是因為妳，我還可以每天見到他，現在我覺得一點盼頭都沒有。」

「對不起。」時吟說。

女孩看著她：「妳不喜歡他嗎？妳不難過嗎？」

時吟歪了歪頭：「這樣不是挺好的嗎？他不會過得不好。」

他是那麼優秀的人，無論在哪裡，他都會擁有最美好的未來。

時吟覺得，這樣很好。

就和所有的青春小說一樣，她遇見他，做了錯事，遭了報應，然後沒有然後了。

像一場荒涼大夢，夢總該有醒的時候。

她沒再去過那個畫室，雖然她用兩個月的零用錢來投資，並且後來每次想到那兩個月的悲慘情形，都有種無法遏制的饑餓感。

期末考試過後，是寒假。

學校裡面新鮮的事情總是很多，熱度來得快去得也快，大家談論的東西每天都不一樣，顧從禮這個名字淡去，取而代之的是哪個小鮮肉、哪個明星，誰和誰早戀被發現了，誰數學測試拿了滿分。

二狗隱約猜到了什麼，曾經隱晦地跟時吟打聽了顧從禮的事情，時吟笑著把手裡的書啪嘰砸在他腦袋上：「我哪知道啊。」

二狗嗷嗷叫，大呼自己要長不高了。

寒假放假前一天，時吟最後一次去了藝體樓。

十二月已經開始藝考，畫室裡空盪盪的沒人，她走到第三間畫室，推門進去。

顏料，混合著石膏像，木屑和灰塵。

時吟之前覺得這味道有種很恐怖的成癮性。

她蹲在門口一個木桌前，上面擺了個桃子。

她抬手，輕輕戳了戳。桃子嘰裡咕嚕地滾下了桌子，很輕的一聲泡沫掉在水泥地面的聲音，在寂靜空曠的畫室裡幾不可聞。

沒再破掉。

她深吸口氣，站起身，翻出手機撥了時母的電話。

那邊很快接起來，時母那邊聲音嘈雜：『吟吟啊，妳幾點到家呀，媽媽煮了雞翅，還弄了糖醋——』

「媽。」時吟打斷她。

『嗯？怎麼啦。』

「我去學畫畫怎麼樣，」時吟輕快地說：「去學畫畫，然後藝考，以後考最好的美術學院。」

第五章　朝日詩歌

時吟見過顧從禮的畫，卻是第一次看見他的字。

紅色的字體凌厲乾淨，力透紙背，長長的一行整整齊齊，每一個字高矮大小都無甚差別，像是用尺對著寫的。

讓時吟這種從小養成的壞習慣寫字有點歪的人好生羨慕。

她帶著一疊影印稿回家，稿子往工作室桌子上一丟，就準備去看個電影摸摸魚。

剛走出去兩步，腦海中浮現男人揉著眼角的時候，略顯疲憊的神情。

前一天同學聚會出去的時候，他也是喝了酒的。

時吟腳步一頓，背著身倒退著走到桌邊，垂眼看著桌上的牛皮紙袋，靜了幾秒。

時吟長嘆口氣。

這是她的作品，八月要用來參加新人賞的，她得做到最好。

下午一點，梁秋實來的時候，房子裡靜悄悄。

往常這個時間，時一老師應該正倒著掛在沙發上，手裡拿著PSP打遊戲，身邊堆著洋芋片袋子和巧克力包裝紙。

而此時，客廳裡空無一人，茶几上乾乾淨淨，兩本漫畫書攤開在沙發上，除此之外沒有別的雜物。

梁秋實以為時吟出去玩了不在家，試探性地喊了一聲：「時一老師？」

沒人應聲。

梁秋實推開工作室的門。

時吟穿著居家服坐在電腦前，頭上套著一個粉色的小兔子毛巾髮箍，細碎的額髮全部抓上去，整個人趴在電繪板上，只能看得見一個漆黑的腦袋瓜頂和半個白皙額頭。

梁秋實有種撞了鬼的感覺。

從來沒見過天黑以前工作的時一老師。

他走過來，時吟剛好抬起頭，手裡捏著筆，警惕地看著他：「你是怎麼進來的？」

梁秋實已經習慣了她的間歇性發瘋，冷靜道：「您半年前就把鑰匙給我了。」

時吟面無表情地看了他幾秒，「哦」了一聲，重新垂下頭：「《ECHO》前幾頁我之前畫出來了，你補一下遠景，然後把網點上吧。」

梁秋實放下東西，彎腰開電腦：「老師，完結篇的彩圖妳畫了嗎？」

「……」

時吟假裝沒聽見。

「《ECHO》後面十頁的原稿呢。」

時吟裝聾作啞。

「新人賞八月就開始了，您現在還在修改NAME嗎。」

「……」

時吟終於憤怒地摔了筆：「你怎麼回事，到底想幹什麼？」

梁秋實對她的憤怒視而不見：「提醒您一下還有多少工作沒做，都幾號了，老師您長點心，我聽說新主編跟趙編輯不一樣，是個很不好說話的人。」

他有多不好說話我當然比你清楚。

時吟瞬間就萎了，長長嘆了口氣，無精打采地朝梁秋實擺了擺手：「我晚飯之前把分鏡草稿改完，今天晚上通宵畫出彩頁，明天開始畫《ECHO》剩下的十頁原稿，退下吧，球球。」

梁秋實裝模作樣：「遵旨。」

時吟翻了個白眼。

時吟的新漫畫暫定名為《鴻鳴》，畫的是刀。

傳說上古時期軒轅黃帝造金劍出爐時，餘下原料因高溫未褪去，自行流向模底，形成刀型，稱為鴻鳴刀。

因為是自成刀型，鴻鳴刀自我意識極強，並且威力足以和軒轅劍匹敵，持有者意志力薄弱甚至會被其反噬，黃帝深覺後患無窮，欲以軒轅劍毀之，結果沒想到被它化形而逃，從此銷聲匿跡，直到漢代才重現於世，而此時，這刀已經能夠修煉成人型。

三十多張草稿修完又畫了一頁原稿，結束已經凌晨了，窗外夜幕低垂，時吟把電繪板一推，哀嚎一聲，整個人平攤在桌子上，頭暈眼花，意識模糊。

肚子餓過了頭就感受不到餓了，時吟揉了揉眼睛，撐著桌邊抬起頭，把修好的分鏡草稿傳給顧從禮。

傳完，她一推電腦，按了按生疼的脖頸，起身出了工作室。

梁秋實早就回去了，房子裡安安靜靜，客廳沒開燈，時吟赤著腳走到落地窗前，撥開綠油油的綠蘿藤葉，窗外燈火闌珊，整座城市被盛夏的夜晚溫柔浸泡。

連續用眼十幾個小時，此時看路燈像是疊了影，她微瞇著眼，看著窗外長街發呆。

時吟沒想到會再見到顧從禮。

她沒心沒肺了六年，本來以為事情已經過去了，其實現在想想看，她當年喜歡顧從禮哪裡呢？她對他完全不瞭解，最直接的吸引，也就只有那張臉了。

時吟覺得，她當時應該沒那麼喜歡顧從禮，之所以會那麼執著於他，只是青春期執念帶給她某種錯覺。

可是，她再也沒有遇見過第二個像他一樣的人。

她青春年少時期的執念起點實在是太高了，導致她直到現在都沒能再看上誰，也沒有誰覆蓋掉他在她腦海裡的影子，時吟有些憂鬱，覺得自己可能要單身一輩子了。

單就算了，她現在還要斟酌著到底要用什麼樣的態度對待顧從禮。

她看著窗外，盤腿直接坐在地毯上，夏夜裡風帶著燥熱悶潮，不見涼意，時吟將窗戶開得大大的，然後伸長手臂去搆旁邊的空調遙控，開到最低溫。

手機放在一邊，開了靜音，螢幕亮起，無聲地閃爍。

她沒注意，垂著頭揉了揉眼睛，爬起來迷迷糊糊地往臥室裡走。

早上走得急，她連被子都沒疊，人直接倒進被窩裡，沾了枕頭就睡。

第二天是被門鈴聲吵醒的。

最開始的時候，時吟還以為她在做夢。

夢裡她在一個火車站一樣的地方，月臺上空無一人，連列車員都沒有，時吟拿著車票茫然地在長得彷彿沒有盡頭的月臺上走，然後就聽到了叮鈴、叮鈴的聲音。

那聲音由遠及近，越來越響。

時吟醒了，叮鈴聲卻還在。

不急不緩地，以間隔三十秒一次的頻率慢吞吞地響著。

時吟眨眨眼，躺在床上歪了下頭。

這是門鈴吧。

她抓抓頭髮爬下床，還睏得睜不開眼，迷迷糊糊走到門口，整個人靠在防盜門上，打了個哈欠，拖腔拖調：「誰——啊——」

門外的人沉默了一下，才開口：「時吟。」

時吟一個激靈，打了一半的哈欠硬生生憋回去，整個人都嚇清醒了。

她急忙趴在門上從貓眼往外看，看見一張冷漠的臉。

時吟手忙腳亂地開了門，微張著嘴，有點呆滯地看著他：「顧主編？」

顧從禮由上至下掃了她一眼。

女孩赤著腳站在門口，睡裙被她睡得皺巴巴的，長髮披散著，眼角濕潤，臉上還帶著紅紅的印子，整個人有點迷迷糊糊的，一副沒睡醒的樣子。

他抬手看了手錶一眼，九點半。

顧從禮垂手，人走進來，看著她：「口水。」

時吟臉紅了，慌亂地抬起手，用手背使勁蹭了蹭嘴角，白嫩的臉被她揉得變了形。

顧從禮垂頭，無聲地彎了下唇，再抬起眼的時候還是面無表情的樣子：「我昨天跟妳說了今早過來。」

時吟眨眨眼：「我沒看見，你什麼時候說的……」

「妳稿子傳給我以後五分鐘。」

時吟愣了愣：「您那麼晚還沒睡嗎？」

「加班。」

時吟敬佩了，覺得主編真是個辛苦的工作：「您加班到凌晨啊。」

「如果我的作者不凌晨傳分鏡草稿過來，我就不用。」顧從禮平靜地說。

「……噢，我當時剛改好，就傳過去給您了，我以為您睡了。」

他看起來就是早睡早起，很養生的樣子。

時吟抓抓頭髮，有點不好意思，本來就被她睡得亂糟糟的頭髮這麼一抓，看起來更有個性了，她抬頭：「那您看完了嗎，這次的可以嗎？」

她一邊問，一邊從鞋櫃裡抽了雙拖鞋出來給他。

身子一彎，睡裙領口往下飄。

顧從禮視線頓了半秒，平淡地移開：「差不多。」

時吟鬆了口氣，看他進來，一邊掰著手指頭自顧自地算自己剩下的工作：「那我就可以開始畫原稿了，《ECHO》還差一點就能完結，還有一頁彩頁大圖，八月前畫完《鴻鳴》的序章。」

她算著算著，又哭喪了臉，仰起頭：「顧主編，我畫不完了。」

顧從禮走到茶几前，抽出筆電，垂頭打開：「我看妳前天出去聚會的時候挺自信的，還要去KTV。」

時吟一噎。

也不知道誰因為她「不小心」、「無意」地罵了他一句，就一直懷恨在心，留了個不可能完成的任務給她，自己去跟小姐姐開開心心吃飯了。

她撇撇嘴，很小聲地說：「我以前趕稿來不及的時候，趙哥都會留下來幫我的……」

聞言，顧從禮動作一頓，側過頭去。

女孩站在沙發旁，垂著頭，背著手，過動症似的左左右右晃啊晃，晃啊晃，一邊小聲嘟囔。

脖頸修長，鎖骨削瘦，流暢線條往下有屬於女性的柔軟弧度。

睡裙裙擺下是精緻好看的膝蓋，一雙細白小腿。

她像是沒變，又好像變了。

顧從禮瞇了下眼，微微歪著腦袋，直起身，指尖虛虛停在筆電的邊緣：「妳想讓我也幫妳？」

時吟一愣，抬起頭，驚喜問道：「可以嗎？」

他勾起唇角，明明該是很溫柔的淺色瞳仁看起來卻冷漠又不近人情：「妳想得美。」

「……」

時吟覺得顧從禮這個人幾年不見，怎麼好像愈發的不友好了。

也可能是因為他終於可以不需要顧及到她作為學生的廉價自尊心，所以卸下了所有的偽裝，暴露他殘忍的本性。

你說你不想幫我忙你接什麼話。

時吟偷偷摸摸地翻了個白眼：「那您自便，我洗漱。」

顧從禮重新垂頭看向筆電，「嗯」了一聲。

時吟轉身往臥室裡走。

等進了浴室看見自己毫無形象可言，剛睡醒蓬頭垢面的樣子以後，時吟澈底挫敗。

眼底一片黑眼圈，眼睛也有點腫。

她本來還想努力塑造一下久別重逢以後美麗優雅的完美形象，現在看來人設是不可能立得起來了。

她坐在馬桶上看著鏡子裡的自己，哀嚎了一聲，放棄掙扎，把身上的睡裙剝了丟進衣簍，起身進了浴室。

因為外面顧從禮還在等，她洗得很快，除了剛剛身上穿的那件，剩下的夏天穿的睡裙布料看起來實在過於清涼，什麼吊帶什麼蕾絲。時吟挑了半天，未果，最後乾脆拽了件白色T恤出來穿，下面套牛仔短褲。

吹乾了頭髮出去，顧從禮還是她剛剛進去的那個姿勢，人坐在沙發上，電腦放在茶几上，微微向前傾著身，手肘撐在膝蓋處，看著電腦上她昨天傳來的分鏡草稿。

聽見聲音，他抬起頭，側眼看過來。

女孩抓著頭髮走過來，頭髮半乾，白皙的臉蛋上淡淡紅暈，白色棉質T恤遮到腿根，大咧咧地露著一雙筆直修長的腿。

顧從禮一頓，視線從她頭頂到腳踝，再平移到臉上。

「把褲子穿上。」他平靜地說。

「……」

時吟無語了一下，雙手拽著T恤邊緣「唰」往上一撩，顧從禮還沒來得及反應，她已經掀開衣擺，露出裡面的牛仔短褲：「主編，您近視多少度？」

「……」

「我又沒有透視眼，」顧主編冷淡地轉頭，「過來。」

時吟放下衣擺，走過去。

沐浴乳的味道混合著洗髮精，椰子的甜香味和淡淡花香輕飄飄地散過來，帶來令人恍惚的熟悉感。

她靠近了站在旁邊，彎下腰看他面前的電腦，身上還帶著沐浴後濕漉漉的熱氣，細白的腿貼上他的褲管，隨著動作蹭了蹭，輕微的壓力。

顧從禮覺得非常煩。

而她好像完全沒有察覺。

時吟抓了把垂下來遮住視線的碎髮，專注地看著螢幕，上面是兩個主角第一次見面的那一頁。

岩漿火海之中，一紅一藍的兩位挺拔清秀的年郎持刀而立，須臾，人影一閃，兩刀刀身相撞，一聲悠遠的金屬脆響，長鳴聲劃破天際。

——然後藍衣少年手裡的那把刀彎了。

彎了。

時吟直起身，啪啪鼓掌：「我最喜歡這裡。」

顧從禮抬眼看她，冷靜地問：「妳這是冷幽默耽美漫畫？」

時吟一本正經道：「雙主角熱血王道少年漫。」

「熱血王道少年漫，」顧從禮緩聲重複，點點頭，「然後鴻鳴彎了。」

時吟眼睛明亮：「因為他遇到了他的命中註定，大夏龍雀，」她指著螢幕上的紅衣少年，「王道漫畫要素之一，不打不相識的過命夥伴，你看《獵人》、《火影》、《海賊王》，不都是這樣的。」

大夏龍雀，《晉書》有記載：造百煉鋼刀為龍雀大環，號曰大夏龍雀，銘其背曰：「古之利器，吳楚湛盧，大夏龍雀，名冠神都。可以懷遠，可以柔逋；如風靡草，威服九區。」世甚珥之。

原為春秋時期晉文公所有，據說後於晉楚之戰中敗於名劍湛盧，刀身盡毀，葬身於黃沙血海之中。

就是這麼兩把命運悲慘的刀，他們撿了條命，相遇以後在岩漿裡打了一架，然後一個把另一個搞彎了。

好棒哦。

時吟靈機一動：「主編，不然改叫《鴻鳴龍雀》吧，《鴻鳴》聽起來好像有點枯燥。」

「……」

顧從禮靜了兩秒：「不應該是《龍雀鴻鳴》？」

時吟睜大了眼睛：「大夏龍雀這種邪魅話癆小妖精人設哪裡像是在上——」

她說了一半，反應過來，飛快改口：「我覺得《鴻鳴龍雀》更順口一點。」

顧從禮：「呵。」

他看起來懶得理她了，指尖點在筆電觸控板上繼續往下看，時吟走到落地窗前，彎腰撿起昨晚放在地上的手機，剛好時母打電話過來。

時吟看了在旁邊認真看稿子的顧從禮一眼，接起來：「喂，媽，沒有沒有，早就起了。」

「相親啊，還行吧……人挺好的，嗯嗯嗯，帥帥帥……」

顧從禮抬了下眼。

「沒有啊，沒再約我了，週六？」時吟已經轉過身去，一邊說著一邊往臥室走，咔嗒一聲關上了門，走到床邊坐下，有點呆滯，「他說週六再約我啊？」

時母那邊聽起來很興奮：『小夥子說很喜歡妳，覺得聊得來，想問問妳週六有沒有空再吃個飯，不過他說沒有妳的聯絡方式，就來問問。怎麼回事啊，你們不是互相有手機號碼的嗎？』

時吟有點不確定她說的是銀行小哥林源還是甜甜的校霸小哥哥，猶豫道：「林源的電話……我是有吧……」

林佑賀的，她還真沒有。

所以是甜味蘋果糖老師覺得自己和她相談甚歡意猶未盡，想再找個時間繼續跟她批鬥時一這個漫畫家的作品有多爛？

時吟有點無奈：「媽，我最近有點忙，好多工作沒做完呢，八月之前都沒什麼時間。」

『就妳工作忙，人家不忙呀？而且特別巧，』時母很興奮，『小夥子說對妳的工作挺感興趣的，想看看妳的作品，妳的那個漫畫書，還有雜誌，還有沒有呀，送人家兩本看看，我之前藏的幾本之前被妳爸發現了，全都扔了，氣死我了，我等等把那男孩的好友傳給妳啊，你們自己聯絡。』

時吟腦殼疼，不想再聽時母碎碎唸，隨便應下來以後掛了電話，點開訊息看見時母傳過來的那個聯絡人，想了想，還是加了。

加完，她抓著手機起身，打開臥室門走出去，一邊低著頭看手機一邊說：「對不起，剛剛說到哪了，這次的 NAME 可以了嗎？還有哪裡需要修改的？」

一片寂靜，沒人應聲。

時吟抬起頭。

沙發上已經沒了人影，電腦也不見了。

時吟「咦」了一聲，走到玄關，拖鞋整整齊齊擺在門口。

顧從禮不知道什麼時候走了。

無聲無息，勝似鬼魂幽靈，就好像他從沒來過似的。

時吟還沒來得及傳訊息問問他怎麼了，那邊相親小哥哥的好友已經通過了，動態設定的是三天可見，時吟不太確定這個到底是林源本人還是校霸，她試探性地傳了一個貼圖過去：『林佑賀先生？』

對面秒回：『嗯？怎麼了。』

「……」

你怎麼了什麼你怎麼了。

難道不是你要跟我再續前緣的嗎？你問我怎麼了幹啥？

時吟走到沙發旁邊，一屁股坐進去，盤起腿來。

上面還帶著淡淡的餘溫，貼著大腿，溫溫熱熱。

她手指頓了頓，才慢慢打字：『啊，沒什麼，因為我不太確定你是哪位……畢竟你這個相親有點複雜。』

林佑賀：『哦，那是我。』

林佑賀：『對了，妳的筆名到底叫什麼？』

時吟：「……」

老娘就是你口中的那個「畫的極差極爛非常難看不知道是用幾根腳趾畫出來的為什麼這種人都能出道」的時一。

這話說出來有點尷尬。

時吟一邊思考著要怎麼靈活運用中華博大精深的語言藝術最小的降低尷尬值，一邊點進去替他備註，在打下「甜味蘋果糖老師」這幾個字的時候手指都是顫抖的。

想了想，時吟覺得自己不能接受，默默地又改成了「校霸小甜甜」。

等她切回去，還是沒想好怎麼自我介紹。

好在校霸大哥好像也不打算在這個問題上多做糾結，連著又是幾則訊息傳過來。

校霸小哥哥：『妳應該也是畫少女漫的吧？』

校霸小哥哥：『女孩子畫這個視角應該跟我們完全不一樣吧？』

校霸小哥哥：『妳看過我的漫畫沒？』

校霸小哥哥：『哦，還有，妳週六有空嗎，我這兩天畫完了新連載的原稿，我的編輯跟我說少女漫有些地方要參考女性的心態和想法，可是老子他媽哪有認識的女的。』

時吟：「……」

時吟想，歲月真的是一把殺豬刀，它能把淡漠卻溫和的男人變成一個斤斤計較的冰冷鬼畜，也能把一個抽菸喝酒刺青的校霸變成話多到聒噪的肌肉小甜甜。

可惜，她還是喜歡寒塘冷月那一款的。

即使他鬼畜了點，也是個月。

時吟癱在沙發上，正在思考著要怎麼回這個聒噪的肌肉小甜甜，手機嗡嗡地又開始震。

她垂眸去看，發現校霸並沒有再傳新訊息過來，頓了頓，時吟退出去，發現訊息來自顧從禮。

顧主編：『分鏡草稿沒問題，可以開始畫原稿。』

顧主編：『《ECHO》的完結篇最終話和跨頁彩圖畫完給我。』

顧主編：『週六晚上十點之前。』

時吟：「……」

去你媽的寒塘冷月吧。

老子瞎了眼了才會喜歡什麼狗屁冷月。

接下來整整一週時間，時吟都在沉痛地反思，她為什麼對顧從禮這人抱有非分之想。

一邊趕稿，一邊反思，夜夜熬得紅著眼眶，心頭泣血。

《ECHO》是時吟的處女座，出道作品，人生第一次連載，她風雨無阻畫了四年，有一說一，拖稿歸拖稿，工作態度和作品品質確實沒得說。

再加上是終章，是決戰，是尾聲，出場人物很多，節奏也要適當變化，時吟想要給它一個最好的結局，每一根線條和表情變化都力求完美，畫起來十分耗費精力。

《鴻鳴》的分鏡草稿終於得到了責編大大的首肯，眼看著八月將近，她原稿一頁還沒有開始動筆，時吟也確實沒有時間給林佑賀的新連載做什麼參考。

她大致跟林佑賀解釋了一下，對方是同行，也知道她的工作量有多大，十分通情達理善解人意地表示理解，並說好以後有時間再說。

時吟覺得跟顧從禮一比，林佑賀簡直就像天使。

她正感慨，天使又發話了：『不對啊，八月初的話，妳也準備參加新人賞？』

新人大賞並不是只有沒出道的新人才能參加，這比賽由幾家業內名氣比較高的出版社聯合舉辦，每年一次，擁有很高的曝光度和人氣。

並且，獲得前三名的作品連載機會可以說是八九不離十了。

很多畫了很多年一直默默無聞的漫畫家也會挑這個機會，用自己精心準備的作品投稿，祈禱自己能一舉拿到前三名和連載，嶄露頭角，一炮而紅，出人頭地，從此成為知名漫畫家之一。

像時吟這種，只有一部連載作品的，也算是業內的半個新人，而且說是天才漫畫家，也只是因為她的第一部作品就拿到了連載資格而已，人氣和熱度其實還遠遠不夠。

簡單來說，就是她的《ECHO》不夠紅。

連載期間也沒有掀起過太大的風浪，讀者回饋的人氣排名一直在中等偏上的位置，因為最近快要完結了，才拿到了順位第五的最好成績。

用之前趙編輯的話來講，就是她的畫風太淡了，作為少年漫不夠激烈。

所以說，像甜味蘋果糖老師這種回回人氣前三名的真．天才少女戀愛漫畫家看不上她，也是不無道理的。

她是真的不行。

時吟這輩子第二次知道不行兩個字怎麼念，第一次，是高中決定去藝考的時候。

以前她也會覺得，藝考都是普通科目沒什麼出路，又想上好學校的學生才去學的。

直到真正的進入那個世界，她才理解了顧從禮那句「藝術不是逃避，是選擇」。

畫室裡出來的人，沒有一個泛泛之輩。

他們不是退而求其次，而是更早的為自己的未來做出了選擇，這選擇僅僅是出於喜愛和對夢想的執念而已。

而那些為了逃避課程來學畫畫的，即使是到了這個新世界，以前該怎麼混還是會怎麼混，人生並不會因此發生什麼變化。

整整一個禮拜，時吟沒再見過顧從禮。

顧主編就像人間蒸發了一樣，沒有訊息，沒有電話，沒露過面。不過新連載第一話分鏡草稿已經沒什麼問題了，時吟這邊的跨頁彩圖和原稿也暫時交不出，兩個人確實沒有什麼需要溝通的地方。

《ECHO》的原稿還剩十頁左右，梁秋實幫忙找的新助手在第二天到位，時吟熬了三四個通宵，完成了全部的原稿。

剩下的兩天時間，她全用來畫跨頁的彩圖。

她的色彩本就普通，跨頁彩圖這種重頭戲，更是完全馬虎不得。

到了週六，時吟已經連續一個禮拜每天只睡三四個小時了。

所以當天早上九點半，門鈴響起的時候，她甚至煩得想打人。

門鈴依然是每隔三十秒一下，不緊不慢，不急不緩，彷彿如果裡面的人不開，它就能這樣長久的，悠長的按下去。

時吟對這節奏隱約有印象，但是她現在睡眠嚴重不足，腦子裡全是漿糊和滿溢的怒火，並沒有克制的念頭。

她甚至沒問是誰，「唰」一聲打開了防盜門。

顧從禮站在門口，修長的手指還懸在門鈴上方。

時吟靠在門上，歪著腦袋，瞇著眼，皺起眉，睡眼惺忪，混混沌沌地看著他，連叫他都懶。

顧從禮看了手錶一眼，確實是九點半了。

他進門，回手關門：「妳誰都開門？」

「還有誰會這麼按門鈴？」時吟語氣裡的火藥味很重，帶著含糊的鼻音。

顧從禮垂眼，掃到她眼底青黑的陰影和帶著淡淡血絲的微紅眼白，眼神冰冷：「妳昨天通宵？」

時吟睏得睜不開眼睛，壓著火氣耐著性子：「我通了五天了。」

他一頓，緩慢地瞇起眼，聲音放得很低，帶著詭異的輕柔感：「五天？」

「原稿和跨頁彩圖，週六之前交給你，不是你說的嗎？」時吟帶著強烈的起床氣，腦袋還暈暈的，煩得不行，語氣聽起來十分火大。

顧從禮突然不說話了。

時吟等了一下子，沒聽見聲音，緊閉的眼瞇了條縫。

男人低垂著眼看著她，睫毛低覆，陰影打下，淺棕的眸看起來暗沉沉，有些深，分辨不出情緒。

她眼一抬，他的目光就移開了，從鞋架上抽了雙拖鞋出來，很自覺地進屋，手裡筆電的包放在茶几上：「去睡吧，不吵妳。」

時吟也沒心思跟他多說話，幾乎是閉著眼跌跌撞撞地衝進臥室，隨手帶上房門。

這一覺直接睡到晚上六點。

臥室裡濃郁柔軟的睡意沉澱，昏暗的房間一片寂靜，有那麼一瞬間，時吟有點恍惚，好像整個人都被世界拋棄了。

她眨了眨眼，肚子嘰里咕嚕叫，饑餓感驅散了那種莫名的錯覺，她坐起來發了五分鐘的呆，緩過來以後才慢吞吞地爬下床，拿了床頭的空杯子走出臥室，去廚房倒水。

客廳裡一片昏暗，天空半暗，整個房子呈現飽和度很低的灰紫，只有茶几上一塊，長方形的亮光。

像是一個，筆電的螢幕。

而那螢幕後面，緩緩伸出一個腦袋。

聽見聲響，腦袋轉過來，昏暗光線下看不清他的五官，只能看見眉眼的輪廓和稜角分明的下顎線條。

薄冰似的聲線劃破寂靜：「睡夠了？」

時吟手裡捧著個空杯子，呆愣愣地看著他，嚇得後退了一步。

完全不記得家裡還有個人了。

時吟根本沒想起早上幫這人開了門的事情，當時她整個人都是恍惚的，甚至以為自己是在做夢。

她張了張嘴，歪了下腦袋：「顧主編？」

顧從禮「嗯」了一聲。

時吟反應過來了，蹬蹬蹬地跑到門口，手裡水杯放在小吧檯上，去開客廳的燈：「您怎麼不開燈啊。」

「沒想到妳會睡到天黑。」

啰嗒一聲，燈打開。長時間沉浸在昏暗光線下的兩個人齊齊瞇了下眼。

顧從禮一直對著電腦還好，只適應了一瞬，就揚眸。

剛睡醒的女孩穿著個吊帶睡裙，赤著腳踩在地板上，腳丫疊在一起蹭啊蹭。低垂著頭，單手揉眼睛，凌亂的長髮軟趴趴地垂下來，遮住白白小小一張臉。

等了一下，她適應了光線抬起頭來，又抬手拍了拍額頭，往臥室走：「您再等一下，我洗個臉清醒一下。」

進了臥室，時吟關上門，靜了五秒，對著黑暗的臥室眨了眨眼。

顧從禮在她家待到了現在，就坐在外面沙發上，對著他的筆電。

而她，在臥室裡睡覺。

好像不是很科學。

按照重逢以後他被她摔了門以後轉身就走，罵一句傻子記恨了個地久天長的行事作風，此時的耐心不但沒有讓時吟心生感動，反而有些毛骨悚然。

不過歉意還是有的，畢竟他真的等到現在。

時吟不好意思再拖拖拉拉洗澡了，飛快的洗臉刷牙，準備出去的時候動作一頓，垂頭，看見自己掛空檔套著的蕾絲邊吊帶睡裙。

她默默地後退回衣櫃前，翻出內衣穿好，換上T恤和運動短褲。

所以說顧從禮這種鬼魂一樣的，讓人連衣服都來不及換的責編到底為什麼會存在。

哪裡有消失一個禮拜以後突然一聲不吭週六大早上就來作者家的，哪裡有。

一邊默默腹誹一邊開了臥室門，時吟補足了睡眠，整個人神清氣爽了起來，除了肚子餓。

她蹦跳進廚房，端起水壺準備接水來燒，沉甸甸的。

她眨眨眼，扭開，水壺裡滿的，蒸汽升騰，溫熱。

時吟伸長了脖子：「顧主編，您燒了水了嗎？」

顧從禮的視線仍然定在電腦上，沒抬頭：「我不想渴死。」

時吟把水杯倒滿，咕咚咕咚一口氣灌了半杯，放下杯子往工作室走。

她這房子原本兩室，房間都很大，一間改成了工作室兼書房，裡面三面牆書架一直到天花板，從古今中外名著史典到各國漫畫很齊全，時吟開了燈去開電腦，把畫好的原稿和彩圖傳給顧從禮才出來，走到他旁邊，看著他接收打開。

「主編，您這電腦續航能力太好了，什麼型號？」時吟由衷地問。

「六點了，」顧從禮答非所問，停了停，莫名其妙問道：「餓不餓？」

時吟老實的點點頭，「有點。」

她突然想起來，又「啊」了一聲：「主編，您午飯怎麼解決的？」

「外送。」

時吟想像一下顧從禮打開APP叫了外送回來，取回來以後捧著十幾塊錢便當的樣子，覺得有點神奇。

他以前留給她的一直是神仙形象，不需要吃喝屎尿屁那種。

時吟小小的幻滅的一下，回過神來，還是不好意思：「讓您一直等了我這麼久，晚上我請客吧，主編，你有什麼想吃的啊？」

顧從禮掀起眼皮，看了她一眼，淡淡道：「今天週六，妳不出去嗎？」

時吟茫然，不知道他在說什麼：「啊？我不出去啊。」

「哦，」他突然笑了，電腦往前一推，人靠進沙發裡，淺棕的眸底一片清淺，「那在家吃吧。」

自從大學以後，時吟沒再和別人在家裡一起吃晚飯。

以前在寢室的時候是和室友，大二她搬出去住，這種穿著居家服盤腿坐在沙發上「你吃什麼」、「看你，你想吃什麼」的對話就再也沒在她的生活中出現了。

時吟覺得主編大大中午就吃外送，晚上還吃外送實在不太好，提議道：「主編，要不然我們出去吃吧？」

顧從禮掃了她一眼：「隨妳。」

撲騰著從沙發上跳下來了，想了想，她又坐回去：「算了，還是點外送吧，我沒洗頭。」

顧從禮早料到一般，動都沒動，平靜地看著電腦：「嗯，隨妳。」

「那您吃什麼呀？」

「隨妳。」

「有沒有特別想吃的？」

「沒有，都可以。」

時吟點點頭，翻著手機上的ＡＰＰ：「那我隨便點了啊。」

男人沒說話，全神貫注地工作。

時吟看著他這樣也不好偷懶，《鴻鳴》的原稿還沒開始畫，再加上這個人現在就坐在這裡，像檢查作業的老師一樣守著，她訂好了外送以後就乖乖跑到書房裡，準備開始畫新連載的初章原稿。

房子裡很靜，兩個人一人一個房間各做各的事情，時吟畫著畫著漸入佳境，全神貫注地拿著筆勾勒出人物，完全沒注意到周圍。

直到門鈴聲響起。

時吟抬起頭，客廳裡顧從禮已經站起來去開門了，時吟聽見外送小哥活潑的聲音和男人平靜的一聲謝謝，安靜了幾秒，防盜門關上。

時吟趕緊握著筆低下頭，一副專心致志的樣子。

顧從禮單手提著兩個袋子走到書房門口，敲了敲房門門框。

時吟一臉茫然地抬起頭，努力表現出一副「我超乖超棒我一直在努力畫畫完全沒分心你找我幹什麼」的表情，茫然道：「怎麼啦？」

男人面無表情地提起袋子，高高舉著，上面非常標誌性的紅白黑肯德基老爺爺正對著她展露燦爛的笑容：「妳點的？」

「對啊，」時吟露出燦爛的笑容，「我還點了兩杯巧克力聖代，他給你了嗎？應該還沒融化吧？」

顧從禮沒理她，轉身走出去，手裡的袋子往小吧檯上一放，霜淇淋塞進冰箱，站在廚房門口開始捲袖子。

時吟跟著他出來，看見他不急不徐捲起袖口，走進廚房，打開了冰箱保鮮層。

她愣了愣，趴在小吧檯上看他：「主編，您不喜歡吃漢堡嗎？」

顧從禮掃了她家冰箱一圈，裡面果汁啤酒汽水可樂，優酪乳巧克力，還有一盒甜點，蔬菜什麼的一律沒有。

可想而知這個女人過得是什麼樣的日子。

他皺了下眉，正要開下面的冷凍層，時吟小聲說：「我家沒什麼吃的能煮，你不喜歡吃的話我再幫你叫別的吧。」

聲音聽起來乾巴巴的。

顧從禮轉過頭，看見她趴在廚房和客廳之間隔斷的小吧檯上，長髮披散下來，順著桌沿垂下去，抬著眼睫，烏溜溜杏眼小心看著他。

這眼神極其熟悉。

顧從禮關上冰箱門，轉身走過來，從袋子裡翻出一個漢堡：「就這個吧。」

時吟彎起唇角。

她其實有私心。

神仙午飯點便當吃外送的美好景象她沒來得及看，看看神仙吃漢堡時的樣子豈不是更美滋滋。

時吟覺得自己還是很善良的，她還沒點麥當勞的巨無霸呢。

她趴在吧檯上，看著他把漢堡從盒子裡拿出來，緩慢地打開包裝紙，捏著，送到唇邊。

然後停住了。

他抬眼看著她。

時吟眼睛明亮，用期待的眼神火辣辣地看著他。

顧從禮平靜地問：「妳想讓我餵妳？」

「……」

時吟差點被口水嗆著。她咳了兩下，耳尖發紅，用力揉了兩下，莫名其妙好像被撩了一下的少女心在身體裡蹦跳著遊蕩了一圈以後快速地回到原位，前前後後不到兩秒鐘。

時吟非常懂事地接話：「我想得美。」

顧從禮：「……」

吃過飯，顧從禮電腦沒電了，他又跟時吟說了《ECHO》最終話和夏季新人大賞的事情才走。

時吟的工作本來就沒有什麼週休二日一說，但是編輯有，顧從禮這個班一加加一天，早九晚六的，讓時吟不由得有些擔憂地掃了他的頭髮一眼。

趙編輯之前只在截稿期差不多到的時候才會加班，帶了她一年，頭髮以肉眼可見的速度掉了不少呢。

顧從禮走後，時吟將這個憂慮和方舒分享了，手裡的筆一丟，靠在椅子裡打字：『桌桌，我感覺顧從禮要禿了。』

方舒秒回：『？』

然後她爆了粗口：『妳他媽每次主動來找我說話都是因為男人，滾蛋。』

時吟：『欸，我們好好聊天，怎麼還吃醋呢，我真的覺得他要禿的，妳看我這麼多編輯，有哪個頭髮是濃密的。』

她說著覺得有些憂鬱：『也許等他開始脫髮，我對他的非分之想就要灰飛煙滅了，畢竟我對他的愛意好像是建立在顏值之上的。』

方舒嘲笑她：『妳還有空哀悼妳那點非分之想？顧老師安排的作業寫完了？』

「……」

時吟惆悵地看了面前的三十頁分鏡草稿一眼。

一波未平一波又起，一山更比一山高。

作業是寫不完了，這輩子都寫不完了。

八月將近，時吟正式地，又一次踏上了趕稿的旅途，整個人忙到神經衰弱，睜著眼睛的時候一定是抱著電繪版的，就連吃飯洗澡這種事情都被她控制在十分鐘。

梁秋實對於她這種節奏已經習以為常了，閒的時候每天在家裡閒得長毛，忙起來連回家的時間都沒有，可以直接帶睡袋過來。

新來的助手卻是第一次遇到這種陣仗，最開始幾天還能勉強跟上節奏，後來乾脆哭唧唧的要辭職了。

時吟現在正是忙得焦頭爛額的時候，一個助手真的忙不過來，還要抽時間安撫新助手——這小女生頭髮蓬亂嘴唇發白，眼睛裡布滿血絲，左手抓著右手手腕撕心裂肺道：「老師！我真的不行了！我三天沒好好睡覺了！」

時吟正抱著電繪板埋頭辛勤刻苦地趕稿，聞言擺擺手，語重心長道：「想當漫畫家也不是這麼容易的，這種強度的工作都沒辦法適應的話以後等妳出道了根本堅持不下去的。」

新助手大學剛畢業，一腔熱血想畫漫畫，雖然是美術學院的，但是之前沒有過任何畫漫畫的經驗，投過兩次稿統統石沉大海，被秒退了以後再無音訊。

聽時吟這麼說，她猶豫了三秒，然後沉痛道：「老師，我不畫漫畫了，明天我就去找個廣告公司或者設計的工作。」

時吟：「……」

時吟：？

說好的滿腔熱血為了夢想可以拋頭顱灑熱血的呢。

時吟想了想，放下筆，嚴肅道：「妳等一下。」

說著，抽出手機傳訊息給趙編輯：『趙哥啊。』

趙編輯：『時一老師，怎麼了。』

時吟：『主編在嗎？』

趙編輯：『在啊。』

時吟：『您幫我拍張他的照片，或者你相簿裡有沒有他的照片啊，傳一張給我行嗎？』

「……」

趙編輯覺得時一老師是不是趕稿趕瘋了，他沒事存男人的照片在手機裡幹啥啊。

趙編輯無語了一下，就這麼打開了聊天軟體自帶的相機，手機往主編桌子那邊一舉，呀嚓一張，傳送。

趙編輯：『妳要幹啥，不要侵犯我們主編肖像權啊，會死人的。』

時吟淡定地點開了，載入出來。

男人安靜坐在長而寬的巨大辦公桌後，聚精會神看著電腦，長眼薄唇高鼻樑，神情冷淡又漠然。

時吟儲存那張照片，打開P圖軟體，打算再幫他美化一下。

對著看了半天，無從下手。

就連程式自帶的相機對長得好看的人都不一樣，自帶美顏和柔光的。

更可怕的是，時吟覺得這個男人動態的時候更好看。

她手一抬，把那張照片往小助理面前一舉，聲音輕柔誘惑道：「等這次稿交完，他就是妳的。」

小助理不用看就知道她要幹什麼似的，反應十分淡定：「時一老師，我也是美術學院出來的，美院裡的男生長得帥的可——」她眼一抬，頓住了，視線黏在螢幕上，「這是？」

「《赤月》主編，我的責編，等我交稿的那天，他會過來取。」

大概——時吟在心裡默默補充。

「他本人——比這個還要帥，絕對無美顏無柔光無ＰＳ現場偷拍。」

小助理點點頭，甩甩手腕，迅速地走回電腦後頭，一屁股坐下，渾身上下散發著女強人的精幹光輝，哪裡還有剛畢業的青澀：「老師，第十四頁畫完了傳給我。」

時吟：「嘿嘿嘿。」

梁秋實：「……」

梁秋實覺得女人真是可怕的生物。

趕稿的時光都是既漫長又短暫的，時間一晃過去，八月初，時吟趕在截稿的最後一天完成了《鴻鳴》第一話的全部原稿，傳給了顧從禮，然後滾回臥室裡補覺。

渾渾噩噩睡了十幾個小時，最後還是被一通電話吵醒。

她閉著眼睛往枕頭下摸出來，看都沒看接起來，貼在耳邊：「喂……」

顧從禮那邊聲音有點空，應該還在辦公室忙著：『原稿我看完了，沒什麼問題。』

時吟閉著眼，拽了拽被子，懶洋洋地翻了個身。她幾乎大半個月沒怎麼好好睡過，現在終於睡了個飽覺，整個人陷在柔軟蓬鬆的被子裡，舒服得抱著被子蹭啊蹭，隨口應了一聲：「嗯……」聲音酥懶黏膩，尾音拉得長長的。

『……』

對面忽然就安靜了。

三秒鐘後，顧從禮把電話掛了。

「……」

時吟：？

時吟不知道又哪裡惹到顧從禮了，一個電話莫名其妙被掛斷掉以後，主編大大又消失了。

不過兩個人現在本來就只是責編和漫畫作者的關係，沒有工作的時候，好像也沒有聯絡的必要。

不是朋友，也不算熟人，就算平時對他的態度再自然，也只是為了不尷尬。

兩個人只能是工作上的關係而已，時吟分得很清。

手邊的工作全部解決掉，她過了幾天悠閒日子，每天在家睡覺睡到自然醒，起來了叫個外送，吃完打打遊戲看看劇。

度過了頹廢又悠閒的幾天後，某天晚上洗澡，時吟突然發現自己好像，胖了。

女性對外表身材十分敏感，幾乎是一眼掃過去，就能察覺到不對。她小肚子都快鼓出來了！

時吟十分驚恐，當天下午屁滾尿流地跑去旁邊健身房。

她搬來這個社區不久，之前沒什麼錢，租的房子也比較偏僻，畢業以後才選了現在這間，中高檔社區，地點好，環境好，房租也很奢華。

附近超市商場什麼的一應俱全，還有一家高檔健身房，會員基本上都是社區居民，環境很好，一樓泳池，二樓是健身器材，還有各種課程。

時吟第一天去，做了個體能測試，憂鬱地問教練：「我肚子上的贅肉要多久能減下去啊。」

教練捏著一身的腱子肉在她腹部來來回回地X光掃射了三分鐘，也沒看見她贅肉在哪裡，只能十分職業地說：「妳如果想要馬甲線的話，差不多一個多月可以看出效果。」

時吟對馬甲線也是有點執念的，社群上那些小美女天天曬馬甲線的照片，她看得很羨慕。

可惜她常年宅在家裡，運動量極少，別說是肌肉了，連點鴨皮都沒有。

一想到自己以後細腰翹腿馬甲線，帥氣的小麥色皮膚，時吟激動了，當即辦了張年卡，還附送了二十節瑜伽課程。

辦完卡，上網買了套健身服，到貨洗好，趁著熱情還在第二天就直接去了，並且決定每次來都要打卡，隨手對著健身房的鏡子拍了張照片，上傳動態，配字『今年練不出馬甲線我就不叫時咕咕！』

這舉動，果然受到很多人的無情嘲笑。

方舒直接提出質疑：『等妳練出馬甲線都冬天了，然後妳冬眠三個月，屁都養沒了，請問妳練這個東西有什麼意義？』

二狗則更犀利一點：『別裝了吧，我都看見了，妳身後看著妳的那個帥哥教練，承認吧，妳就是為了肌肉猛男。』

時吟：「……」

她才發現自己沒注意把私人教練也拍進去了。

二狗這個人連關注點都 gay 裡 gay 氣的。

夏季新人大賞和九月刊撞在一起，《赤月》編輯部這段時間忙到意識模糊。

很多時候是這樣，作者結束了工作以後，才是編輯們正式打響戰鬥號角的時候。

雖然多數時候，催稿時編輯部也是鬼哭狼嚎一片淒厲催得不可開交的。

夏季漫畫新人大賞由出版界幾個有名的出版社一起舉辦，每家出版社篩選出幾部作品，再由業內比較知名的漫畫家和老師們做評審，排出前三名，不過最後前七名的作品都可以登上刊物，並且為了公平起見，會進行讀者人氣投票。

辦公室裡忙碌嘈雜，顧從禮看完手邊最後一份稿子，起身走出辦公室，往休息區走。

他接了杯熱水，隨便找了個靠窗的位置坐下。

從巨大落地窗往下俯瞰，車輛人流都被縮小，正是傍晚，晚高峰下班放學時間，馬路上全是附近一所高中的學生，三兩成群，說說笑笑的在街道上穿行。

顧從禮隨意往對面瞥了一眼，視線頓住。

馬路對面紅綠燈下，一個穿著制服的女孩側著身對著街口站，身上制服整整齊齊，長髮綁成高高的馬尾，也許是因為在學校裡面待了一整天了，辮子有些鬆，幾縷碎髮垂下來，貼在她白淨的側臉。

女孩手裡拿著一罐紅色的某個牌子的甜牛奶，嘴巴裡咬著吸管聽旁邊的同學說話，不知道聽到了什麼，吐出吸管開始笑，眼睛彎彎，笑容是她這個年紀特有的少女感。

明媚的，張揚的，帶著蓬勃朝氣和明豔色彩。

顧從禮瞇起眼。

這個角度看，側臉的輪廓有點像。

連喜歡的牛奶都一樣。

顧從禮覺得很費解，為什麼這個牌子的牛奶可以從六年前風靡到六年後，他曾經好奇買過一罐，那味道明明甜到發膩，讓人完全不想再喝第二口。

可是好像，女孩子都很喜歡。

女孩子喜歡的東西，總是很奇怪的。

他起身，紙杯丟進垃圾桶裡，轉身回了辦公室。

電腦螢幕上是一份空白的表格，上面填了《鴻鳴》這個名字。

想了想，他指尖輕輕點兩下鍵盤，又在後面加了兩個字。

——《鴻鳴龍雀》。

算了，既然她喜歡。

顧從禮想，作者的個人意願還是要考慮一下的。

他拿過手機，打開了某位作者的聊天室，沒馬上說話，先點進她的動態。

一張照片。女人穿著套灰色健身服，露出白皙小腹，腰肢纖細，運動短褲下一雙細白長腿。身後站著個穿緊身背心的男人，視線黏在她身上，膚色很深，像一塊噁心的，黏糊糊的，油膩的，含情脈脈的巧克力。

時吟對於健身房的熱情果然沒有超過一個禮拜，健身卡用了沒幾次，每天都想著明天再去吧，明天的結果就是又是明天。

S市夏季很長，九月天氣依然炎熱，她每天不想出家門一步，只想坐在家裡吃著霜淇淋吹冷氣，更別說去跑步機和動感單車上流汗，就算有馬甲線的誘惑也只能分手說拜拜。

不過她也不是完全沒有收穫。

她在健身房認識了一個老太太。

老人家穿著桃粉色的健身服，染深酒紅色的頭髮，時髦值爆表，跑步機調了慢速，在時吟旁邊不急不緩地走。

時吟覺得這奶奶實在是太潮了，忍不住多看她兩眼。

再一轉頭，正對上她笑咪咪的視線。

時吟愣了愣，有點不好意思，問了聲好，順便聊了兩句。

後來時吟又去了幾次，也不知道是不是真的有緣，她又碰見老人幾次，慢慢就熟悉了起來。

老奶奶七十多歲，是個很活潑的老太太，身子骨極硬朗，不怎麼玩別的，只在跑步機上慢速慢慢地走，像是在逛公園，悠閒又愜意。

健身卡是她孫子幫她辦的，一提起她孫子，老人家笑得眼睛彎彎：「我那個小孫子呀，是個孝順孩子，脾氣好，跟誰說話都溫聲細語的，從小就討人喜歡。」

時吟很捧場，真誠地說：「您性格這麼好，您孫子肯定討人喜歡。」

後來兩個人還加了好友，老人不太會弄，時吟就手把手教她，教她傳語音，兩個人隱隱有點忘年之交的意思。

九月初，時吟再次接到顧從禮的電話。

在上次莫名其妙被掛了電話時隔一個月以後，時吟都快把這個人忘了，每天都在認真的往自己「在家混吃等死啃老本的快樂肥宅」這個新人設上靠的時候，她的責編終於想起她來了，盡職盡責地提醒她，她不是一個無業遊民。

上午十點，剛從床上爬起來洗漱完的時吟喝著優酪乳接起電話：「主編早啊。」

顧從禮已經習慣了她的「早」，她趕稿的時候早上九點半之前都沒醒過，更別提現在在休息。

男人的聲音冷漠，似乎在一邊整理著什麼一邊說話，伴隨著紙張響動：『看來時一老師第二話分鏡草稿準備好了。』

時吟放下優酪乳杯，以為自己幻聽了。

聽著他第一次叫她老師，突然有種欺師滅祖的感覺。

她眨了眨眼，舔了舔唇角沾著的優酪乳：「沒有，萬一落選了，沒拿到連載機會怎麼辦？」

顧從禮語氣莫名：『時一老師真是謙虛。』

時吟被他誇得不好意思了：「還行吧，應該的應該的。」

『……』顧從禮似乎被她震住了，安靜一下才繼續道：『等確定拿到連載機會再開始畫妳覺得來得及？』

當然來不及，肯定又要像上次那樣通宵趕。

不過時吟已經習慣了。

明知道早早開始做會悠閒很多，可是就是不行，不到最後一刻手指頭抬都不想抬一下的。

不見死線不回頭，這難道不是一個拖延症患者最基本的修養嗎？

所以時吟很坦然：「來得及啊。」

顧從禮沉默了一下，聲音突然低了下去，嗓音很輕：『再通宵五天不睡？』

明明是稱得上溫柔的語氣，卻偏偏聽得時吟有種毛骨悚然的感覺，渾身雞皮疙瘩都快起來了。

好像有一雙冰涼的手，順著電流的聲音過來，指尖輕輕落在她的耳廓上。

溫柔這個詞，用在顧從禮身上，本身就是太恐怖的一件事情。

時吟下意識縮了縮脖子，小聲反駁：「我睡的，只是睡得比較少……」

顧從禮「呵」了一聲，低低的氣音輕得幾乎聽不見，聲音冷得能掉冰渣子：『下個禮拜，第二話的分鏡草稿給我。』

「……」

時吟對著掛掉的電話一陣茫然，才意識到哪裡不對。

這個人聽起來心情不怎麼好，不知道又誰惹到這位大爺了。

他現在的脾氣怪得像是更年期，你永遠不知道什麼時候因為什麼或者哪句話，他就突然不爽了。

算算看，顧從禮今年也二十九了。

男人的更年期難道在三十歲的時候就會來嗎？

也有可能是因為他們這行實在是太忙的，導致更年期提前。

時吟這邊掛了電話，正準備搜尋一下男人的更年期症狀，訊息響了。

備註是『健身房奶奶』。

奶奶傳了則語音過來，問她今天過不過來，好久沒見到她了，想跟她說說話。

時吟家裡沒有老人在了，能有這麼一位老人家能親近，還很有共同語言，她是真心覺得挺高興的，想想確實很久沒去健身房，老人家大概一個人無聊了，不然不會傳訊息過來特地叫她。

她回了話，怕老人等，滾下沙發回房間換了套衣服，帶上她那套已經過了熱戀期，即將落灰的裝備出了門。

她家過去很近，走過去十分鐘，換了衣服到跑步機那邊，一眼就看見那道很潮的桃粉色身影。

老人家看見她果然很高興，拉著她聊天，大部分時間都在說她的小孫子：「我家小孫子從小成績就好。」

「懂禮貌，好看得跟個女孩子似的，安安靜靜的，也不像別人家的小男孩那麼調皮。」

誇著誇著，又開始煩惱：「就是不交女朋友，這麼大的人，也是該成家的年紀了，從來沒帶女朋友回來過，我看我身邊這些人家重孫子孫女都有啦，就我沒有。」

時吟笑咪咪地：「不急呢，奶奶，現在我們這輩的人都不流行這麼早結婚啦。」

老人家很委屈地撇撇嘴：「我不懂你們年輕人，我就想他生個重孫女玩玩。」

時吟：「……」

她慢跑，老人就在旁邊散步著跟她說話，十二點多，老人家接了個電話。

幾分鐘後，她掛了電話回來，笑咪咪地說：「我小孫子等等要過來接我啦，說要帶我出去吃飯，妳跟我們一起呀？」

時吟笑了，下跑步機灌兩口水：「我就不去了，我在這裡陪您等一下吧，等您孫子過來接您。」

奶奶很開心：「好呀。」

沖了個澡，兩個人坐在一樓休息大廳等。

沒多久，老奶奶就對著門口擺了擺手，笑咪咪地對時吟說：「我小孫子來啦。」

時吟背對著門坐，聞言轉過身。

一張熟悉的，貌美如花的，冷若冰霜的臉。那張臉的主人一步一步走了過來，站定，垂眸，只淡淡掃了她一眼，便移開視線，平靜道：「奶奶。」

時吟的表情定住了。

之前老人的話，還在她的腦海裡，不斷迴盪。

——「我那個小孫子呀，是個孝順孩子，脾氣好，跟誰說話都溫聲細語的，從小就討人喜歡。」

「……」我怕是瞎了吧。

時吟覺得，她的忘年交口中的顧從禮和她認識的那一位，恐怕不是同個人。

即使對方現在就站在她旁邊，幾秒鐘前才對著坐在她對面的老人喊了聲奶奶。

按照老人給出的資訊以及時吟這段時間以來對這個老人家性格的瞭解，時吟推理，她的這個小孫子應該和她性格很像，性格活潑，有種溫和健氣的感覺，人緣非常好，個子可能不高，長得也普通，因為至今找不到女朋友。

然而、然而……時吟面無表情地，緩慢抬起頭。

幾個月不見，男人依舊冷若冰霜，寒塘冷月的氣質被他體現得淋漓盡致。

也依舊英俊瀟灑，美貌如花，往這一站，健身房各路魔鬼身材美女姐姐眼睛就開始止不住地往這邊送秋波。

時吟不知道老人家還在煩惱什麼，她這個孫子到底哪裡像找不到老婆的人啊。

只要他想，這個人甚至可以開個後宮回去。

她坐在座位上，正不知道怎麼打招呼好，顧從禮倒是神情自然，淡淡朝她點了點頭：「時一老師也在這健身？」

他一句時一老師，叫得時吟頓時覺得毛骨悚然，雞皮疙瘩都起來了。

那種欺師滅祖的感覺又出來了。

時吟強忍著寒出來的一身雞皮疙瘩，小幅度縮了下肩膀：「是啊。」

「好巧。」

「好巧哦。」

沉默。

老奶奶坐在對面，看看這個，又看看那個，笑咪咪地：「你們兩個認識呢？」

時吟不知道老人家懂不懂漫畫作者和編輯的關係，乾脆簡化了一下：「工作上有聯絡，應該可以算是同事吧。」

奶奶「啊呀」了一聲，拍了下手：「那不就是朋友嘛，」奶奶繼續笑咪咪看著時吟，「怎麼樣，我沒騙妳吧，我小孫子溫不溫柔？」

顧從禮：「……」

時吟：「……」

時吟點點頭，真誠地說：「溫柔，我從沒見過像主編這麼溫柔的人。」

顧從禮：「……」

顧從禮來接人，沒說幾句話就帶著老人走了，顧奶奶似乎很想讓時吟跟她們一起吃飯，鍥而不捨地提了好幾次，最後走的時候還依依不捨的。

時吟背著包包，跟著他們一起出了健身房，看著老人上了車。

她第一次看見顧從禮的車，紅黃黑三色的一個盾形，中間一匹馬。

現在出版社主編的薪水真是高，都夠買保時捷了。

顧奶奶上了車以後，又降下車窗，伸出頭看她：「小妹妹，妳家在哪呀，我們送妳回去吧。」

時吟笑了笑：「不用麻煩了，我家就在旁邊那個社區，走過去不到十分鐘。」

奶奶遺憾地「噢」了一聲，依依不捨地走了。

車子開出一段，時吟才轉身，往社區走。

顧奶奶坐在車裡，還扒著倒車鏡往後瞧，看著那道身影變得越來越小。

顧從禮側了側頭，把車窗升起一點：「奶奶，人都看不見了。」

顧奶奶笑咪咪地轉過頭來：「我就說你怎麼突然不知道哪根筋搭錯了，幫我辦什麼健身卡，我都七八十歲的人了非要我學那些年輕人健什麼身，還特地挑時間天天把我往這邊送，原來主意打在這呢？」

顧從禮平靜道：「沒有，我就是覺得您天天在家無聊，又悶，出來活動活動挺好的。」

「你騙人家小女生行，還想騙我啊？」顧奶奶呸了一聲，翻個白眼，想了想還是忍不住，又湊近，「人家說住旁邊的社區呢，你旁邊買個房子不就好了，近水樓臺先得月。」

不等他說話，顧奶奶又道：「不過你從小主意多，自己肯定有想法，說吧，想讓奶奶怎麼幫你？」

顧從禮笑了笑：「您高興就行了，我就幫您辦了張卡，也沒跟您說要去幹什麼，您跟她聊得來那是您跟她有緣，跟我沒關係。」

「你這臭小子，得了便宜還賣乖呢，」顧奶奶笑罵了聲，又忍不住美滋滋地，「你眼光好，這小丫頭確實討人喜歡，性格也好，就是有點小，才二十三。」

顧從禮沒說話，打方向盤上橋。

時吟之前的那則動態，即使沒開定位，她家旁邊就這麼一家健身房，她又懶，肯定不會放著家旁邊的不去捨近求遠，那麼來的八成是這家。

上午十點半以前是她睡覺時間，睡醒了還得賴賴床，叫個外送，就只剩下下午或者晚上了，她的活動時間也很好猜。

只是這人去個健身房還要發動態打卡，張張照片都帶著她那塊油膩的巧克力私教。

顧從禮漠然地看著前面，搭在方向盤上的手指無意識地收緊，一股煩躁感緩慢綿長的，一點一點侵蝕著他的神經，竄進大腦，帶起微弱的破壞欲。

顧奶奶坐在副駕駛座，還在說話，啪啪拍著大腿，不小的聲音拉回了他的魂：「人家二十三，你呢？你都快三十了，還想對人家二十出頭的小女生下手呢，」顧奶奶側頭，涼涼地說，「你想得倒是挺美的，人家會嫌你老吧。」

顧從禮：「……」

九月中旬，時吟收到《ECHO》完結章的排名。

正位第四，是她這本連載至今的最好成績，前三名全都是彩漫。

國內現在彩漫當道，《赤月》目前在連載的作品沒有強制要求，不過因為讀者更喜歡彩漫，彩漫也更容易拿到高人氣，所以很多在連載的漫畫，都會選擇彩色。

通常一部漫畫最容易衝排名的時候就是跨頁彩圖和結局，時吟這次是兩個加在一起，也只拿到了人氣投票第四。

時吟很樂觀，一本雜誌十幾篇連載，她能拿到第四，已經心滿意足。

不過這也意味著，她的好日子又快沒了。

趕稿，生命中最美的兩個字。

顧從禮要求她下個禮拜把第二話的分鏡草稿畫出來給他，時吟其實沒什麼動力，新人大賞結果沒出來，根本不知道這本能不能拿到前三名的連載機會。

不過她對這篇抱著濃厚的興趣和期待，鴻鳴和大夏龍雀的性格，大環境背景，以刀為主角，戰鬥場面金屬兵器相接的碰撞，都比《ECHO》以聲音作為武器更有氣勢。

時吟沒辦法忘記林佑賀對於「時一」這個漫畫家的評價。

不熱血，戰鬥場面綿軟得讓人提不起勁來。

如果上一本她還可以用題材問題來作為藉口的話，這部就完全不行了，時吟花了大把的時間在完善腳本以及琢磨畫風和分鏡上，分鏡草稿修修改改，一個禮拜也沒畫出幾張。

時吟還在想，顧從禮下週跟她要稿子的時候，她要用什麼樣的理由推脫才顯得比較正當合理。

結果他根本沒提這件事，只傳訊息給她說明天會過去。

依舊是早上九點半，時吟依舊在睡覺。

依舊是那種煩得讓人想發火的按門鈴方式。

根本不需要再問是誰，時吟煩得蒙著被子低低呻吟了一聲，唰地坐起身，從旁邊沙發上抽了內衣穿上，下地出門開門，靠在門框上，垂著眼皮看著他。

而這個傢伙甚至還輕輕歪了下頭，一副很無辜的樣子：「我昨天跟妳說了會來。」

時吟紅著眼：「但是你沒說你又九點半過來，主編，我們就不能下午見嗎？」

「我上班時間寶貴。」

「我睡眠時間也很寶貴。」

「我看妳一點也不覺得自己睡眠時間寶貴。」

時吟感覺再來這麼幾次她要神經衰弱了，軟綿綿地靠在牆上，用指節蹭了蹭眼角的眼淚：「那我配把鑰匙給您吧，我求求您了，以後能不能別按我門鈴。」

顧從禮熟門熟路地從鞋櫃裡抽拖鞋：「九點半怎麼看也該起床了。」

她面無表情：「我昨天四點才睡。」

「是嗎，」他平靜道：「那妳應該調整作息。」

「……」時吟想罵人。

她提著一口氣，磨了磨牙，又長長吐出來，最終還是忍不住，低低垂下頭，唇瓣輕動做了個嘴型，無聲地罵了他一句。

顧從禮已經進屋了，筆記型電腦放小吧檯上，背對著她彎下腰，襯衫隨著肌骨的紋理拉起褶皺，勾勒出肩胛線條，忽然出聲：「不許罵人。」

時吟：「……」

你是開了天眼？你不是溫聲細語小可愛嗎？

在你奶奶面前一副人畜無害多一個字都不想跟我說的冷淡樣子，背後又變樣子了。

可把你厲害死了。

她複雜的表情和翻出去的白眼還沒來得及收回來，顧從禮已經轉過身，淡淡補充：「也別隨便給男人家裡的鑰匙。」

時吟每天戰鬥力最強的時候就是她沒睡醒的時候，起床氣 BUFF 加成帶來雙倍的攻擊力，語氣有點不爽：「您如果不每次都過來擾人清夢，我也不會這麼說，我一個女孩子，當然不會隨便就把家裡的鑰匙給別的男人好嗎。」

顧從禮垂眸，人忽然靠過來。

時吟一愣，下意識想往後退。

她站在沙發旁邊，往後一步，沙發就貼上她小腿，擋在後面。

這個姿勢不太舒服，時吟膝蓋微曲，上半身微微後仰，很難保持平衡，人有點抖。

男人又緩慢往前一步，距離縮短，他微垂著頭，淺棕的眼在極近的距離下看著她，紅潤薄唇輕輕彎了彎：「妳——」

有極其輕微的聲響響起。是金屬摩擦，鑰匙插進鎖孔，然後緩慢轉動的聲音。

袋。

聲源在防盜門。

顧從禮話音頓住，側頭。

時吟轉身。

喀嗒一響，門從外面開了，梁秋實一手拿著鑰匙，另一隻手提著幾個白色的，裝得滿滿的塑膠袋。

他極其嫻熟地進門，動作輕手輕腳，像是怕吵到什麼似的，回手輕輕關上門，才轉過身。

一抬眼，就看見此時面對面站著的一男一女。

女人身上穿著睡裙，背朝沙發站，一副下一秒就要被面前的陌生男人推倒在沙發上的姿勢。

梁秋實大腦空白了幾秒。

第一個反應是，啊，原來時一老師也是個會帶男人回家的正常女人。

他表情平靜：「打擾了，我馬上走，你們繼續。」

梁秋實說著，真的要走。

他把提著的東西放在鞋櫃上，一邊提醒道：「我順便買了點東西回來，牛奶、麥片、雞蛋什麼的都沒了，還買了吐司麵包，是妳喜歡的北海道，對了，我看洗手乳好像也沒剩下多少，也買了一瓶新的，都在袋子裡。」

時吟：「球球，不是你想的那樣……」

梁秋實抬起頭，一臉「妳不用說了，我都懂的」的表情：「那我先走了。」

時吟抬手去推面前的顧從禮就要走過去，單手抵在他腹間，沒推動。

顧從禮視線落在門口男人手裡的鑰匙上，瞇起眼，垂眸。

時吟：「……不是你想的那樣……」

不知道為什麼，時吟莫名有種腳踏兩條船被當場捉姦的詭異感覺。

她長嘆了口氣，指指顧從禮：「《赤月》顧主編。」

梁秋實側頭，仔細看了眼男人的五官，確定有點眼熟以後，很有少女感地「咦」了一聲。

「……」時吟懶得理他出了什麼怪聲音，轉頭又去看顧從禮：「這是我的助手，不是別人，你別誤會。」

她看他的表情有點無奈，像男朋友在看自己鬧彆扭的女朋友。

話音一落，時吟自己愣了下。

和他解釋的時候，她心裡有點急，好像真的很怕他會誤會自己和梁秋實的關係。

她迅速垂頭，往前推他一下，人趕緊從他面前閃出去，去拎梁秋實放在鞋櫃上的袋子，閃進廚房。

莫名無所適從起來。

時吟一邊把袋子裡的東西一樣一樣拿出來，塞進冰箱裡，冰涼的紙盒牛奶貼貼臉頰，她長長地吐出口氣，才出了廚房。

梁秋實人已經不在了，還真的走了，顧從禮坐在沙發上，電腦沒開，長腿交疊前伸，垂著頭，像是在發呆。

不過顧主編沒有發呆一說，人家是在思考。

餘光瞥見她出來，他側過頭。

時吟愣了愣。

男人額髮垂下，背對著窗外光源，在眼廓打下暗暗的陰影，淺色棕眸看起來像是濃稠的黑，冰川下似有湧火。

她莫名地就想後退。

他那個眼神讓她莫名地有種跳進什麼陷阱裡被緊緊禁錮，再也逃不掉的錯覺。

時吟眨眨眼，晃了晃腦袋，驅散掉那一瞬間亂七八糟的念頭。

最怕空氣突然安靜，她覺得自己應該要說點什麼。

時吟往門口瞧了瞧，又往書房工作室看，明知故問：「球球走了嗎？」

「……」

這下空氣不只安靜，好像要凝固了。

她有點尷尬地轉過頭去，有點茫然，雖然她也不太懂為什麼凝固了。

顧從禮看著她，沒說話，半晌，他忽然揚起唇角，展顏一笑，笑容莫名燦爛。

他皮膚很白，薄薄的唇片紅潤，沉著眼勾出笑來時有種詭異的感覺，眉眼都染了豔色。

顧從禮平靜地看著她，聲音很輕：「走了。」

這人不太對勁。好像打開了奇怪的開關，天上的神祇變成了地獄裡的妖魔。

時吟整個人無意識地縮了一下，吞吞口水，輕輕叫了他一聲：「主編？」

顧從禮垂眸，笑意一點點淡下去：「去洗漱吧。」

時吟回臥室洗漱，睡裙換成居家服的衣褲，從床頭摸出手機來，收到梁秋實的訊息。

涼球球：『老師，您先忙您的，我走了，等完了有工作打個電話給我我再過去吧，顧主編太可怕了，他看我的眼神就像是看著死人。』

涼球球：『我終於知道為什麼換了責編以後您就不拖稿了。』

時吟：「……」

說得很有道理。

她沒回，手機丟到一旁，整個人呈大字型平躺在大床上。

她從未想過，自己還會再遇到顧從禮。

S市這麼大，如果沒有刻意聯絡，他們大概一輩子也不會再遇見，不會再有任何接觸。

剛決定選擇藝考的時候，所有人都不知道她為什麼放棄了好好的名校不考選擇去當藝術生，覺得她在拿自己的前途和未來開玩笑。

方舒曾經問過她，為了顧從禮放棄似錦前程，值得嗎？

時吟有點茫然，不知道她指的是什麼。

不知道顧從禮的人覺得她腦子壞掉了，知道他的人覺得時吟是為了他放棄了一切。

其實不是。她只是很單純的，覺得畫畫很好。

她喜歡畫室裡的味道，喜歡線條從生疏扭曲到嫻熟舒服時的成就感，喜歡鉛筆畫上紙張時沙沙的聲音，喜歡經過了幾天幾夜，一幅畫畫完以後那種充斥心臟的飽滿。

時吟從來不覺得藝術生有哪裡不好，值不值得，也從來不認為這是放棄，她覺得自己只是做出了選擇。

每個人在人生道路上的每個階段都會面臨無數選擇，而在她的人生裡，顧從禮是她的選擇，藝考也是，二者之間絕對不存在誰為了誰這樣的關係。

只是，顧從禮幫她推開了一扇門，她得以發現了一個嶄新的世界。

而他們現在的關係，時吟看得很明白，分得很清。

他是天上星月，是遙不可及，是少女時代的青澀和懵懂，是她的過去和曾經。

她給他造成過的困擾，帶來的麻煩都是無法抹去的，無論誰說些什麼，時吟的心裡始終有道坎。

她早就沒有資格再去想什麼了。

她想，有些人就是適合藏在內心深處的，等她老了，她兒孫滿堂，也會抱著她的小孫子坐在院子裡，跟她們講個不一樣的故事。

以「我呀，年輕的時候喜歡過一個全世界最好的男人」作為開始。

甚至，他們之間連故事都不算有過，全是幼稚膚淺的一廂情願和慘不忍睹彙聚成的河，淌不成也游不過。

顧從禮到與初茶樓的時候，已經是下午了。

茶館裡古色古香的設計風格，服務生穿著淡雅旗袍，絲竹繞梁，樂聲潺潺。

服務生領著他穿過一樓長廊，走到一片單獨闢出的院子，四方一座小院，庭院裡流水擊石，沿長廊兩排翠綠青竹，竹子後面木桌若隱若現。

正中一塊小池塘，池塘邊站著一個女孩，在餵魚。

見到有人過來，女孩回過頭，圓溜溜的鹿眼眨呀眨，遠遠朝他招了招手。

顧從禮頷首，往裡走，繞過青竹，就看見了後面坐著的人。

他單手撐著下巴，偏過頭，目不轉睛地看著遠處餵魚的女孩，懶洋洋地彎唇，一雙漆黑的桃花眼裡溫柔快要溢出來了。

看得顧從禮渾身發麻。

他從實驗一中走了以後，被大學同學拉去創業，開了家廣告工作室，也是在那個時候，認識了陸嘉珩。

地產龍頭家太子爺，性格非常不討喜，渾身上下散發出一種「我帥爆，我偉大，我上天入地無所不能」的氣息，就是這種人，竟然有一個非常討喜的女朋友。

顧從禮覺得，他女朋友大概是瞎了。

湊巧，陸嘉珩也非常看不上他。

後來因為工作上的關係，兩個相看兩厭的人莫名其妙熟悉起來了，偶爾還能出來喝個茶，簡直是天下奇聞。

男人就這麼捧著腦袋癡漢一樣盯著遠處的女孩，有點不死不休能看到地老天荒的樣子，顧從禮抬手敲了敲木桌桌沿，提醒他自己到了。

男人的視線半寸都沒移，眼角微挑上揚，得意洋洋地，美滋滋地用陳述的語氣問他：「我老婆可愛吧。」

顧從禮：「……」

他平靜道：「我走了。」

陸嘉珩這才轉過頭：「來都來了，去哪啊。」

顧從禮懶得搭理他，人坐下，倒了杯茶。

陸嘉珩也習慣他這副樣子，毫不在意，開始跟他話家常：「新工作怎麼樣了。」

「還可以。」

「還順利吧？」

「嗯。」

陸嘉珩揚眉：「我是說妹子，還順利吧？」

顧從禮抬眼。

陸嘉珩坐在他對面，懶洋洋地癱在椅子裡，手背撐著臉頰看著他：「我隨手一查，發現顧先生以前在高中代課的時候好像還有一段不淺豔福。」

顧從禮語氣淡淡：「陸總真是無所不知。」

「顧先生的事情我必定義不容辭，畢竟我老婆曾說過，喜歡你這種類型的。」

「是嗎，」顧從禮很淡定，「初小姐真是有眼光。」

「……」

陸嘉珩磨牙：「放你的屁。」

「能看上你這樣的男人。」顧從禮補充道。

陸嘉珩：「……」

所以說，他真的不喜歡跟這種人模狗樣的打交道，看起來十分高嶺之花，其實非常衣冠禽獸，能把人吃得連骨頭都不剩。

「我開始心疼那女生了，怎麼被你這種豺狼虎豹盯上了，高中生你都不放過，你還是不是人？」

顧從禮面無表情：「她已經大學畢業一年了。」

陸嘉珩似笑非笑：「哦，所以你現在打算下手了？」

他沒說話。

微垂著眼，指尖搭在紫砂杯沿，神情陰鬱。

陸嘉珩桃花眼微揚，看起來很愉悅：「你被拒絕了。」

「沒有。」

陸嘉珩才不信，十分懂的樣子：「拒絕算什麼，老子當年被拒得都沒脾氣了，追女生的祕訣在於——」

顧從禮一頓，眼皮掀起。

「你有多不要臉。」

顧從禮：「……」

陸嘉珩和顧從禮完全是性格兩極的人，毫無相似之處，能成為朋友實屬偶然，陸嘉珩遇見喜歡的女孩有條件要追，沒有條件創造條件也要追。

顧從禮不一樣，他就像一個性冷淡的、無情無欲的佛祖，彷彿早已遁入空門，凡心不動。

陸嘉珩本來是這麼以為的。

直到幾個月前。

顧從禮的那個工作室是做廣告的，叫躍馬，他其實也不算老闆，事情都是交給他同學的，待了不到兩年，這佛祖就出國深造了。

今年四月，佛祖回國，陸嘉珩攜妻幫他接風洗塵。

陸太子的飯局向來是熱鬧的，帶著幾個朋友，男男女女都有，包廂裡樂聲轟隆熱鬧非常，顧從禮坐在角落沙發裡，微側著頭，整個人隱匿在昏暗陰影裡，只指間夾著菸，紅色星火明滅。

玩到一半，突然有人叫他：「顧老師？」

語氣驚異又欣喜，輕輕一聲幾乎被背景音樂掩蓋，卻清晰地傳入耳膜。

顧從禮一頓，不知道哪根神經被觸動到，緊繃了一瞬。

他咬著菸抬起頭，瞇眼。面前的女人濃妝紅唇，容貌很豔麗。

不認識。

繃起的弦緩慢鬆弛下來，伴隨著說不清楚的某種情緒。

他沒說話。

女人抿了抿唇，緊張又興奮：「您可能不認識我，我高中是實驗一中的，在學校見過您，我叫秦研。」

顧從禮淡淡點了點頭就移開了視線。

女人卻沒有就此道別的意思，在他旁邊坐下：「真的沒想到還能再遇見您，您當時在學校裡可是傳說，」她笑，半開玩笑道：「少女心殺手呢。」

顧從禮微低著頭，夾著菸的手垂下，吐出一口煙霧。

她說，他不答，秦研有點尷尬。

可是她又不太甘心走，時隔這麼多年偶遇，秦研覺得這是緣分。

他們郎才女貌，天生一對，而且她長得這麼美，現在又是明星了，就算顧從禮已經有了女朋友也沒關係，她覺得無論是什麼樣的女人，她都可以抗衡一二。

在他旁邊坐了一下，秦研以為顧從禮不會再說話的時候，他突然開口：「妳那時候高幾？」

秦研有些得意，顧從禮終究是男人，也不能免俗。

「高二。」

他屈指彈了彈菸灰，漫不經心地問：「實驗班？」

秦研有點怔怔的。

她記憶裡的顧從禮有冷漠又溫和的氣質，而面前的男人靠坐在沙發裡，長眼微垂，含煙吐氣間有種冷然肆意，彷彿變了個人。

秦研在娛樂圈混跡了這麼多年，見過的帥哥夠多了，此時卻覺得臉頰發燙。

「不是，我在一班。」他神色冷淡，看不出是什麼意思，但是她有預感，如果就這樣結束，他們之間不會有後續了。

秦研頓了頓，飛快補充，「不過就在實驗班隔壁，實驗班好多人我也認識呢，他們班那個學藝股長，叫苟敬文，前段時間還問我下個月同學聚會要不要去玩。」

她的直覺很準，男人聞言，果然頓了頓，菸頭按進煙灰缸掐滅，淡道：「老同學聚聚，挺好的。」

秦研笑靨如花，沒有哪一刻比現在更喜歡隔壁實驗班這個矮子二狗了，並且成功和顧從禮交換了電話。

這邊的動靜陸嘉珩自然是注意到了，他以為佛祖喜歡的會是道姑或者仙女型的，沒想到竟然是這種。

秦研走後，他非常八卦地湊過來，懶道：「喜歡女明星？」

顧從禮完全不理他。

陸太子以為自己猜對了，覺得自己應該趕緊幫他找個妹子收拾收拾嫁了，畢竟他家寶寶就喜歡顧從禮這種，冷冰冰的男人。

陸嘉珩制定了詳細周密的計畫，宛如一個操心操肺的老父親，摸透了秦研最近兩個月的電影訪談節目綜藝等等一連串通告，準備發力，打了個電話給顧從禮。

他很冷漠：「怎麼。」

太子悠然：『顧仙人，送你份大禮，要不要？』

顧從禮：「不要，我忙。」

兩個人通話不到三十秒，掛了。

陸嘉珩：「……」

陸嘉珩覺得這是什麼事啊。

當天晚上，他跑去跟自己女朋友訴苦，覺得自己為這個畜生兩肋插刀，最後換了個被掛電話的下場，非常委屈。

太子爺沒受過這種委屈，他這輩子只被自己老婆掛過電話，但是那怎麼能一樣，那是甜蜜的掛。

初梔卻非常淡定地跟他交換情報：「躍馬那邊也一直叫他回去，本來已經說好的，結果他又突然不回了，去出版社做漫畫主編。」

陸嘉珩以為自己聽錯了：「去做什麼？」

「漫畫雜誌主編，好像是叫《赤月》的雜誌。」初梔慢吞吞地說，覺得有點新奇，「原來顧先生喜歡漫畫嗎。」

陸嘉珩一點也不覺得顧從禮喜歡漫畫。

這男人做事情向來目的性極強，既然原本已經決定回躍馬了，那麼改變主意肯定也是有目的的，不太可能是因為他突然發現自己對出版行業狂熱熱愛上了。

幾乎沒怎麼費力，陸嘉珩就知道了時吟這個人。

主動跟別的編輯要作者這種事情被顧從禮做出來，要麼是他腦子裡進了水，要麼就是這作者有點問題。

結果果然，一中畢業，在校期間剛好顧老師代課任職，上次「相談甚歡」還互換了號碼那位女明星跟人家是同年級校友。

陸嘉珩覺得顧從禮做的實在太明顯了，就是在宣告全世界：看到這個被我要過來的作者了嗎，我要對她下手了。

誰看不出來誰就是傻子。

太子殿下也是很直接的人，懶得搞那麼多彎彎繞繞，某次隨口就問了一句：「喜歡人家？」

顧從禮沉默了很久，最終也沒說話。

陸嘉珩覺得，他是默認了。

其實他不知道。

六年前走的時候，顧從禮只是覺得麻煩。

大概遺傳了他父親，他天生很冷情，那時候會答應去一中幫集訓生上課，也是因為剛好可以離顧璘遠點。

而且這工作很輕鬆，上個課，其餘時間自由支配，不麻煩。

顧從禮沒想到，他會在這裡遇見那個麻煩精。

她實在是太煩了。整個人上躥下跳，喋喋不休，不理她她也可以一直有話說，像隻嘰嘰喳喳的小麻雀，話稍微說重點還會偷偷地哭。

完全不像女孩子，自己的生理期半點不知，喝冰可樂，坐在冰涼的樓梯上一等可以等他好久。

裴詩好說，你對她真是好，顧老師也有心軟的時候。

顧從禮否認了。

他沒有心，哪裡來的心軟。

只不過是，在女孩子紅著眼眶看著他的時候，他會莫名產生某種很煩躁的陌生情緒而已。

顧從禮其實很懶，討厭麻煩，所以在意識到時吟會給他造成麻煩的時候，他很乾脆的走了。

他回了次家，跟顧璘吵了一架，去看了母親，被大學認識的朋友拉去開工作室。

他的生活回歸正軌，麻煩消失了，他每天忙到凌晨，然後睡四五個小時以後繼續工作。

顧從禮覺得，這樣就很好。

直到某次，他回了畫室。

腳步不知道什麼時候停住了，他站在前檯，要了他離開這段時間的，學生上課的登記名冊，坐在旁邊沙發裡一頁一頁的翻。

從第一本到最後一本，從當天一直翻到半年前，最後一頁翻過去，看著那些陌生的名字，他突然有點茫然。

不知道自己在找什麼。

他覺得有哪裡不太對勁。

隔了一年的升學考結束那天，顧從禮回了一次一中。

他去了藝體樓天臺。

藝體樓的天臺上是一片鬱鬱蔥蔥的草坪，圍著幾排長椅，雖然學校明令禁止上來，依然會有學生偷偷摸摸跑過來。

比如一年多以前，就有那麼一群膽子肥的，半夜不睡覺，跑到這裡來講鬼故事。

現在，也依然是那一群，他剛到樓梯口，就看見地盤已經被人占了。

傍晚霞光溫柔，夜幕將近，十八歲的少年少女們圍成一圈坐在草坪上，手邊是幾打罐裝啤酒，幾乎全空了。

少女依然是熟悉的模樣，漆黑的長髮綁成馬尾，有點凌亂，幾縷碎髮垂下來。

似乎有所感應，她忽然朝他的方向看過來。

四目相對，顧從禮沒動。

時吟歪著頭，安靜了幾秒，然後突然起身，朝他走過來。

身後一群醉醺醺的小酒鬼圍成堆慶祝著，沒人注意到她的動靜。

她捏著罐啤酒走過來，白皙纖細的食指輕輕地，貼上柔軟嫣紅的唇瓣，低低地「噓」了一聲，湊近他，低喃耳語：「別說話……你說話我會醒……」

少女的身軀柔軟，帶著熱乎乎的酒氣貼上來，不等他反應，她的手指從唇邊移開，然後一把抓過他的手腕，拉到背對著樓梯入口處的陰影裡。

夏夜裡晚風輕柔，暗香浮動，她搖搖晃晃地站在他面前，仰著頭，高舉手中的酒，白嫩的臉頰上染著緋紅，醉眼笑咪咪地彎著看著他，聲音軟糯含糊：「向我的過去和曾經道別。」

當天晚上，顧從禮做了個夢。

夢裡是夜色深濃，是某棟樓的天臺上，一群少年少女夜遊被抓包以後手裡提著燈匆匆跑遠。

然後，皎白月光下，有誰忽然停下腳步，回過頭，晶亮漆黑的眼遙遙望著他，輕輕眨了眨。

第六章　玫瑰花房

九月底，經過近兩個月的評審，新人大賞的結果終於出來。

時吟之前只是把稿子傳給顧從禮，就義無反顧滾去休息了，剩下的事情她完全沒瞭解過，此時收到雜誌樣刊，看到《鴻鳴龍雀》四個字的時候，還是愣了愣。

她交上去的時候是《鴻鳴》，還不甘心地問了顧從禮真的不能改成《鴻鳴龍雀》嗎，那個男人非常冷酷的說不能。

結果還是改了。

一定是他也覺得這個名字比較帥，不然他那種說一不二的性格，怎麼可能會改。

時吟得意起來，視線側移，一眼掃到排名。

第二。

她熬了不知道多少個通宵，流失了不知道多少水分，被顧從禮這麼龜毛的人一頁一頁圈著改出來的作品，也沒能拿到第一名。

她上面那部，名字叫《水蜜桃之戰》。

時吟：「……」

幾個月前那次相親上，那位校霸小甜甜說他用來參加新人賞的那部新作品叫什麼？

時吟所有表情都消失了，整個人空白了好幾秒。

這個林佑賀，只是因為感興趣，自己報了個課程學了一段時間，之前還是畫少女漫的，第一部少年漫就可以把她死死壓在下面，苦苦掙扎無法翻身。

還叫你媽的什麼《水蜜桃之戰》？

時吟從來沒有見過這種名字的少年漫。

她難以置信地迅速翻到他的作品，正準備拜讀一下這位天才大作，手機有訊息了。

好巧不巧，正是這位，甜味蘋果糖老師。

時吟現在一點都不想跟他多說話，她恨得牙癢癢，正要看看他到底有什麼獨到之處，於是自然的忽略掉他的訊息。

她沒回，那邊手機就一則一則不停地往外跳。

時吟忍無可忍，抓起手機解鎖，點進去。

校霸小甜甜：『新人大賞好像出結果了，編輯部寄樣刊給妳了嗎？』

校霸小甜甜：『妳也參加了吧，怎麼樣。』

校霸小甜甜：『這屆的也不太行啊，沒有一個能打的。』

校霸小甜甜：『不過時一的妳看到了嗎，就是第二的那個。』

校霸小甜甜：『我得跟她道個歉，她是今年這些裡面除了我的以外唯一能看的了，這篇比上篇好看多了。』

時吟：「……」

她面無表情的打開了社群，點到最下面最後一個，個人資料，截圖，傳過去給他。

林佑賀等了好久沒等到她的回覆，以為她是落選了，心情沮喪，不想跟他說話。

他其實挺喜歡他表弟這個相親對象的，覺得兩個人興趣相投，很聊得來，當個朋友也是好的，他這個漫畫家當的很孤僻，現實裡幾乎沒有能夠聊這方面話題的人，能夠認識時吟這個同道中人，他很高興。

可是他實在是沒怎麼和女人打過交道，不知道這種情況下，怎麼安慰落選的小女生，想了想，慢吞吞地打字：『明年還有機會的，只要努力總是能行的，妳看時一，上本畫成那個狗屁樣子，這部《鴻鳴龍雀》也很好看——』

他還沒打完，時吟那邊傳來一張圖。

林佑賀停住，點開。

是一張社群發文畫面截圖，個人畫面，上面一個大餅臉的貓當頭像，旁邊暱稱是「時一」兩個字。

他掃了一眼，並沒有反應過來，注意力很快被下面吸引了。

林佑賀發現這個截圖畫面，下面「我最近經常訪問的主頁」裡面，有他的頭像在。

她原來經常點進他的社群看嗎？可是為什麼？

混凝土直男林佑賀思考了三十秒，腦子裡一個答案漸漸清晰了起來。

他們第一次相親那天，她就表現的很怪異，好像很緊張，很著急，又有點心不在焉的樣子。

就像是，他筆下的少女漫女主角，第一次見到喜歡的人的時候，那種緊張不安的，有些焦慮的，一眼都不敢看對方，又想逃跑又想接近的樣子。

林佑賀震驚了。

他覺得自己發現一個驚天大祕密。

雖然他長得挺帥，可是也不知道到底是為什麼，這些年從來沒有女孩子追他。

林佑賀心情複雜，那種「我把你當朋友你卻想泡我」的微妙情緒像國旗，冉冉升起了。

校霸犯難，憂鬱又惆悵。

但是鑑於他對時吟的印象挺好的，那麼慢慢接觸一下試試看好像也是不排斥的。

所以他斟酌片刻，溫柔地問：『妳經常看我的社群？』

時吟秒回：『是啊，我在追你社群上那個條漫的連載。』

林佑賀心想，果然。

正想著要說什麼，時吟那邊又回：『看看把我批的一文不值的大佬的條漫長什麼樣。』

林佑賀有些茫然。

那邊連續傳過來第三則：『你不是一直好奇我的筆名嗎，正式自我介紹一下，我就是色彩不行分鏡沒力道戰鬥畫面畫得像過家家現在真是什麼樣的人都能出道當漫畫家——的那個時一。』

林佑賀：「……」

時吟這邊並不知道林佑賀隨著年齡的增長，不只肌肉裡塞滿了糖分和少女心，人變得聒噪了，還瘋狂替自己加了一波戲，腦海裡快速構圖三十頁戀愛少女漫分鏡草稿。

她拋下個地雷以後，對方終於詭異的，長久的沉默下來了。

時吟十分友善地給了他消化的時間，一邊去冰箱裡翻東西吃，抱了一大堆零食回到沙發裡，盤腿窩進去，準備開始看林佑賀的這部《水蜜桃之戰》。

因為這個名字實在是太甜了，她一直看成《水蜜桃之戀》。

結果剛拆了洋芋片準備開優酪乳，翻開雜誌，她家門鈴又響了。

時吟覺得自己今天真忙。

她將手裡的漫畫隨便丟在一旁，手裡拿著一瓶還沒來得及戳的優酪乳，走到門邊看貓眼。

視線收回，她看了眼時間。

今天十一點半，至少沒一大早來吵她起床了。

時吟覺得這簡直是質的飛躍，她要感激涕零抱頭痛哭了。

她開了門，顧從禮進屋，回手關門。

時吟退後兩步，看著他自己換鞋：「主編中午好。」

她一邊說著，一邊琢磨著自己難道還欠了什麼債沒還。

想了半天想不到，第二話分鏡草稿她已經畫完了，也沒到交原稿的時候，應該沒有什麼欠債才對。

不知道主編大大這一趟是來幹什麼的。

她實在想不到，但是既然這個人出現在這裡，就一定是有理由的，只能歸結於她有什麼忘記了，只好試探性問道：「您今天又加班啊？」

「沒有，」顧從禮隨口道，走進屋，掃了她面前茶几沙發上堆的一堆零食一眼，「妳午餐吃這些？」

時吟其實賴了一上午的床，剛爬起來沒多久，還沒想好中午吃什麼，就隨便先吃點東西，她拿著優酪乳，皺了下眉，「唔」了一聲：「不知道吃什麼。」

顧從禮垂眼，視線落在她手裡的優酪乳上，微挑了下眉：「早飯吃了什麼？」

時吟抓了抓鼻子，像是被抓包的小朋友一樣別開視線，不答話，捏著優酪乳，上面的封皮一鼓一鼓的，發出輕微的聲響。

顧從禮懂了。他抬手，直接抽掉她手裡的優酪乳丟到旁邊沙發上：「空腹別喝這個。」

時吟手裡空空，她愣了下，抬起頭，顧從禮已經往廚房走了。

一邊走，一邊捲起袖子，襯衫袖口一層一層捲上去，露出手臂。

他看起來很瘦，一雙手骨節分明，卻好像也不是那種乾瘦的身材，露出的手臂外側有流暢的肌肉線條。

他進了廚房，打開冰箱門，淺淡棕眸一層一層掃下來。

時吟跟屁蟲似的跟在後面，整個人扒在廚房的門框上，訕訕開口：「那個，主編，你是在找吃的？」

「嗯。」

「那，您吃洋芋片嗎？我家沒什麼吃的……」時吟艱難地說。

「……」顧從禮側頭看了她一眼，確定了她這裡面只有零食以後，關上冰箱門：「叫外送吧。」

時吟鬆了口氣，忽然覺得自己作為一個小資的獨居美少女，家裡竟然沒有食材，只有一大堆零食啤酒可樂什麼的，每天靠叫外送維持生活，聽起來好像有點不精緻。

她覺得自己應該為自己辯解一下。

「因為最近球球都沒過來，所以家裡沒什麼食材，平時的話他會買很多的！」她還很體貼地補充，「球球就是上次那個，你見過他的，我那個助手。」

所以你看，不是我活得不精緻，只是我助手不在而已。

她解釋完等了一下子，沒有等到回應。

時吟才忽然發現，不知道從什麼時候開始，屋子裡好像連空氣都陷入冷冰冰的死寂之中。

顧從禮沉默地轉過身，人站在冰箱前，有些陰鬱地看著她。

眼神像是帶了冰的刺，生生釘著她，像是要穿透她。

九月底，S市的天氣還像是盛夏，炎熱悶潮，時吟卻覺得頸後發涼，莫名生出想要逃跑的欲望。

總有種，她現在不跑，好像就跑不掉了。

她抬手，摸了摸涼颼颼的後頸，小心地岔開話題：「那個，主編，你吃什麼啊？」

他不說話。

時吟心裡一陣抓狂，真的不知道這位大神到底又怎麼了。

是因為她家沒吃的就生氣了嗎？

這原因也太莫名其妙了吧。

所以他到她家來到底是幹什麼的啊，就是為了吃個飯嗎。

她忽然覺得有點煩躁。

從以前到現在一直是這樣，她就像個無頭蒼蠅一樣，他陰晴不定，難以揣測，她和他的相處全靠猜。

明明她現在對他已經沒有任何訴求了，她只想老老實實地工作，就這樣保持著兩個人的工作關係就好。

時吟不知道到底是哪裡不對，不知道到底哪裡出了問題，好像無論什麼時候，無論兩個人是什麼關係，她永遠是被動的那個。

她怎麼做都不行，怎麼都不對。

時吟得肩膀慢慢塌下來，低垂著眼，聲音在安靜的房子裡顯得靜靜的：「主編，您有什麼不滿意的地方就說出來，行嗎？我們現在也算是工作上的合作夥伴關係吧，您什麼事情都不說，我覺得多多少少也會影響到工作效率什麼的……我也想和您——」

她沒說完，顧從禮忽然打斷了她：「只能是工作關係了嗎？」

時吟怔愣抬起頭，表情有點茫然：「唔？」

他平靜地看著她，棕色眼底像有某種黏稠的情緒深深附著，語速很慢，聲線詭異輕柔：「不可以是別的關係了嗎？」

後來的無數次，時吟都在想，她沒在這天死在家裡，實在是太不容易了。

至少就這次來說，她本來以為自己不死也要少條腿什麼的。

時吟大學畢業一年，雖然沒談過戀愛，但是也是有過怦然心動的少女時代的，沒吃過豬肉也見過豬跑，這種少女漫畫和言情小說裡的經典橋段，如果是別人說出來，她可能還會有點多餘的想法。

但是這個人是顧從禮，那就半點都不會有了。

時吟大腦當機數秒，不知道為什麼，第一時間想起的是幾個月前在計程車裡，她無比豪邁地對他說，三十頁原稿能畫完我叫你三聲爸爸。

行動快於意識，時吟脫口而出：「父女關係？」

等她反應過來，已經晚了。

顧從禮沉默了。

時吟縮了縮脖子，乾笑兩聲：「我開玩笑的。」

「……」

「主編您還年輕。」

「……」

時吟語無倫次：「女兒會有的，別急、別急。」

「……」

顧從禮奇異地看著她，神情難辨，倒是剛剛那股冰冷陰森的感覺散了。

時吟越說越不對，揉了揉腦袋，哭喪著臉，乾脆閉嘴了：「我還是不要說話了。」

顧從禮卻突然笑了。

和之前幾次那種過分燦爛的怪異笑容不同，他看著她一臉沮喪的樣子，舌尖輕掃了了下唇珠，淺淺彎起唇角，走過來，抬手，輕輕拍了下她的腦袋，聲音很輕：「嗯，不急，會有的。」

時吟的心跳漏了兩拍。

直到顧從禮走了，時吟都沒弄清楚他今天到底是來幹嘛的。

他出來叫了外送，一家很有名的茶餐廳，一份水晶蝦餃皇三顆，六十多塊。

時吟被那一記摸頭殺刺激得好久才緩過來，等到意識到現在嘴巴裡吃的是二十塊錢一顆的蝦餃的時候，她再次對主編的薪水產生了新的認識。

現在想想之前的肯德基漢堡是委屈他了，怪不得人家不想吃。

送走顧從禮，比畫幾天的跨頁彩圖還要累。

主編大大莫名其妙的來了一趟，請她吃了頓午飯，待了一下，又走了。

時吟猜不到他到底想幹什麼，她現在也懶得猜了，既然不知道，那就乾脆什麼也不要想了，反正兵來將擋，她又沒有拖稿也沒有欠債了，顧從禮就算再發病總歸也不是她惹的。

計算著他下次再露面應該就是在第二話原稿交稿的那段時間了，時吟放鬆下來。

她快快樂樂地看完了今年所有的新人賞作品，不得不承認，林佑賀這個第一拿得確實是實至名歸。

他的畫風和畫功都不是最好的，甚至線條有些凌亂粗糙，但是每一個分鏡都帶著雷霆萬鈞的力道，有撲面而來的血性，讓人完全看不出來他是第一次畫少年漫。

這個力道可能跟他那同樣雷霆萬鈞的一身肌肉有關係。時吟亂七八糟的想。

一本看完，時吟體內的少年魂開始燃燒，整個人有些蠢蠢欲動，回到書房把之前畫好的兩頁原稿重新畫了一遍，再抬眼，又過了凌晨。

她把最後剩下的部分補充畫完，凌晨兩點，才放下筆去找了點吃的，洗澡上床。

非趕稿時期她一向沒有設鬧鐘，睡到自然醒爬起來是日常。

結果第二天一大早，叮鈴叮鈴的門鈴又響起來了。

隔一段，按一次，隔一段，按一次。

「……」

時吟快要被磨得沒脾氣了。

她掙扎著爬下床，出了臥室，走到門口，看也不看直接打開門，掃了站在外面的男人一眼，一把抓起鞋櫃上的鑰匙塞進他手裡，然後「哐」一聲，把門關上了。

時吟軟趴趴地靠在牆邊，抬眼看了看錶，果然九點半。

這男人真的是用碼錶掐時間。

時吟轉頭，看向緊閉的房門，突然有點期待顧從禮能像第一次見面的時候那樣，她把門摔上，他發脾氣轉身就走了。

結果並沒有。等了幾秒，門口傳來鑰匙插進鎖孔的聲音，金屬碰撞輕微細響，啪嗒一聲，門開了。

顧從禮淡定地進屋，回手關門，把鑰匙放到旁邊鞋櫃上，換鞋。

時吟：「……」

他抬眼，看見站在旁邊的女孩睜著一雙血紅的眼睛看著他，哀怨的眼神像是無法瞑目的女鬼。

「早。」顧從禮平靜地說。

時吟服了。她一分鐘都不想站著，整個人貼著牆壁滑下去，盤腿坐在地上，腦袋靠在牆上半死不活地仰頭看著他：「我昨天兩點睡的。」

顧從禮手裡提著袋子進來：「那妳睡了七個小時了。」

時吟揉著乾澀的眼睛：「七個小時，會死人的。」

「這是成年人的正常睡眠時間。」

「我不行，我需要睡滿十個。」

顧從禮一頓，手裡的袋子放到小吧檯上，垂頭看她：「時吟。」

「唔？」時吟睏得打哈欠，眼角冒著淚花。

「睡多了會變傻的。」他平靜地說。

時吟抹了抹眼淚，聲音帶著軟軟的鼻音：「我的智商已經高到臨界值了，必須要降一降才行。」

顧從禮笑了一聲，進廚房。

袋子裡的東西一樣一樣被拿出來，時吟一點去看的興趣都沒有，靠著牆坐在地上回魂，差點又把自己回進夢裡的時候，廚房突然傳來輕微的滋滋啦啦的烤肉的聲音。

伴隨著一股香味。

時吟吸了吸鼻子，不情不願地睜開眼，側頭，叫了一聲：「主編？」

沒人應聲。

時吟站起來，往廚房走。

男人站在廚房裡，面前兩口鍋子，骨節分明的手裡捏著一顆雞蛋，在鍋邊敲開，舉到平底鍋前，單手上下輕抖了下，又是一陣滋滋啦啦的聲音。

時吟湊過去看，鍋裡兩片薄薄的火腿邊緣煎得焦黃，旁邊煎蛋蛋液還沒完全凝固，透明的蛋白慢慢變成白色，中間黃澄澄的蛋黃成流質，邊緣一鼓一鼓的，輕輕跳動。

時吟吞了吞口水，忽然就覺得肚子餓了。

她家廚房不大，長條形，她站在他身後，小腦袋湊過來，下巴蹭到他襯衫袖子。

顧從禮抬手抽了旁邊架子上的瓷盤，糖心煎蛋出鍋，手一抬，手肘就碰到個軟綿綿的東西。

他動作停住，側過頭。

女孩正直勾勾盯著鍋裡的食物，完全沒有任何反應。

無論是六年前還是六年後，她好像半點都沒有這方面的意識。

但是至少，六年前，她第一個看到的永遠是他。

現在，他變成了背景板，她的關注點全在別的上面了。

別的人、別的事情、別的東西、相親對象、老同學、助手。

唯獨他，只有他，她現在看不見了。

不太妙的情緒又開始滋生蔓延。

顧從禮最拿手的事情就是忍耐和克制，如果他想，他可以完美地控制住自己的情緒，讓其他人只會看到他們想要看到的樣子。

但是面對時吟不行。隨著她和他的接觸，他的自控能力開始變得很差，越是接近她，清晰地瞭解到自己內心對她真實的渴求，就越讓人難以忍耐。

不想讓她看別人一眼。

她應該只看著他才好。

活的，死的，人或者事物，任何東西都不能奪走那些本應該屬於他的注意力，什麼都不行。

顧從禮垂下眼，嘴唇抿成平直的線。

他要忍耐，這種陰暗的，有些病態的占有欲，半點都不敢讓她察覺到。

她一定會逃。

顧從禮已經經歷過一次空盪盪的困惑迷茫，那是他的自作自受，他心甘情願地接受懲罰。

只要他的小女孩不逃，他就可以不急，可以慢慢地等。

早餐是火腿煎蛋馬鈴薯沙拉和吐司麵包，還有一杯牛奶。

時吟自己住以後沒有吃早飯的習慣，今天也不知道怎麼食指大動，把食物掃了個乾乾淨淨。

吃飽喝足以後已經十點了，她捧著牛奶杯滿足地坐在餐桌前，看著顧從禮拌著馬鈴薯沙拉看手機。

她本來以為他的性格很規矩，比如吃飯不會玩手機之類的，結果並沒有。

時吟以前沒有瞭解他的機會，這段時間以來發現，這個人跟她腦海中好像也有很多出入的地方。

時吟咕咚咕咚喝掉最後半杯牛奶，這時候顧從禮也放下手機，看著她喝完。

她放下杯子，他抬手抽了張紙巾遞過來。

時吟道了謝，擦乾淨嘴邊的一圈牛奶，真誠地誇獎他：「主編，您手藝真好。」

他沒答，站起來把盤子杯子拿下去，放進流理檯水槽裡。

時吟不好意思了，人家早上買了食材過來弄早飯，還讓人家幫忙洗碗。

她連忙小跑過去：「我來洗我來洗。」

顧從禮側頭看了她一眼，沒堅持，站到一旁讓位置給她。

他買了很多東西過來，蔬菜水果雞蛋一樣一樣塞進冰箱裡，整整齊齊擺好，時吟洗著碗，才突然想起來：「對了，主編，你今天過來是有什麼事呀？」

顧從禮把最後兩盒牛奶塞進去：「下週五新人大賞頒獎儀式，入圍的作品作者都會邀請，」他轉過身，「不過這個是自願，妳不想去可以不去。」

時吟明白他的意思，他大概是以為她不想露面。

她入行以後確實從來沒有在公共場合露過面，第一次拿到新人賞的時候她學校有課時間挪不開，就沒去，搖光社的年會她剛好都在玩命趕稿，也沒有參加過，社群上沒有任何自拍，生活照幾乎全是吃的，而且內容非常簡潔。

導致時一老師現在性別不明，覺得是男的也有，是女生的也有。

「我沒有刻意想隱瞞這些，只是剛好一直沒機會，既然這次有時間那就去吧，」她把洗好的盤子杯子過了清水，關掉水龍頭，一個一個放在架子上，「這種事情您直接傳個訊息給我就行了呀，不用自己過來。」

顧從禮關上冰箱門，轉過身來，垂眸看著她：「這件事情不是我今天過來的主要目的。」

「喔，」時吟擦乾淨手上的水珠，歪著腦袋微微後仰著看他，「那還有比這個還主要的目的啊？」

「有，」顧從禮淡道：「幫妳做早餐。」

時吟懷疑，顧從禮是不是吃錯藥了，自從上次撞見梁秋實以後，他就開始瘋狂狙擊少女心。只是他那表情，清冷淡漠，沒情緒起伏，和之前沒有任何差別，一副只是在平靜地陳述事實的樣子，讓人無法往這個方面聯想。

可是這並不影響時吟心跳又漏了一拍，明知道他的話應該就像剛重逢沒多久的時候，他的那句「妳是我的作者」是同個性質的，還是忍不住偷偷的，覺得有點開心。

新人賞頒獎儀式在週五，她說會去以後，趙編輯還飛速傳訊息過來確認。

得到肯定答覆以後，趙編輯放下手機，坐在椅子上滑出去老遠，忍不住感慨：「不一樣啊……」

坐在他旁邊的編輯看著他一臉滄桑，好奇問道：「怎麼了，哪裡不一樣啊？」

趙編輯摸摸自己稀疏的頭髮，側過頭，偷偷看了坐在最裡頭的主編大大一眼，確認對方垂著頭正在忙，完全沒注意到這邊的動靜以後，才低聲道：「時一啊，之前幾年只要露面的活動她有哪次參加了，結果我們主編一出馬，立刻搞定。」

那個編輯也有點驚訝：「那不是你之前帶的嗎？」

「是啊，畫《ECHO》那個。」

時吟幾乎沒怎麼在編輯部露過面，即使過來也是等趙編輯過來找她的，所以編輯部裡見過她的人其實沒有幾個。

那編輯不由得有點好奇：「我記得時一老師是女的吧，長什麼樣啊？」

趙編輯沉默了。

那編輯看著他思考的表情了然了：「長得一言難盡？」

「確實一言難盡，其實我一直很好奇，」趙編輯深沉的看著他，「她明明長了一張洗個頭就能出道的臉，為什麼不趁機炒作一下人設。」

編輯：「……」

所以說這個時一老師到底有多不愛洗頭？

這位編輯的腦迴路和關注點很清奇，而且人緣也好，於是，在下班前，《赤月》的整個編輯部的人都知道了，這次新人賞神祕的時一老師會來。

並且要做好心理準備，因為這位老師不愛洗頭。

當然也很快傳到了顧主編耳朵裡。

當天下午開完會，顧從禮最後一個出去，一邊往外走，一邊和實習生說話，正事說完，小實習生一臉欲言又止的表情看著他：「那個，主編。」

「嗯？」

「時一老師真的幾個月不洗頭嗎？」

顧從禮：「……」

幾個月不洗頭的時一老師並不知道自己在漫畫界還沒紅，已經先在《赤月》編輯部內部紅了一把，並且謠言愈演愈烈，大有演變成「你知道時一老師為什麼從來不露面嗎，因為她從出生到現在都沒洗過頭」的趨勢。

也是因此，這次新人大賞的頒獎禮，大家都很期待見到她。

這次剛好輪到搖光社主辦，作為業內龍頭，搖光社的大方也是出了名的，排場從來都不會少，十分大手筆地包下了頂級酒店的宴會廳。

時吟很少正裝，出席這種場合的衣服也沒幾件，只有兩件小香風黑裙，準備約方舒去買身行頭，結果隔天就收到一個快遞。

裡面是一件禮服裙，連搭配的鞋子都準備好了。

寄件人那欄是一家獨立私人訂製女裝店，沒有名字，時吟一頭霧水，問了方舒梁秋實幾個人，都說不知道。

她也就沒動，放在一旁。

雖然那一身確實是很好看的，而且也都是她穿的尺寸。

當天晚上，她接到了顧從禮的電話。

顧從禮接手當她的責編也有幾個月了，但是兩個人還是第一次通電話，這個人要麼傳訊息，要麼直接往她家跑，時吟甚至連他的電話號碼都沒存。

她看著那個陌生的號碼，電繪板一推，隨手接起，漫不經心：「您好？」

『裙子喜歡嗎？』

時吟愣了下，停下筆：「主編？」

『嗯。』

「那個裙子是你寄過來的呀？」

『嗯。』他聲音淡淡，帶著點散漫懶意。

晚上九點，夜色正濃，顧從禮那邊安靜，偶爾有翻書頁的聲音傳過來，時吟判斷他應該是在家，可能剛洗好澡，人在臥室裡，可能正隨意地躺在床上，手邊翻著書看，一邊打電話給她。

時吟想像了一下，那個畫面不由自主地在腦海中清晰地浮現，長腿微曲，鬆鬆垮垮的綁帶睡衣下的腹肌和胸膛，再往下是半隱匿在裡面的人魚線和毛髮，再往下是——

她臉紅了，「啪」一下抬手捂住了臉，雙手一鬆，手機「咚」一聲掉在桌子上。

時吟手忙腳亂地趕緊重新拿起手機。

顧從禮那邊似乎安靜了一下，她拿起來的時候，剛好聽到他問：『怎麼了？』

時吟趕緊說沒什麼，舔了舔嘴唇，單手揉了揉還有些發燙的臉。

她是學畫畫的，對人體結構太瞭解，想像出來的畫面清清楚楚，連點曖昧的碼都打不了，也不知道算是好事還是壞事。

就是沒吃過豬肉，不知道真實的顧從禮那東西長得是不是也那麼醜。

也許物似主人形，小小禮也會好看一點呢。

「……」

時吟捂住腦袋垂下頭，額頭磕在桌面上，又是「咚」的一聲。

她這邊叮叮噹噹響了一陣子，也不知道是在幹嘛，顧從禮就沉默了。

等終於安靜下來，他才道：『妳在拆房子？』

「沒，」時吟聲音悶悶的，還單手抱著腦袋貼在桌面上，兩隻耳朵通紅，滾燙，「剛剛磕到頭了。」

顧從禮沒多問，完全不知道電話這頭女孩的腦子裡都是什麼東西，平靜道：『週五我去接妳，妳提前準備好。』

時吟「欸」了一聲，抬起頭，下巴擱在桌面上，看著電腦上畫了一半的原稿：「不用，你把地址傳給我，我自己過去就行了。」

『沒事，其他作者也都是編輯帶著的，不然找不到。』顧從禮隨口胡扯。

時吟第一次參加這種活動，不疑有他，側過頭耳朵貼在冰涼的桌面上降溫，聲音細小：「那麻煩您了……」

『不麻煩。』

「那……」我能掛了嗎。

她趴在桌子上摳手指，思考著怎麼說，顧從禮突然叫了她一聲：『時吟。』

她下意識應聲：「唔？」

『記得穿裙子。』

週五那天，方舒剛好過來。

時吟本來是打算找她一起去買衣服的，不過現在有衣服穿了，也就不用去了。方小姐依然賦閒在家，前段時間剛從敦煌回來，準備趁著沒入職前遊遍大好河山，不然等上了班就沒這麼多時間了。

她到的時候是下午了，時吟剛洗好澡，髮梢還沒乾，人坐在梳妝檯前化妝。

顧從禮寄過來的東西被她隨手放在床上，還沒打開。

方舒進來拆開，動作一頓，抬頭：「這是你們出版社提供的服裝？」

時吟在描眼線：「顧從禮寄過來的。」

方舒將盒子裡那雙 jimmy choo 提出來，舉到她面前，欲言又止。

時吟耐心地說：「鞋子的錢我轉給他了，這裙子不知道多少錢，我今天問問他。」

「他收了？」

「沒有，所以我手機支付又轉了一遍。」

方舒的表情有點欣慰，又有點複雜：「所以你們現在到底怎麼回事？」

時吟慢吞吞地刷睫毛膏：「什麼怎麼回事。」

「妳不是說妳現在對他還有非分之想嗎？」

「我不是也說了我就想想嗎。」

方舒手裡還提著鞋，沒說話了。

她跟時吟認識了很多年，她瞭解她，也知道高中那件事情對她產生了多大的影響。

私心來說，方舒一點都不想讓她跟顧從禮再有一絲一毫的瓜葛。

但是命運有的時候就是很神奇，像是有一根無形的線，一點一點，再次把這個人拉到她的面前。

方舒抿著唇沉默了一下，看著時吟塗好了睫毛膏，手裡的鞋子往床上一丟，翻了個白眼：「行了，別刷了，妳那眼睫毛都快比頭髮長了。」

時吟笑了一聲，從化妝鏡裡看著她：「桌桌。」

「幹嘛？」方舒沒好氣。

「我有的時候覺得自己以前真的很蠢，喜歡上不該喜歡的人，還做了那麼多不該做的事情，完全忘了自己作為學生應該做的事情是什麼，一門心思地想多跟他說句話，真的太弱智了，」時吟嘆了口氣，「電影裡面的女主角都說她們在青春懵懂的少女時代做了傻事，但是不後悔，我不一樣，我後悔了，不僅僅是因為我給他造成的困擾，也是因為當時那個智障一樣的自己。」

方舒一愣。她瞭解時吟，時吟也瞭解她，她們一瞬間就知道對方在想什麼。

「如果能讓我回到那個時候，我一定不會再靠近他。」時吟平靜地說。

四點鐘，方媽媽打電話給方舒，問她晚上回不回去吃飯。

新人賞五點開始，顧從禮和時吟約好的時間是四點半，方舒前腳剛走沒幾分鐘，門鈴就響了。

時吟正提著鞋準備穿，聽見門鈴沒來得及，赤腳跑過去開門。

一抬眼，她愣住了。

從來沒見過顧從禮穿正裝的樣子。

今天一眼，時吟覺得雜誌上的那些模特兒都不算什麼了。果然，男人的美色是人間大殺器，碰不得碰不得，碰了要灰飛煙滅的。

她眨眨眼，回神，和他打招呼：「主編晚上好。」

顧從禮淡淡「嗯」了一聲，垂眼。

她身上穿著他挑的那件煙灰色小禮服，抹胸款，削瘦鎖骨天鵝頸，腰肢纖細，長髮軟軟散下來，裙擺到膝蓋上方一寸，露出膝蓋和細白的小腿。

她的腿一直都是美的。

從柔韌的大腿到膝蓋，細白的小腿精緻腳踝，都像是被人工雕琢出來的，沒有一處不美。

顧從禮突然想起很多年前，他麻煩的源頭和開始。

一中那個論壇的文章裡，照片是被遮住的少女廉價的啦啦隊隊服短裙下，一雙無法被陰影浸染的白玉似的長腿。

顧從禮清晰的記得，無數留言裡，其中有一樓留言格外刺眼。

——姐姐腿好美啊。

像某種植物，不知不覺在記憶裡扎根。

讓人無端煩躁。

都說男人穿西裝的時候最帥。

時吟當年在看到歐洲杯德國男模隊幫 HUGO BOSS 代言的那套西裝寫真的時候覺得深以為然。

舉手投足間的紳士優雅，西裝革履的禁欲。

性感到讓人想一件件親手幫他脫下來。

時吟收回視線，又忍不住偷偷地瞄過去。

從褲管到腰線，西裝外套，素色方巾，襯衫領口，喉結，下頦，唇瓣。

再往上，視線相對。

時吟面上不動聲色，心裡暗暗嘆息。

妙哉。不只臉，這男人的身材比例無敵。

她安靜地提著鞋光腳站在那裡，滿臉純真，彷彿滿腦子黃色廢料的人不是她一樣：「我們現在走嗎？」

顧從禮平靜看著她，似乎不易察覺的皺了下眉。

下一秒，又恢復冷漠，剛剛那一下就好像是錯覺。

時吟抓起包，俯下身把高跟鞋放在地上，準備穿鞋。

「妳要不要換褲子？」顧從禮突然道。

「……」時吟愣愣地抬起頭：「啊？」

他淡淡地看著她：「頒獎典禮現場冷氣很強，溫度好像挺低的。」

時吟了然：「啊，很冷嗎？」

「嗯，」顧從禮頓了頓，補充道：「特別冷。」

她抬眼看了下時間，快來不及了，乾脆地擺擺手：「算了，我也沒有正裝款式的褲子，總不能穿牛仔褲去，就這樣吧。」

顧從禮沒再說什麼，轉身開門，人往外走。

時吟穿好鞋，跺跺腳，適應一下高度，又在門口的小鏡子前照了一下，確定自己形象沒什麼問題了，跟在他後面準備出門。

剛邁出去一步，顧從禮突然又回過身來。

時吟猝不及防，差點撞在他身上，連忙後退一步拉開距離。

顧從禮垂眼，看著她認真地說：「這件裙子不太好看。」

時吟：「……這不是你挑的嗎？」

顧從禮面不改色：「我選的時候覺得很好看，現在看好像有點醜。」

時吟一口氣差點沒提上來，氣到窒息。

你直接說我穿著醜不就好了嗎？

時吟翻了個白眼，抬手推開他，直接往外走，沒好氣：「醜就醜吧，反正也沒人看我。」

她走到電梯門口，想想還是氣，突然轉過身，輕輕跺了跺腳，拔高了聲音朝他喊，「我就願意醜！」

顧從禮：「……」

時吟家地理位置挺好，去哪裡都不算遠，到酒店剛好提前了十分鐘。

搖光社作為主辦方是要提前到場的，顧從禮和時吟上了電梯，一出來就看見門口站著冒充迎賓的趙編輯。

趙編輯身邊還有一個年輕的小夥子，看起來十分稚嫩青澀，應該是個實習生或者應屆畢業剛剛入職的那種。

門口除了他們沒什麼人，實習生看起來有種莫名焦急急不可耐的感覺，期待地問趙編輯：「趙哥，你說時一老師今天到底會不會洗頭？」

這個問題已經被問過很多遍了，一向脾氣很好的趙編輯終於一臉崩潰地大喊道：「我他媽哪知道！別再問我了！我又沒說過她不洗頭！」

時吟：「……」

顧從禮：「……」

時吟面無表情地抬起頭：「什麼是不洗頭？」

顧從禮答非所問：「我沒說過。」

「你們到底在說什麼？」

「我不知道。」他直接往前走。

時吟狐疑地睇了下眼，跟著他走過去，趙編輯一抬眼就看見他們過來。

男人穿著黑色西裝，面容清雋俊美，旁邊的女人一身煙灰色小禮服，凝脂似的白，畫了妝，五官漂亮。

趙編輯常年看見的都是她穿著居家服，連著熬夜通宵的大黑眼圈和亂七八糟隨意抓上去的頭髮，雖然知道她的長相其實是好看的，但是突然這麼一下，反差還是有點大。

他側頭，看見旁邊實習生臉紅了。

趙編輯：「……」

終究還是年輕人啊。

小實習生紅著臉，湊過來，小聲問道：「這是主編女朋友？我就說主編看起來不像是會喜歡凡人的樣子，果然，他喜歡的是仙女，是仙女啊。」

趙編輯鎮定地說：「這是時一老師。」

「……」小實習生表情空白。

趙編輯對他的反應十分滿意。

剛好時吟走過來，看見趙編輯，就跟看見了親人一樣，想起那些年他幫她趕稿的歲月，再對比一下如今三天兩頭作妖九點半瘋狂按她家門鈴的顧從禮，時吟幾乎要淚流滿面了，快走了兩步含情脈脈看著他：「趙哥！」

趙編輯剛要應聲，看見旁邊顧從禮的表情。

主編面無表情地看著他，眼神冷得像西伯利亞冰原，看起來心情不太好。

趙編輯老油條了，匆匆打了個招呼，轉身開溜。

宴會廳很大，新人大賞不只是少年漫這塊，也有少女漫，因為是在不同的雜誌上，所以排名也是分開的，頒獎儀式先是少女漫，後面是少年漫。

顧從禮是《赤月》主編，一進來只說了兩句話人就不見了，時吟一個人站在窗邊靠角落的地方，四下掃了一圈。

沒有一個認識的。

她畫漫畫畫了這麼多年，自然有熟悉的漫畫家，只是大家只在網路上聊天，現實裡從來沒見過面，她根本認不出來。

而且這次是新人大賞的頒獎儀式，她認識的漫畫家裡，自然也是沒有——有的。

時吟思緒一滯。

大廳門口剛好走進來一人，高聳入雲，像是一座小山一樣，緩緩地走進來。

男人擰著眉，滿臉的不耐煩讓他本來就輪廓很深的五官看起來更加凶神惡煞，渾身散發著黑氣，像是來砸場子收保護費的。

誰能想到這狂野的外表下竟然藏著一個如雲朵一般綿軟的，甜滋滋的美少女靈魂呢。

時吟詩情畫意的想。

收保護費的走進來，似乎是在尋找什麼，四下掃了一圈，最後停在角落裡。

而這個時候時一老師還在神遊天外，幫甜味蘋果糖作詩。

再抬眼，小山已經走到她面前了。

「……」時吟眨眨眼，平靜地說：「林先生，好久不見。」

林佑賀：「……」

林佑賀一臉難以置信，一言難盡地看著她，那眼神震驚又驚恐，喜悅又失望。

時吟想鼓掌。

不愧是畫少女漫畫的人，連感情都這麼複雜難懂。

半晌，他艱難的，粗聲粗氣地吐出一句：「好久不見。」

時吟不知道要說什麼，她偷偷瞟向他西裝緊繃的上臂，彷彿能透過衣料看見裡面賁張的肌肉。

這大佬不是想揍她吧。

時吟很懷疑他會突然出手，風馳電掣地給她一拳。

結果並沒有，林佑賀隨手從旁邊桌子上端了個杯子蛋糕，冷靜地問她：「妳真的是時一？」

時吟也很冷靜：「是我。」

噗的一聲輕響，他手裡的杯子蛋糕被他捏扁了。

時吟：「……」

林佑賀凶神惡煞：「妳不告訴我是想逗著我玩？」

時吟後退了一步，跟他拉開一臂的安全距離，生怕下一秒這校霸一拳揍上來，這蛋糕的屍體就是她的結局：「不是，你不是很討厭時一嗎，我怕你打我。」

校霸沉默了。

半分鐘後，他把蛋糕丟進一邊垃圾桶，悶聲道：「老子不打女人。」

時吟思考著要怎麼接話。

「尤其是喜歡老子的女人。」校霸神情不自然了起來。

「……」時吟一臉茫然：「啊？」

林佑賀濃眉一揚，剛剛臉上那點疑似羞澀的不自然變成了自信：「妳不是喜歡我嗎，我想過了，剛好我沒有女朋友，也到了找對象的年紀，我們有共同愛好，工作也相同，其實可以試試。」

時吟驚恐地看著他。

林佑賀的話癆屬性開啟，還在不停地說：「關於妳就是時一這件事我完全沒想到，不過這樣的話我也可以提供幫助，幫妳拯救一下妳那醜不拉幾的畫風，而且妳這次這本跟上本確實不一樣了，分鏡不是同個水準。」

「……」

時吟一時間呆住了，完全不知道要怎麼糾正校霸這個可怕的錯誤認知。

她整理一下語言，心平氣和地說：「林先生，我覺得我們之間是不是有什麼誤會，我並沒有——」

他沒說完，嘹亮一聲隔空傳來：「蘋果糖老師！」

「……」

林佑賀轉過頭去。

一個穿著西裝的胖子笑容滿面的快步走過來，眼睛被一臉的橫肉擠得很小，一笑，露出一口大白牙：「哎呀，蘋果糖老師，我找你好久啦。」

蘋果糖老師皺著眉扭頭：「啊？」

明明是很日常的表情，被他一做，看起來有些凶神惡煞。

時吟眨眨眼，後退一步，努力讓自己成為背景板，一邊打量這個人。

目光閃爍游離，表情諂媚，弓著背整個人像是個球，氣質十分猥瑣。

結論，是個幹不了什麼大事的小人。

胖子笑容燦爛，勇敢的湊上前，遞了張名片：「老師，是這樣的，我是從陽文化的副總經理，想知道您現在手上這本《水蜜桃之戰》是不是還沒有確定在哪家連載？單行本呢？」

他說著，瞇起的小眼睛看了站在旁邊的時吟一眼，視線長久地在她胸口停留，開口笑道：「不好意思，我是不是打擾了，這位小姐是哪家公司的？」

時吟皺了皺眉，對他的目光有些反感：「搖光社。」

胖子依然笑吟吟地樣子：「那大家應該就是競爭關係了，小姐不介意我插話吧？」

時吟懂了。正常情況下，新人大賞獲獎並且拿到連載資格的作品會由它所在的雜誌社直接連載，根據連載人氣排名決定單行本，但是也有很多其他出版社會開出誘人條件來搶作品，比如直接許諾單行本之類的。

現在這種場合確實是非常適合挖角了。

這個人恐怕是把她當做搖光社的編輯什麼的，以為她是來搶《水蜜桃之戰》的連載的。

林佑賀顯然也明白了，他雖然看起來腦子裡也全是肌肉，其實不傻，兩個人周旋了一下，林佑賀那邊依然沒鬆口，只說還在考慮，沒有決定。

胖子明顯有些失望，相比時吟悠閒的在一邊看戲的態度，他顯得十分焦急，甚至額頭上汗珠開始往下滾。

時吟縮了縮肩膀，看向天花板，覺得顧從禮說得果然有道理，會場冷氣開得確實很強。

就在那個從陽文化的副總經理還想再說什麼的時候，頒獎儀式開始了。

少女漫的入圍作品和這邊數量一樣，按照順序頒獎，幾位老師無一例外，全是女孩子。

裡面還有一個和時吟是社群上互相關注的，時吟很喜歡她在社群上連載的一個青梅竹馬的漫畫，想著等等要去跟她要個簽名。

她們站在最後面的角落裡，旁邊沒什麼人，大家都站在前面，入圍獎快結束的時候，下面掌聲響起。

時吟剛要鼓掌，忽然感覺到自己身後有什麼溫熱的氣靠近過來。

她還沒來得及反應，耳邊極近的距離下，清晰地聽到兩聲吸氣的聲音。

像是有人從後面湊過來，在嗅什麼東西。

時吟頭皮發麻，雞皮疙瘩都起來了，下意識側頭去看。

對上了那個副經理一張油光滿面的胖臉。

燈火通明，林佑賀就站在斜前方很近的地方，他似乎怕被發現，動作很輕，小而謹慎，只略微向前傾著身，整個腦袋湊過來。

距離很近，幾乎快和她貼在一起了，小小的眼睛黑亮亮的，油膩的鼻尖埋在她頭髮裡，輕動，在聞她身上的味道。

似乎也沒想到她會察覺到突然回過頭，胖男人愣了下，直起身來。

時吟慌忙後退兩步，差點尖叫出聲。

林佑賀站在最旁邊的地方，察覺到她的動靜轉過頭，還沒來得及說話，他身邊一個人影掠過。

顧從禮不知道從哪裡冒出來，一把拽過時吟拉到自己身後，另一隻手伸過去，死死抓著那個副經理的手腕。

他突然出現，那胖子也沒反應過來，愣了一下，才大聲嚷嚷，奮力想把他甩開：「你幹什麼！你誰啊！抓著我幹什麼！」

顧從禮任由他撲騰，人一動也不動，唇角緊緊繃著，垂著眼看著他，淺棕的眸黑沉沉一片，帶著冷冰冰的煞氣。

他忽然勾起唇。

抓著男人的那隻手骨節因為用力泛著白，蒼白的手背上青筋暴起，手指扣住腕關節，往上一掰。

時吟彷彿聽見輕微的一聲，被男人的慘叫掩蓋。

那慘叫聲淒厲，被掌聲掩蓋住一半，卻依然很明顯，引得周圍不少人轉頭看過來。

男人臉都白了，冷汗順著他肥胖的臉往下淌。

他的手軟綿綿的垂著，被拽著一條胳膊往前一拉，踉蹌兩步，跪在地上，「咚」一聲。

顧從禮拉著他的手臂往上抬了抬，略彎下腰俯身，人湊近，聲音低緩：「你剛剛想碰誰？」

男人疼得縮成一團，唇瓣顫抖著，連聲音都發不出來。

顧從禮抓著他的手腕又往上提了提，垂著眼睫，冷漠地看著他，語調輕柔綿長：「嗯？說話。」

男人滿身煞氣，聲音卻冷漠，語調平而緩，像地獄裡來的玉面修羅，冰層下一把凍火寂靜地燃燒。

時吟被他拽到身後去，看不見他的表情，只能從幾乎癱在地上的男人臉上看到驚恐的神色。

他西裝外套散亂，釦子因為剛剛的動作開了幾顆，嘴唇顫抖著：「你要……你幹什麼！這可是公共場合！」

顧從禮勾唇，沒說話，直接拽著他的手腕就往外拖。

男人發出了殺豬似的嚎叫，在地上奮力掙扎，這下幾乎全場的人都看過來了。顧從禮沒聽見一樣，拖著他像是拖著什麼死物，一路往外走。

「哐」一聲，大門被關上，嚎叫和罵聲被隔絕在門外，隱隱約約。

整個過程不過一分鐘左右，在場所有人都不知道發生了什麼，一臉茫然。

時吟反應過來，轉身就要往外追，被林佑賀一把拉住：「馬上到我們了。」

她抿了抿唇，腳步停住，還看著宴會廳大門的位置。

少女漫的頒獎部分結束，緊接著輪到時吟她們。相比剛剛那組甜甜的美少女組合，他們少年漫這邊就顯得不太和諧。

只有時吟一個女的，時一老師第一次出現在這種場合，下面議論紛紛，不過她現在心不在焉，完全沒注意到眾人都在說什麼。

她右邊站著林佑賀，臉色則看起來比她還臭，皺著眉，一臉「有完沒完」、「還沒完」、「怎麼這麼多話」、「跟老子多說一個字就讓你死」的表情。

大概是他身上殺氣太重，他們這波比剛剛那波耗時短了一截，一下臺，時吟就小步往外跑。

高跟鞋鞋跟又細又高，時吟很少穿這種鞋，不敢跑得快了，沒幾步，後面林佑賀就跟過來：「剛剛怎麼回事？」

時吟想起那張近在咫尺的油膩膩的臉就一陣反胃，完全不想回憶。

她皺了皺眉，擺擺手：「沒什麼。」

兩人走到門口，推門出去，剛好顧從禮從外面進來。

他一個人，黑色的西裝工工整整，半點也沒亂，抬著手，正在扣袖釦。

時吟愣了下：「主編？」

他沒看她，視線落在旁邊林佑賀身上，微瞇了下眼。

敵意分明，林校霸也是扛壩子的出身，這方面非常敏銳，側過頭去。

兩個人個頭相當，但是這麼看起來，林佑賀這身堪比健身教練的腱子肉，看起來無疑更硬一點。

電光石火，劈里啪啦，西伯利亞冰原的冷氣又開始呼啦啦的往外吹，陰森森的。

時吟完全不知道這兩個人到底有什麼糾葛，只覺得今天一定是諸事不順，不宜出門。

她趕緊往前一步，插在兩人之間，「啊」了一聲。

顧從禮收回視線。

時吟真誠地看著他：「主編，我扭到腳了。」

「……」顧從禮一頓，垂眸，看著她細細白白的腳踝，片刻，抬眼，神色淡淡：「完了？」

「完了。」

顧從禮點點頭：「在這等我，我去說一聲，送妳回家。」

時吟還沒來得及說話，他一頓，掃了旁邊的人一眼，又道：「妳跟我一起過去，趙編輯也有事找妳。」

林佑賀：「……」

你他媽是胡說的吧。

時吟卻不疑有他，點點頭，跟著他往裡走。

兩個人進去，裡面的人兩兩三三往外走了，《赤月》編輯部那邊正張羅著聚餐，到處找顧從禮。

一看見他過來，剛剛門口那個小實習生熱情地跑過來：「主編！」

走近了，看見時吟，他又臉紅了，靦腆地低聲道：「時一老師。」

時吟笑咪咪地，看著他一張娃娃臉覺得好可愛：「你好。」

顧從禮走過去，擋在兩人之間，按著小實習生的肩膀把人按回去：「妳在這等我一下。」

時吟：「趙編輯不是找我嗎？」

「他現在不在。」

小實習生「咦」了一聲，伸脖子過來：「趙哥在——」

顧從禮輕飄飄瞥了他一眼。

小實習生一頓：「——哪呢？我也找了他半天呢。」

顧從禮滿意地拍了下他的肩膀，兩個人往編輯部眾人那邊走，一過去，小實習生就被拉過去，一群男男女女露出如狼似虎的表情，壓低著聲音異常興奮：「那是時一嗎？一起過來那個，真的是時一？」

「兄弟們你們看到了嗎！是美少女啊！美少女啊！」

「這次《鴻鳴龍雀》那個時一老師？說是女孩子的時候我還不信，我以為至少是短髮的看起來很帥的那種啊！」

「女孩子真的能畫出那麼燃的漫畫啊。」有人感嘆。

其中一個女編輯不樂意了，瞪他：「女孩子怎麼了？」

那編輯訕訕：「不是，我的意思是，時一老師看起來是很溫柔的小仙女啊。」

話音落，大家都沉默了，靜靜地，偷偷摸摸地看著靠著牆邊站安靜等著的女孩。

細腰長腿，懶懶地靠在牆邊，唇瓣紅潤，長睫低垂。

她似乎是站得太久了，有些累，左腳輕輕抬起，又落下，反覆了幾次，裙擺的邊緣隨著動作輕輕起落，膝蓋往上一點白玉似的大腿若隱若現。

女編輯低低嘆息了一聲：「殺手。」

小實習生紅著臉，一手按著趙編輯的腦袋：「趙哥騙人，我覺得時一老師就算不洗頭也能出道。」

被眾人擋在身後按著半蹲著的趙編輯：「你能不能鬆開我？我為什麼得蹲著藏著？」

沒人理他，所有人都安靜了一瞬。

女編輯「欸」了一聲：「那男的看著是不是有點眼熟啊，之前是從陽的主編吧，跳槽去巨鹿了？」

趙編輯伸頭出來看了一眼，果然，時一老師面前站了個男人，垂頭微笑著，在跟她說話。

兩個人離得太遠，聽不清說什麼。

女編輯憤憤道：「這是來挖角了？想要《鴻鳴龍雀》的連載吧。」

趙編輯沉默了。

之前頒獎禮上，顧從禮本來在跟他說話。

兩個人站在靠後的地方，趙編輯站裡面，正說著，一抬眼，就看見站在另一頭的時吟。

她身後站了個男人，靠得很近

趙編輯一開始以為，兩個人在說話。

後來發現，好像哪裡不太對勁。時吟始終沒什麼反應，而男人肥胖的手虛虛地懸她腰部的位置，腦袋正往上湊。

趙編輯「欸」了一聲，皺眉：「時一老師後面那男的看起來怎麼好像——」

時一兩個字脫口而出的時候，顧從禮就回過頭。

他一句話還沒完整地說完，他人已經過去了。

趙編輯也是三十多歲的老油條了，這種事情，多多少少能夠看出來一點。

想起顧從禮當時的模樣和那男人後面的慘狀，他表情平靜而慈悲：「這不是來挖角了，這是來找死了。」

顧從禮和副主編說了幾句話，簡單交代一下，人就過來。

時吟穿著這麼高的跟從過來站到現在，累得腳跟疼，一看見他過來，眼睛都亮了，連忙直起身走過去：「好了？那我們快點回家吧，我快累死了，我也好餓。」

顧從禮側頭，不知道是不是哪句話取悅到他了，他勾唇：「嗯。」

時吟一邊往外走一邊小心地觀察他，覺得他看起來並沒有什麼不一樣的地方，甚至還有些鬆散輕鬆。

時吟斟酌了下：「主編，您剛剛去打架了嗎？」

「沒有。」兩人進電梯，顧從禮抬手，按了電梯按鈕，關門。

時吟心有餘悸：「我看你把他──」她比了個姿勢，「那樣，拖出去，嚇死我了。」

他笑了一下，側頭垂眼，棕眸幽深：「他碰妳哪了？」

時吟眨眨眼：「他沒碰到我，哦，頭髮，」她有點厭惡地皺起眉，「你不說我都忘了，我感覺他鼻子上的油都蹭到我頭髮上了，我想洗澡，好噁心。」

「等等回家洗。」

「一進家門就洗。」

顧從禮很有耐心：「嗯，一進門就洗。」

到一樓，電梯門開，時吟跟著他走出來，顧從禮去取車，她站在門口等。

酒店裡面冷氣開得很強，到外面來夏夜的風帶著熱氣和暖意，比裡面溫度高上不少。

時吟等了一下，顧從禮車開過來，側身幫她打開副駕駛座的門。

她拉開車門迫不及待地竄上去，站了幾個小時的腳終於得到休息，她輕輕舒了口氣，氣音綿綿軟軟，在安靜的夜晚顯得格外清晰。

顧從禮突然轉過頭。

酒店外燈火通明，光線被車窗上的遮光膜過濾了一層，昏黃的影斜剪過他半張臉，眉眼皆隱匿在陰影裡，只剩下微抿的唇。

時吟疑惑地看著他。

顧從禮喉結滾了滾，轉過頭去，抬手拉開領帶，解開襯衫領口鈕釦。

蒼白的手，修長食指扣住領帶結，向下拉鬆，解開鈕釦，露出一點點鎖骨的前端。

明明是很自然又普通的一件事，他做起來像是在色誘，每一個動作都帶著禁欲的性感。

這個男人每次都是這樣，她以為他是溫柔的聖人的時候，他變成禁欲的神仙，又在她接受了他不食人間煙火的神仙人設以後，自然地變成了妖精。

每一個動作都能吸乾人血的那種。

時吟小心臟撲通撲通地跳，艱難地吞了吞口水，也轉過頭去，單手撐著腦袋假裝看窗外的夜景，腦海中開始默讀佛經。

南無阿彌陀佛，善哉，善哉。

非禮勿視，非禮勿視。

時吟確實是累了。

行駛的車上本身就容易犯睏，她踢掉高跟鞋靠在副駕駛座裡，頭靠著車窗框昏昏欲睡。

不到七點，天沒完全黑透，街上燈已經亮起來了，車裡安靜，沒人說話。

顧從禮不像是那種會放音樂的人，她玩一下手機，覺得無聊，打了個哈欠，懶洋洋地重新靠回去，半開的車窗有風灌進來，她的長髮被吹得翻飛。

顧從禮微微偏了下頭，餘光瞥她一眼，抬手不動聲色把車窗關了，又打開了車裡的空調。

時吟半閉著眼靠著車窗框，察覺到動靜微微掀起眼皮，帶著睏意小聲道：「怎麼了，這樣不熱嗎？」

「嗯，開了空調，外面空氣不好。」

時吟「唔」了一聲，重新閉上眼睛。

等了一下，空調溫度降下來，時吟閉著眼，肩膀輕輕縮了縮。

顧從禮又把空調溫度調高了一點。

等紅燈期間，他手機響了。

只一聲，他垂手按了靜音，側頭看了旁邊的人一眼，才拿起來。

來電是一串手機號碼，沒有存起來。

顧從禮停了幾秒，接起來，沒說話。

還是那邊的女人先出了聲：『小顧啊。』

顧從禮「嗯」了一聲。

女人聲音有點小心翼翼的：『夫人最近的狀態一直不太好，明天週六了，我早上就要走，又不太放心她上午一個人在家，你看你有沒有時間能早點過來？』

顧從禮沉默了一下：「嗯，那我明早過去。」

電話那邊的人似乎鬆了口氣，又試探性道：『我知道你孝順，但是其實我感覺夫人在家的這段時間狀態反而不怎麼好，畢竟沒有專業的治療手段和醫護人員，不如還是把她送到——』

「曹姨，」顧從禮淡淡打斷她，「我在開車。」

曹姨趕緊道：『那好好好，先不說了，你開車，明天早上到的時候跟我說一聲就行。』

顧從禮應了一聲，那邊曹姨才把電話掛了。

倒數計時的秒數剛好過去，顧從禮放下手機，單手把著方向盤，踩油門。

車裡依然一片安靜，他側頭垂頭，時吟沒睜眼，依然斜歪著腦袋靠著，睡得正香。

身上抹胸小禮裙，纖細柔韌的脖頸往下是鎖骨，皮膚瓷器似的白，隨著呼吸輕輕起伏。

看起來脆弱又纖細，安靜而無害，他抬手，冰涼的指尖輕輕地按在她鎖骨邊緣。柔軟細膩的，溫熱的觸感。

彷彿稍稍用些力，她就會碎掉。

高三畢業那天兩個人在天臺見過面以後，顧從禮就像是被魘著了。

時吟開始頻繁地在他的夢裡出現。

有的時候是很平常的場景。

他坐在辦公室裡，她穿著簡單的白色棉T恤，上面印著個臉扁扁平平，看起來很蠢的貓，高腰的牛仔短褲，一雙筆直長腿。

手裡提著滿滿一個塑膠袋，裡面裝著全是桃子。

她將桃子放在桌上，攤開手，掌心是一條條被勒出來的，深深淺淺的紅色印子。

也有很荒唐的。

她穿著啦啦隊的衣服，抹胸的上衣上面墜著塑膠的彩色小亮片，短短的裙子半掀，蕾絲的邊緣若隱若現。

修長的腿勾著他的腰，白皙纖細的手扣住他肩胛，指尖掐進皮肉。

他垂眸，她睜開眼，濕漉漉的眼眸看著他，眼角染著紅，微微抬起頭來，朝他笑了。

柔軟的唇瓣貼上他頸間動脈，像進食前的吸血鬼做著最後的潤滑。

下一秒，尖銳的獠牙刺入肌膚。

顧從禮仰起頭，抬手，托住她後腦按向自己頸間，耳邊聽著她急促吞咽的聲音，任憑血液順著動脈血管一點點流失。

他覺得夢裡的自己大概是瘋了。

她對著他笑，他就把命給她。

這樣不太對勁。

那些他以為自己從來沒又注意到過的，關於她的細節，開始在夢裡一點一點的展現。

不該是這樣，這種超出自己控制以外的情況的發生，讓他產生了某種無法言喻的煩躁感。

他覺得這個城市和他大概不太合。

所以他走了，從南美到北歐，時間過得很快，四年也就這麼過去了，也試著去交女朋友，和適齡的女人約會，然後很快就沒了結果。

無論去哪裡，遇到什麼樣的人，都只會覺得寡味並且懶得應付。

顧從禮本來以為，他已經習慣了這樣的生活了。

時間平淡而平靜的，無波無瀾的流逝。

直到他再一次遇見時吟。

女孩穿著簡單的白色T恤、牛仔短褲站在搖光社的前檯等誰，纖細的身影搖搖晃晃地撞進他的視線裡，和記憶深處的某個人完美的重合了。

彷彿有誰舉著一桶油彩兜頭潑來，原本寡淡的灰白色世界以她為起點，開始一點一點的變得鮮活生動了起來。

有什麼東西一閃而過，快得讓人來不及抓住。

卻讓他直截了當推了之前一起創業的同學的邀請，去《赤月》當主編，直接把她劃到自己手下。

上任第一天，顧從禮突然有點猶豫。

那種對於失去掌控的人或事的排斥感，讓人渾身上下每一個細胞都在叫囂著危險。

但她像誘人的陷阱。

他最終上了樓。

她穿著薄薄的睡裙，一副十分親密的樣子，站在別的男人旁邊，對他摔上了門。

那一瞬間，顧從禮幾乎笑了。

這個女孩，即使過了這麼多年，膽子依然很大。

摔他的門，傳訊息罵他，甚至還去相親。

碰見她相親的那天，猛獸被關在身體裡嘶吼咆哮，顧從禮情緒差點失守。

明明所有的事情都應該是在他控制內的，他的人生道路，他走過的每一步，都應該是事先預設好的。

這種情緒失控的感覺讓他覺得非常煩。

煩躁，又忍不住想要靠近。越靠近她，就越失控，越抵觸，就越忍不住靠近。

重新遇見她以後，那種原本還能控制住的陌生情緒像是細菌終於找到了培養皿，不斷滋生，愈演愈烈。

顧從禮決定不再刻意控制，不再掙扎。那種雀躍的、渾身上下的血液都沸騰起來的感覺太美妙，給他二十幾年的生命裡帶來的唯一的顏色。

他想要色彩。

既然她去相親，那就讓她沒空去想別的男人，讓她把三十多張原稿一個禮拜畫完。

陸嘉珩幫他回國接風的時候，顧從禮偶然遇見了秦研。

和時吟是同年級，和她班裡的同學好像也很熟悉，還要去參加他們的同學會。幾乎沒費什麼力氣，秦研就高高興興地帶著他一起去了。

顧從禮就猜到時吟一定會來。

結果她果然來了，不僅來了，還一路和她那個老同學勾肩搭背，有說有笑的。

繼男性編輯、相親對象以後，還有個老同學，她跟身邊每一個男人都更親近一些。

真是膽肥了。

顧從禮覺得有必要劃個地盤，宣示一下主權。

時吟是他的，她只能看著他，她應該只看著他。

是他做錯了，他把她放跑了，又沒有第一時間找回來，他應該付出一些代價。

顧從禮找盡各種理由儘量不動聲色地往她家跑，不能太熱情，又不能太冷淡，無意間聽見她那個相親對象還要約她出去，他就讓她畫一大堆的原稿，早上到她家守了一整天。

她剛睡醒時的狀態太隨性，太不設防，整個人軟綿綿的一團，一舉一動，每個眼神都是不自知的誘惑。

顧從禮是個正常男人，而夢裡的人就真實的，睡眼朦朧站在自己面前。

他幻想著夢境成真的那天。

像個變態。

可是還是急不來。

他的小女孩現在和以前不一樣了，她像隻受到了驚嚇的小倉鼠，他往前一步，她就會往後退一步，靜悄悄地挖了個坑，把自己深深地藏進木屑裡，只露出一雙眼睛，謹慎地往外看。

他得慢慢來，一步一步不動聲色的靠近，不能嚇跑她。

從酒店到時吟家差不多小半個小時車程，中間加上塞車，到家的時候天色已經暗下來了。

開到樓下，顧從禮停車，熄了火，側過頭。

時吟睡得很熟，小小的一團被安全帶箍在椅子上，腦袋斜歪著靠在車枕上，長而濃密的睫毛覆蓋下來，在下眼瞼的地方打下一點淺淺的陰影。

她應該是長時間作息時間不正常、熬夜，素顏的時候眼底經常會有淡淡的黑眼圈。現在上了精緻的妝，黑眼圈被遮了個乾乾淨淨，顴骨的地方有一點點淡淡的腮紅，呼吸的聲音均勻又安靜。

顧從禮低低垂眼，趁著她睡著，肆無忌憚地，仔仔細細地看著她。

昏暗的燈光下，能夠看清她臉頰和鼻尖上細小的絨毛。

視線下移，順著眉眼鼻樑，落在她的唇瓣上。

她的嘴唇生得好看，唇色紅潤，上唇一顆小小的唇珠，唇線清晰，笑起來的時候唇角勾起，會帶起左邊一個淺淺的梨窩。

她沒有不好看的地方。

渾身上下每一處都美，美得讓他想要將她藏起來，關在房間裡，讓她只被他一個人知道。

四周寂靜，偶爾有晚上散步遛狗的人遠遠路過，遠處社區的小花園裡又小朋友的笑鬧聲。

顧從禮解開安全帶，單手撐著副駕駛的靠背，傾身靠近，低垂下頭。

冰涼柔軟的唇，輕輕吻上她溫熱的唇角。

大概十幾分鐘後，時吟睜開了眼。

雖然說白天長，但也入了秋，天空說黑就黑，夜幕初初降臨。

她揉揉眼睛，睜開眼，茫然地看著他，聲音沙啞：「我睡了多久？」

顧從禮轉過頭：「沒多久。」

時吟坐直了身子，解開安全帶看外面：「天都黑了。」

「嗯，我們出來的時候也快黑了。」

她「噢」了聲，靠進椅子裡，一動不動，緩神。

時吟剛睡醒以後都會進入一段時間的混沌狀態，神情恍惚，要適應一下，人才會清醒過來。

顧從禮也不急，一時間沒人說話，過了兩三分鐘，時吟打了個哈欠，揉了揉臉，轉過身：「主編，今天謝謝你。」

他淡淡「嗯」了一聲。

時吟低垂著頭：「那，我先上去了？」她想了想，補充道：「改天請你吃飯。」

他微微歪了歪頭，忽然笑了一下，開車門鎖，啪嗒一聲輕響，「上去吧。」

時吟開了車門，下車，翻出鑰匙，開樓下防盜門，小身影竄進去，消失不見了。

顧從禮在樓下等了一下，沒等到她家窗戶有燈光亮起。

他下了車，站在車門口，掏出手機打電話給她。

她那邊接起來。

顧從禮仰著頭：「到家了？」

她那邊安安靜靜的，似乎沒想到他會打給她，反應有點慢，『唔？喔，到了。』

「妳沒開燈。」

那邊傳來一陣輕輕的響動，然後，客廳裡燈光亮起，過了幾秒，女孩的身影出現在客廳窗邊，單手撐著玻璃往下看：『剛剛沒開，』

「嗯，那我走了。」

『嗯……』她的聲音軟軟的，有些輕。

顧從禮掛斷了電話，上車關門，車子消失在視野裡。

時吟抓著手機，唰地轉過身，背靠著玻璃窗，愣愣地看著空曠客廳，心跳的聲音一下一下，砰砰砰地，快得像是要跳出來了。

她在車子上睡得不太踏實。

半睡半醒的感覺，朦朦朧朧覺得自己是睡著了，可是卻隱隱又有種，自己還在思考的感覺。

直到有什麼東西輕輕的，碰了碰她的唇角。

那觸感冰涼乾燥，太輕太短，彷彿蜻蜓點水似的，僅僅只是一瞬間的觸碰，甚至讓時吟恍惚覺得是她的夢境。

可是這夢也太真實了。真實得讓她好像感受到他目光的注視、溫熱的鼻息。

時吟沒有什麼時間去糾結思考之前那個觸碰到底是什麼，是她做了個純潔的春夢還是現實，因為頒獎儀式過後，就意味著截稿期又臨近了。

快樂的時光總是短暫的，接下來是漫長的，無邊無際的折磨。

時吟的第二話草稿分鏡之前推翻過幾次，畫了好幾版，最終顧從禮才點了頭。

不得不承認，自從換了他以後，連梁秋實都說，她的原稿比以前要好些。

倒不是趙編輯的工作能力不行，只能說這個男人的龜毛和強迫症已經達到了某種境界，就這樣，他對時吟分鏡草稿的評價也還是「勉強到及格線」。

兩天後，時吟接到了巨鹿主編的電話。

巨鹿算是搖光社一直以來的競爭對手，一起舉辦夏季新人賞的出版社之一，只不過比起少年漫，他家少女漫更為出色，很多知名的少女漫畫家都在他家。

不過今年，他們創了新刊，開始重點培養少年漫，簽下了不少作者，單行本發行量連幾週霸占排行榜前列，勢頭很猛。

頒獎儀式上，時吟在等顧從禮的時候，巨鹿的主編跟她要過聯絡方式。

那張名片一直放在包裡沒拿出來過，如果不是這通電話，時吟幾乎快忘了這個人了。

時吟對她沒什麼印象，只記得姓楊，樣貌端正，笑起來十分親切，聊起天來不會讓人覺得不舒服。

總而言之就是一個情商很高的帥哥。

楊帥哥是個很乾脆俐落的人，直接開門見山，表示巨鹿這邊想要《鴻鳴龍雀》的連載，許諾了單行本的印刷數。

不得不說，確實讓人心動。

時吟畢竟是職業漫畫家，也是要靠這個吃飯的，對方一出手就是大手筆，她那點微弱的對搖光社的喜愛之情搖搖欲墜。

但是一方是四年來知根知底的合作對象，一邊是新的嘗試，而且現在她的編輯還是顧從禮，他的能力是毋庸置疑的。

更何況，她真的很討厭換編輯，所有的事情都要重新磨合一遍，太麻煩。

所以時吟考慮了三秒鐘，然後委婉的拒絕了他。

楊主編完全不氣餒的樣子，聲音依然笑吟吟的，沒什麼變化，甚至還邀請時吟哪天有空出來吃個飯。

看看別人家的主編！多麼溫柔！

時吟想，如果是顧從禮被這樣拒絕，大概寒冰已經順著電流凍過來了。

她本來以為這件事情就這麼過去了。結果這位楊主編，還真的來邀請她出去吃飯。

顧從禮到陽城的時候不到八點。

從S市過來車程兩個小時左右，週末早上車流比工作日少，下了高速公路十幾分鐘到近郊別墅區。

到最裡面一排某棟別墅前，顧從禮下了車。

清晨郊區的空氣很好，初秋天氣漸涼，陽城的溫度比S市還要低一些，他走到鐵門前，翻出鑰匙，打開緊鎖的鐵門。

別墅所有窗子都焊了鐵欄，整個房子陷在一片陰沉的寂靜當中，顧從禮開了門，推門進去，是一塵不染的前廳。

穿著圍裙的女人正站在餐廳桌前，背對著門，垂頭布菜。

是她身後的人先聽見的聲音。

顧從禮動作很輕，關上門的時候聲音細微，女人卻突然開始尖叫。

尖利的高分貝的淒慘叫聲迴盪在空曠的房子裡，顧從禮快步走過來，垂眼：「媽。」

女人的叫聲戛然而止。

坐在餐桌後的女人穿著白色的連身裙，盤著繁雜好看的盤髮，五官精緻，淺淺的棕色眸子裡含著淚水和恐懼。

她愣愣地看著顧從禮，驚恐的眼底，慢慢地溢滿了溫柔：「阿禮。」

顧從禮沒說話，從旁邊曹姨的手裡接過湯匙，一勺一勺往透明的塑膠碗裡盛了湯。

女人溫柔地看著他的動作：「阿禮，你回來了，怎麼樣，今天是不是考試了？內容難不難？」

顧從禮把湯推到她面前：「嗯，不難。」

女人很開心的樣子：「你考了滿分嗎？」

「拿了第一名。」

「真好，」她笑著拿起湯匙，拍了拍他的手背，「我昨天還跟你爸說，阿禮是——」

她話音戛然而止，瞪大了眼睛，白皙的手開始不住的顫抖。

她開始哭。一邊哭著，一邊將桌上的食物全掃掉，盛著食物的碟子和碗全被掃下桌，劈里啪啦地掉在地毯上，滾燙的湯盡數潑在顧從禮手背上。

她尖叫著抱住頭，鑽進桌底，顫抖著哭：「對不起……對不起，老公……」

曹姨連忙將桌底的女人拉出來，和旁邊的一個看護一起，半拖半抱著把人帶上了樓。

器皿全部都是塑膠的，只有食物灑出來，顧從禮站在桌邊，脊背僵直。

他抿了抿唇，將地上的碗盤撿起來，放在餐桌上，去廚房洗手。

手背燙得通紅，冷水沖上去，兩個小小的水泡，薄薄的一層皮膚含了一汪水似的。

顧從禮找了一圈，沒看見任何尖銳的東西，乾脆關了水龍頭，直接出去。

沒多久，曹姨人下來了，朝他走過來：「我跟家裡打過電話了，今天就先不回去了，下個禮拜再說吧。」

顧從禮垂眼：「沒事，我今天在這裡，您回。」

「你可不行，夫人等等要睡個覺，醒了見不著我，你也管不了她，上次不也試過了嘛，」曹姨笑了，「我已經習慣了，掌握了竅門，你可不知道該怎麼辦。」

他沒說話，低垂著眼，安靜下來的時候五官和女人像是同個模子刻出來的。

曹姨嘆了口氣，繼續道：「你這兩次回來也看見了，夫人現在狀態沒有以前好，我之前跟你說的那個事，你還是考慮考慮，也不能一直把她一個人關在這。」

顧從禮沉默一下，淡淡道：「她不想回去。」

上次曹姨打過電話以後，他就回來跟她商量過了，根本沒有開口的機會，她抵觸治療。

像是故意的一樣。

故意任由病情發展，甚至不惜有意地加劇，抗拒治療，作踐自己。

好像只要這樣做，那個人就會突然心生憐憫，會可憐她，來看看她似的。

下午五點，顧從禮走出別墅。

寂靜陰森的牢籠被打開，然後再次關上，他靠在鐵門上，點根菸。

別墅在這片的最後一排最後一棟，旁邊前面那棟和旁邊的都空著，四周安靜得像是與世隔絕了。

他仰頭，天邊霞光血紅，入秋以後，天漸漸短了許多。

手機訊息提示聲打破了寂靜。

顧從禮咬著菸，抽出手機，點開訊息。

上面一個紅色的數字一。

是那個很傻的貓頭像的主人，他點進去，裡面一則訊息。

——『主！編！！！第二話原稿畫完傳給你了！！！我！去！補覺啦！！！！！』

只從一行文字裡，就能感受到她歡呼雀躍的興奮。

顧從禮看著那則訊息，靜了一下，有什麼從他踏入這個城市時起就一直翻湧著的東西，在這一刻終於安靜下來了。

他突然直起身，丟掉菸頭踩滅，一邊往車邊一邊打電話過去。

響過三聲以後，那邊接起來。

她果然很開心，哼著歌叫他：『主編晚上好，我剛剛把原稿傳給你了，你看見了嗎，這次我真的修了好多遍，畫得我眼睛都瞎了，我現在繼續睡眠來補充一下智商——』

他坐進駕駛座，發動車子，打斷她：「不許睡。」

時吟愣了一下，緊張起來：『我哪裡畫得不行嗎？』

「我還沒看。」

她似乎無語了一下，然後有點小炸毛：『那您這麼堅定的不讓我補覺是為什麼啊！您先看啊，發現有問題的地方叫我就行了，我睡一下。』

「不許睡，」顧從禮重複說，

她靜了一下，似乎察覺到不對，小心叫他：『主編？』

「就忍一下，」他輕聲說，音色比平日裡冰片似的冷冽質感多了幾分渾濁，「等我回去，回去就讓妳睡。」

低啞的，像在誘哄，又像乞求。

七點多，顧從禮才到時吟家樓下。

他下車落鎖，時吟家這社區不算新，安全門天黑之前不太關，樓下很多老爺爺老奶奶聚在一起下棋聊天，其中好幾個認識他了，見他過來，非常熱情地打招呼：「又來找你女朋友啦？」

顧從禮「嗯」了一聲，上樓。

到了她家的樓層，顧從禮走到門口，一抬眼，頓住。

防盜門上貼了張紙條，上面是用黑色馬克筆寫的清秀字體：對不起，主編，我太睏了，先睡了，您千萬別按門鈴了，訊息見。

「……」

顧從禮安靜了半分鐘，突然笑了，低低的，愉悅的笑聲輕輕在安靜的走道裡迴盪。

他還是低估了這女孩對他的影響力，她比他想像中還要厲害。

甚至，他都不需要見到她。

顧從禮從褲袋裡抽出手機，點開了訊息。

她傳了好多則訊息過來，他開車的時候太急，根本沒注意到。

『主編，您什麼時候到，我好睏啊。』

『您到了嗎？』

『顧老闆，你還要多久。』

『主編啊啊啊啊啊啊啊啊！！』

『我太睏了，我先睡一下，你到了打電話給我吧。』

『還是別打電話給我了，備用的鑰匙放地墊下面，你自己進來吧。』

顧從禮關上手機螢幕，蹲下把門口地墊下面的鑰匙拿出來，揣進口袋裡，直起身，按門鈴。

悠長、悠長地按著，然後鬆手。

顧從禮其實並不是那種早睡早起的健康養生卦，對於他來說熬夜是家常便飯，睡三四個小時是每天正常所需睡眠時間。

但是她這個拖延症的毛病還有日夜顛倒的作息，有點不健康過頭了。

等了差不多五分鐘，門開了。

時吟連居家服都沒換，頭髮綁成丸子，還沒拆，可能因為睡覺，亂糟糟的，通紅著眼睛看著他。

說實話，顧從禮每次看到她沒睡飽的時候的這副造型和表情，都覺得很厲害。

太英勇，太悲壯，哀怨又刻骨，極其震撼。

又有點可憐兮兮，敢怒不敢言的樣子，讓心不由自主就軟下來了，又有點捨不得不讓她睡了。

而且，每當這時，她都非常勇敢。

比如說現在，此時此刻。

女孩怒視著他，小兔子似的紅眼睛裡冒著憤怒的火光，她深吸口氣，強壓下火氣似的：「我在門上貼了紙條。」

顧從禮睜眼說瞎話：「我沒看見。」

「我也傳訊息給你，好多則，」她眼神泣血，一字一頓重複道：「好多則。」

「是嗎。」

時吟氣笑了：「是啊。」

剛剛才陷入深眠當中就被吵醒的感覺太差了，讓她甚至沒精力去回憶，和他上次分開的時候是什麼場景。

而且，這種事情，要怎麼問啊。

主編，您之前在車裡是不是親我了？

時吟已經把它當成一場春夢了。

她只是沒想到，時隔多年，她對顧從禮的執念竟然還這麼深，執著到甚至已經開始做這種夢了。

不過這些都不是重點。

擾人清夢的人，即使是白月光，也會讓人有想把他拽著衣領子丟出去的欲望。

時吟長出口氣，閃身進門，搖搖晃晃地走到沙發旁，頭朝下一頭栽進去，小腿懸空一截，搭在沙發扶手上。

她隨手拽了個抱枕捂在腦袋上，整個人栽進裡面哼哼唧唧。

哼唧了一陣子，沒聽到有聲音，只感覺到頭頂處的沙發輕輕凹陷。

時吟微微側了側頭，抱枕掀開一點點，往外瞧了瞧。

正對雙一雙近在咫尺的，淺棕色的眸。

顧從禮坐在她頭頂，單手托著頭撐在膝蓋上，側著身看著她。

客廳裡沒開燈，光線幽暗，時吟愣愣地睜著眼，連呼吸都忘了。

兩個人對視了數秒，顧從禮眨了下眼，長長的睫毛翻飛，帶著奇異的無辜感。

時吟恍惚反應過來，撲騰著爬起來，拉開距離，跪坐在沙發上，瞌睡蟲全沒了，結結巴巴：「主、主編。」

昏暗的光線掩蓋了她紅透的耳朵和不自然的神情。

顧從禮就那麼撐著腦袋，側著身坐著，抬眼看著她：「晚飯吃過了？」

「喝了杯牛奶……」

他點點頭，直起身站起來，垂手，準備進廚房。

光線很暗，但是他們之間距離很近。

也是這麼一下，時吟看見了他手背上好像有什麼東西。

她皺了下眉，雙手撐在沙發上，跪在上面，往前爬了兩步。

顧從禮餘光瞥見她的動作，垂眼，等看清了她的姿勢，他下意識想後退。還沒來得及，她已經靠過來了。

這次看得清楚了，幾個燙傷的水泡，其中有一個很大的已經破掉了，露出裡面紅紅的肉。

行動快於大腦，她沒來得及思考，直接一把抓住他的手腕，跪坐在沙發上，扯到面前仔細看。

他皮膚很白，看起來格外的觸目驚心，鮮紅的肉絲絲滲出血絲，看得人心裡抽了一下。

她皺著眉，仰起頭來瞪他：「怎麼弄的啊，你怎麼不處理。」

「忘了。」

「這你都能忘的嗎？」

「嗯，」他神情平淡，「急著回來。」

時吟沒注意聽他說了什麼，話問出來的時候已經從沙發上爬起來，人站在上面，比他要高上一截，按著他的肩膀，一把把人按下去了。

顧從禮順從地重新跌回沙發裡，側頭看著她光著腳跳下地，跑去開客廳的燈，又跑進臥室裡，沒多久，拿了個小箱子出來。

時吟走到沙發前，將箱子放在茶几上，拽過他的手，像小學生一樣，平放在她大腿上，去開藥箱。

藥箱是時母弄的，時吟幾乎沒用過，最多生理期的時候翻兩片止痛片。她跪在他面前，掃開了一堆亂七八糟不知道是什麼的藥盒，翻出最下面的一小瓶酒精，拿在手裡，有點猶豫：「這酒精直接用嗎？太疼了吧？」

顧從禮：「……」

時吟茫然地仰起頭來，詢問地看著他：「直接倒上去嗎？或者我用棉花棒沾？」

「不知道，我沒處理過，」他輕聲說：「直接倒吧，方便一點。」

「那水泡要挑破嗎？」

「不知道。」

「消毒完怎麼弄啊，直接用紗布包起來嗎？」

「……」

兩個人一個坐在沙發上，一個跪在他面前，默默對著一隻修長好看的，燙傷的手。

時吟放棄了，箱子一推，坐在地上：「主編，去醫院吧。」

顧從禮笑了：「就這麼一點，不用麻煩。」

他說著，直接抽了根醫用棉花棒，尾端沾上酒精俐落地挑開沒破的水泡，抬腳勾過茶几旁的垃圾桶拉過來，拿起小瓶酒精，直接澆在手背上。

透明的液體淌過傷處，順著中指指尖滴答滴答滴進垃圾桶。

時吟看得直吸氣，抬手揉了揉自己的手背，忍不住看他的表情。

男人眉都沒皺一下，平靜淡漠的樣子就好像這不是他的手一樣。

時吟忍不住問：「不疼嗎？」

他抬眼：「疼。」

她眼睛鼻子都皺在一起了：「那你對自己溫柔點啊。」

顧從禮笑了一下，突然抬起手，濕漉漉的手背舉到她面前：「吹吹就不疼了。」聲音很低，平淡得聽不出來他是在撒嬌。

「……」

時吟不確定，這個男人是不是在開玩笑。但是這並不妨礙她有種很真實的，心跳漏了兩拍的感覺。

他說著這話時，她心都化了。別說吹吹了，無論讓她幹什麼，她都願意。

果然，寒塘冷月隨便說句軟話，殺傷力就堪比核武器。

時吟猶豫了幾秒，舔了舔嘴唇，抬手抓著他的手腕拉到自己唇邊，輕輕地，吹了口氣。

涼涼的氣流吹在火辣辣的燙傷處，奇異的感覺讓顧從禮覺得手背發癢，那股癢意通過手背指尖的神經末梢一路攀爬通遍了全身，順著脊椎到尾椎骨。

顧從禮垂眼看著她，眸光深邃幽暗。

她抬起頭來：「這樣嗎？」

顧從禮一頓，迅速移開視線，抽手。

被她抓著的那處手腕，還有清晰的殘留。柔軟的，溫暖的觸感和溫度。

女孩跪在他面前，仰著頭看著他，眼神乾淨又明亮。

不能再待下去了。

顧從禮從茶几上抽了紙巾擦掉往下滴的酒精，倏地站起身，繞過茶几往門口走。

時吟還沒反應過來，視線跟著他到門口：「主編？」

他彎腰，拖鞋放在鞋架上：「我去醫院處理一下。」

時吟「啊」了一聲，連忙也站起來：「那我陪你一起？」

「不用，」他直起身，側頭，棕色的眸子在玄關暗黃燈光下顯得很溫柔，「等等別直接睡覺，記得吃點東西。」

時吟瞌睡蟲早沒了，送走了顧從禮，回到客廳裡，將茶几上的酒精和醫用棉花棒一樣一樣收進醫藥箱。

哢嗒一聲扣上蓋子，她抱著箱子，坐在地上開始發呆。

她突然覺得有點糟糕。

顧從禮這個男人太可怕了。

他對她來說就像是一塊異極相吸的磁鐵，明明她已經做好了心理準備，時吟理智上把兩個人的關係擺得清清楚楚明明白白，可是真的越這樣相處下去，她感情上就越清晰地動搖。

* * *

截稿期前後是編輯部最忙的時候。

顧從禮那天晚上莫名其妙待了一下以後又開始忙起來，時吟的日子也終於能夠安靜下來。

期間幾次，她想傳訊息問問他的手怎麼樣了，還是忍住了。

想了想，挑了之前從網路上查到的關於燙傷以後的護理，截圖傳給了他。

休息了三四天，時吟再次收到楊主編的訊息。

問她最近有沒有空，想要約她出去吃個晚飯。

時吟有點沒搞懂，她本來以為楊主編當時只是客套一下，沒有想到他真的來找她吃飯了。

對此，方舒的想法很膚淺，也很粗鄙：「他想泡妳。」

時吟不好意思了：「我知道我美若天仙如詩如畫，從初中到大學拜倒在我石榴裙下的異性不計其數，但是沒想到原來我有這麼的，人見人愛啊。」

「……」方舒一臉一言難盡地看著她，「那妳去不去。」

時吟其實有點懶得。

可是卻是不知道要怎麼拒絕。

「去吧，」方舒很乾脆的幫她決定了，「妳不是說那個楊主編一表人才品行良好，萬一能發展出一段你儂我儂的羅曼蒂克呢。」

「而且，」她抬手一指，道出了重點，「妳不是說顧從禮天天勾引妳，讓妳心癢難耐欲罷不能快要控制不住自己嗎，正好可以談個戀愛，治療一下妳這病。」

時吟：「為什麼被妳這麼一說，我覺得自己像個變態啊？」

「妳不是嗎？只對顧從禮一個人變態的性冷淡。」

時吟：「……」

為了證明自己不是非顧從禮不可的性冷淡，時吟同意了。

兩個人約在隔天晚上，餐廳是楊主編選的，一家頗有格調的西班牙餐廳，據說主廚是個很帥的西班牙帥哥，而且餐廳位子很少，要提前預約，非常難訂。

這家餐廳那邊時吟之前沒去過，不知道過去要多久，怕遲到，所以提前很久就出門了，結果到那裡需要的時間比預想中要少很多，她提前到了，楊主編人還沒到。

她打了個電話給楊主編，報了名字，侍應生帶她到靠窗的桌邊等。

剛坐下沒兩分鐘，時吟手機響起。

顧從禮的電話。

時吟愣了愣，有點猶豫，甚至莫名生出了某種，心虛的感覺。

等了一下，她還是接起來。

顧從禮那邊很安靜，有輕輕的背景音樂響起，莫名耳熟，好像在哪裡聽過。

可是她一時之間想不到，「喂」了一聲。

他問：『妳在哪？』

時吟秒答：「在家。」

顧從禮沉默了。

時吟莫名地，有點不安。越來越心虛，下意識就說謊了。

明明好像沒有必要，她出來吃個飯而已，又沒有做什麼虧心事。

電話的另一頭，男人始終保持著沉默，他那邊的背景音樂聲通過電流輕輕落入耳膜，帶著種異域的味道，有種恍惚的，和什麼重合了的感覺。

過了十幾秒，顧從禮才繼續道：『是嗎，』他聲音平靜，『西班牙菜我也會煮，做得比這個廚師好吃。』

時吟想起這音樂聲為什麼耳熟了。

此時此刻，這聲音正響在她耳邊，不只是透過電話，而是明明白白地，在她耳邊。

來自這家餐廳的BGM。

時吟：「……」

時吟臉都白了。她差點從椅子上跳起來，壓低了身子，四下張望了一圈。

顧從禮和她隔著個長吧檯，人靠在牆邊看著她的方向。

兩個人距離有點遠，看不清楚他的五官，神情晦澀難辨，音色沉沉：『在家？嗯？』

「主編，我錯了，我怕你覺得我在偷懶。」時吟可憐兮兮地說。

遠遠地，她看見顧從禮似乎笑了一下：『妳怕我？』

時吟狂亂點頭：「怕怕怕，怕的怕的。」

『過來。』

她猶豫了一下，還是拿著包包走過去了。

她今天穿了條高腰闊腿褲，入秋晝夜溫差大，奶灰色雪紡襯衫外面加了件小外套，此時被她脫下來掛在椅背上，長髮披散著，髮梢帶自然捲，有點溫柔的日系穿搭。

鞋跟不高，卻很細，褲腿下面露出一段細瘦白皙的腳踝。

幾年過去，時吟衣品變得徹頭徹尾，當年那個T恤運動鞋的女孩已經不見了。

雖然在顧從禮看來，她還是小，二十出頭的小丫頭而已。

女孩掛了電話，走過來，站在他面前，朝他傻笑，表情頗為討好：「嘿嘿。」
顧從禮：「……」
時吟眨眨眼：「這麼巧，您也在這吃飯啊。」
顧從禮平靜看著她：「妳的男伴挑餐廳的品味都不錯。」
她睜大了眼：「您怎麼就知道我是和男的出來吃飯啊？」
顧從禮沒說話，朝她身後微微揚了揚下巴。
時吟扭過頭看去，楊主編人剛到，正被侍應生帶著走到她剛剛坐的那張桌子。
她老實坦白：「我跟他不熟的，出來吃飯是第一次。」
顧從禮微瞇了下眼：「我熟，巨鹿的主編楊經緯。」
「哇，」時吟看著他，啪啪鼓掌：「主編真是無所不知啊。」
她的馬屁，並沒有換來顧從禮多一個表情。
西伯利亞冰原代表性人物現在冷得能往下掉冰碴子了。
再回頭瞅瞅，楊主編已經坐好了，看見了她的衣服在旁邊掛著，以為她去了洗手間。
時吟轉過身來：「那我先去吃個飯？」
顧從禮：「吃飯？」
時吟訕訕：「都約好了，我總不能跑路吧。」
「跑吧。」
她一愣：「什麼？」

顧從禮垂眼，神情陰鬱：「告訴他有事，然後跟我回家。」

時吟以為自己聽錯了：「主編，您真幽默。」

他笑了，薄唇輕揚，露出很輕的笑容：「妳以為我在開玩笑？」

她又回頭看了一眼，試圖和他講道理：「主編，您看，剛剛騙了您我很抱歉，但是我真的沒有跳槽的意思，《鴻鳴龍雀》我既然已經交給您了，決定在《赤月》連載了，我就不會反悔的，我跟楊編輯只是私下單純的吃個飯，朋友之間的那種。」

不知道是不是錯覺，她每多說一個字，顧從禮的表情就更陰沉一分。

淺棕的眸暗沉沉的看著她，有什麼東西彷彿下一秒就會奔湧而出。

良久，他虛著眸光，輕聲道：「朋友之間的？他對妳的心思也是朋友之間的？」

時吟沉默了一下：「是吧。」

顧從禮氣笑了：「要麼妳去跟他說，要麼我去。」

「……說什麼？」

「妳有事，飯不吃了。」

「……」

你他媽是不是有什麼毛病啊？

時吟難以置信地看著他。

服軟討饒不行，講道理商量也不行，這個男人莫名其妙到沒無用常理解釋，她也火了：「主編，你是我的責編，我是你手下的作者，我們之間是工作上的關係，工作上有什麼地方您不滿意您可以隨便管，至於其他的——他對我是什麼心思，我和誰吃飯，和您一點關係都沒有吧？剛剛說謊了確實是我不對，對不起，我真誠道歉，但是您就這樣過來讓我推掉，我都跟人家約好了的，您不覺得自己有點過於莫名其妙嗎？」

深吸口氣，又繼續道：「我不是你的學生了，你也不是我的老師，我現在是一個成年人，一個有自己的生活和交友權利的、自己能夠對自己的行為負責的成年人，平時因為是工作上的事情，所以我什麼都聽你的，但是這件事情不是吧，你控制欲強到連作者私生活都要管了嗎？」

一番話說完，他以為他會發火，結果並沒有。

顧從禮沉默地看著她，沒說話。

兩個人再次遇見以後，時吟從沒發過火。

因為他是顧從禮，因為是他，所以無論他脾氣有多古怪，有多難以理解，時吟都沒辦法和他生氣。

只是這個人，這次實在太過莫名其妙。

時吟覺得自己就像個傻子一樣，提線木偶似的，他說什麼她就要做，不順著他就不行，動不動就發火，有些時候她根本不明白為什麼，毫無辦法。

只要對方叫顧從禮，那她就一點辦法都沒有。

無論六年前，還是六年後的現在。她一點辦法都沒有。

挫敗和煩躁，自我厭惡，還有這段時間長久堆積起來的不知道是什麼亂七八糟的古怪情緒一起，火山爆發似的噴湧出來，時吟莫名覺得委屈，眼眶發酸。

她抬手，輕輕揉了下鼻子，聲音沙啞：「顧從禮，是我對不起你，我六年前不該喜歡你的，都是我的錯，我害你被罵，害你辭職，是我做錯了。但是你不能這麼欺負人。」

「我沒想過能再遇見你，沒想喜歡你，也沒想再追你或者和你有什麼除了工作以外的接觸了，我覺得自己那時候真的特別傻，所以你能不能別老是陰陽怪氣的對我，我真的很——」

她話沒說完，他突然抬起手，捂住她的眼睛。

視線被遮住，眼前昏暗漆黑，半晌，她聽見他低低嘆了一聲：「哭什麼。」

像是回到了很多年前，男人逆著光站在辦公室門口，聲音低淡，嘆息似的對她說，哭什麼。

時吟怔怔的，剩下的話咬在舌尖，仰著頭，微張著嘴巴。

「妳應該想。」他剛剛的那種陰冷暴戾的情緒反而收斂了，聲音靜得像風平浪靜的湖泊：「再遇見我，喜歡我，追我，和我有工作以外的接觸，這些，妳都應該想。」

她站在原地，沒什麼反應，彷彿沒聽懂他在說什麼。

被他遮住的眼眨了眨，睫毛掃在他冰涼乾燥的掌心，酥酥麻麻的癢。

顧從禮垂手，女孩杏眼濕漉漉的，呆呆看著他。

他笑了，抬手覆上她的髮頂，輕輕揉了揉：「時吟，我一直在追妳，妳看不出來嗎？」

後來，時吟想，如果人在死前真的有走馬燈劇場，能夠回憶這一生經歷過的所有片段，這一定能排得上是她這輩子最神奇的場景前幾名。

她的水中月鏡中花，她青春年少時的妄想，她的遙不可及，站在她的面前說，我在追妳，妳看不出來嗎。

時吟努力的回憶了一下，兩個人重逢以來的點點滴滴相處過程，連表情都空白了。

即使這話是顧從禮本人說出來的，她的第一個反應都是：你他媽在耍我吧。

真的沒看出來。

有人追人是這樣的嗎？報仇雪恨還差不多吧！

時吟甚至不知道那天那頓飯是怎麼吃完的，她全程有點恍惚，楊主編跟她說了什麼也沒怎麼注意到，對方也察覺到她的心不在焉，兩人吃得差不多以後草草結束。

出了餐廳，楊主編說要送她回家，時吟一抬眼，果然看見旁邊停著的顧從禮的車。

男人倚靠著車邊站著，聽見聲音抬眸，平靜地看著她。

時吟突然有點慌亂，她還沒想好要怎麼面對他。

原本要出口的話轉了個彎，變成了「那就麻煩您了」。

楊主編拉開車門，時吟坐進去。

銀灰色的BMW五系列從顧從禮的保時捷旁邊飛馳而過，風捲起他襯衫的衣角，尾氣噴在他面無表情的臉上。

張揚跋扈的，像是勝利者的宣示。

時吟度過了很混亂的兩天。

她喜歡顧從禮太久了，從年少時期的幼稚膚淺到現在可以坦然面對他，這個看起來好像很平常的轉變，她其實用了很多年。

控制感情是一件很難的事情。

高中的時候她不懂，她覺得既然喜歡為什麼不能去追，她覺得自己的行為英勇而無畏，坦蕩又理所當然，覺得自己追愛追得轟轟烈烈，很精彩，甚至有些自豪。

後來她明白，自己是個傻子。

她那些行為無腦又愚蠢，和缺心眼的花癡沒什麼差別，一直以來她不過是在自我感動罷了。

等待和克制比義無反顧更難。

她沒在對的時間遇見他，所以他們也沒有以後了。

時吟從沒想過，顧從禮有一天會說出，我在追妳這樣的話。

這種感覺太不真實了，虛假到讓人完全沒辦法做到聽到了，心裡就相信了。

更何況，她完全看不出來。

《赤月》編輯部現在應該正是最忙的時候，顧從禮再一次的消失了，就算再忙，平時的訊息也沒有，和以前沒有什麼差別。

時吟覺得這個人是真的有點問題。

這就是他口中的，在追她？就這，還好意思放屁說一直在追她。

哪有這樣的。

時吟翻了個白眼，把手機丟在一旁，注意力重新投入到別的事情上。

她最近喜歡上ＤＩＹ小房子，網購上幾十塊到幾百塊，單個的一個房間、臥室、客廳，或者大別墅全都有。

寄來就是一堆小木板布片和棉花電線之類的，所有的家具都要自己動手拼，用膠水黏起來，或者自己剪出來，非常耗神。

她買了一個三層樓的大別墅，外面帶花園、游泳池、小鞦韆，快遞過來拆開，一大堆碎木片，時吟傻眼，比對著說明書一點一點的分類研究。

十月十四號那天，大忙人顧主編終於傳訊息給她。內容非常老齡化，時吟甚至懷疑是不是她爸傳的。

年輕人，沒有這麼聊天的。

顧主編：『在做什麼？』

時吟無語了一下，故意不理，轉頭去扭那些個細細的小電線，做小房子的頂燈。

過了十幾分鐘，她放下半成品，才慢吞吞地回覆：『弄房子。』

顧從禮秒回：『什麼房子。』

時吟掃了地上的別墅模型一眼，故意道：『新房子。』

『妳要搬家？』

『是啊，搬到楊主編家旁邊去。』

時吟憋著一股氣，也不知道在氣什麼。

她自己都沒意識到。

果然，顧從禮那邊沉默了一下：『喜歡他？』

『還可以吧。』

對面又是一陣沉默，半晌，又問：『那妳那個相親對象呢，林佑賀。』

對於顧從禮知道林佑賀和自己相親過這件事情，時吟甚至已經不覺得驚奇了。

他神通廣大，好像什麼都知道。

她想了想，故意道：『你這麼一說，我覺得還是林佑賀好一點。』

他又沒聲音了。

過了幾分鐘，他直接傳了一則語音過來。

聲音清冷冷，摻了冰粒似的，磨得時吟心尖發顫：『我呢。』

時吟清了清嗓子，剛要開口，還是放棄了語音，改打字：『我 pick 林佑賀。』

顧從禮不回了。

直到晚上睡覺之前，顧從禮都沒有再回覆。

時吟又一股無名邪火。

看見了吧，這就是他口中的在追她？我真是信了你的邪。

她的手機往旁邊一丟，被子拽過頭頂，睡覺。

第二天又是被門鈴聲吵醒。

她前一天睡得挺早，倒是沒平時那麼暴躁，但是沒睡到自然醒，起床氣自然不會完全沒有。

時吟光著腳下地，出臥室，開門，垂著眼皮看著門口的男人：「顧主編百忙之中光臨寒舍，所為何事？」

顧從禮手裡提著個蛋糕，舉到她眼前：「幫妳過節。」

時吟眨眨眼，稍微清醒了一點。

並不是她的生日。

十月十五號，好像也不是什麼節啊。

她愣了愣：「我過什麼節？」

顧從禮平靜道：「國際盲人節。」

時吟：「……」

時吟沉默了一下：「主編，您是不是在罵我？」

顧從禮微微一笑：「怎麼會，我是真誠的祝妳節日快樂。」

她早上沒睡醒的時候，起床氣加成會特別大膽。

比如說經常思緒跟不上行動，嘴巴比腦子快，管他對面是幾個顧從禮，完全英勇而無畏。

所以她點點頭，二話不說，就要關門。

顧從禮不攔她，聽著她「砰」一聲，把門關上了。

心裡默默算著，第三次，她第三次把他關在門外。

顧從禮提著蛋糕，淡定地從口袋裡掏出上次地墊拿出來的她家鑰匙，開門，進屋。

時吟正在往臥室走，聽見聲音停住腳步，站在門口，表情複雜地看著他。

顧從禮問道：「妳真的要搬家？」

時吟揉了揉頭髮：「沒有，我亂說的。」

他點點頭，沒再說話，拎著個蛋糕盒子進來了，盒子往茶几上一放，又去廚房拿碟子和刀叉，熟門熟路的。

拿回來以後，他把蛋糕盒子拆了，很大的一個黑森林蛋糕，上面是紅豔豔的櫻桃。

顧從禮開始切蛋糕。

這個過程中沒人說話，時吟倚靠在臥室門口站著，眼神有些哀怨地看著他。

他不緊不慢地，切了兩塊，放進盤子裡，切得很漂亮，大小勻稱，上面的奶油和巧克力都沒被蹭到多少。

切完，又去廚房翻出奶鍋，幫她燙了杯熱牛奶。

男人看起來忙得很，看她一眼的空都沒有，時吟沒趣，撇撇嘴，回臥室洗漱。

等她洗臉刷牙換了衣服出來，茶几上小蛋糕牛奶已經擺好了，顧從禮坐在沙發上，筆電放在腿上，開始工作。

時吟走過去，盤腿坐在地毯上，拉過旁邊一盤蛋糕毫不客氣地戳了一塊，一邊玩手機。

顧從禮抬手，把旁邊的牛奶推給她。

時吟就繼續，一邊玩手機一邊喝了一口。

熱好涼了一下的牛奶，上面一層薄薄的奶皮，掛在她嘴邊，白白的一點印子，她眼睛盯著手機螢幕，自然地伸出舌尖，輕輕舔掉。

顧從禮「啪」關上了筆記型電腦。

動作有點大，終於引來時吟的注意力，抬起頭，疑問地看著她。

顧從禮神情冷漠：「吃東西的時候不許玩手機。」

「你不是也在弄電腦嗎？」

「我吃過早飯了，而且我在工作。」

「我也在工作，」時吟舉起手機給他看，是一個社群的私訊畫面，「有人來找我談工作的。」

她說的是實話，確實是有人來找她合作來了。

而且還算得上是個小有名氣的人物。

不過是作者圈的，筆名有點詭異萌，叫顫慄的狸貓。

寫推理的作者，社群粉絲幾十萬，已經成立了自己的工作室，算是有神格的那種。

時吟其實不怎麼看小說，對這方面沒什麼興趣，不過因為這個作者寫了很多年，她大一時很迷推理，有一本推理雜誌每個月都會買，而這個作者當時剛好在那本雜誌上寫短篇推理，文風大氣，邏輯縝密，所以時吟對他還挺有好感的。

而且對方是大神，時吟並不算紅，本身只有一部長篇作品，粉絲四年了也才剛十萬。

找上她的原因很簡單，他之前看了她的《ECHO》，也看到了《鴻鳴龍雀》那本的第一話，很喜歡她的畫風，想跟她合作。

他來寫腳本，她畫畫。

時吟和《赤月》這頭的約都是作品約，《鴻鳴龍雀》的連載給了他們家，只要她這邊精力允許的話，也可以接別的工作。

但是時吟通常不會接。

她是那種，手裡有存款的話，絕對不會多幹一點活的懶散性子。

非常的沒有追求了。

不過因為她很喜歡這個作者，所以還是問了問他詳細的情況，加了好友。

兩個人就這麼分坐在茶几兩端，一個拿手機一個捧著電腦，各忙各的，一時間很安靜。

快十二點，顧從禮抬眼，看了眼時間，合上筆電：「吃什麼？」

時吟愕然的看著他：「我感覺剛吃完飯。」

顧從禮看了被她掃蕩了一半的蛋糕一眼：「妳這個不叫飯。」

時吟丟開手機，往後一癱：「我吃不下了。」

「少吃點，家裡有什麼？」顧從禮說著站起身，捲袖子，就要往廚房走。

時吟雙手撐著地毯，身子往後靠著，歪著頭看著他，突然道：「主編。」

「嗯？」

「你到底是來幹什麼的？」時吟補充，「別說幫我過節，我不瞎。」

顧從禮一頓，垂眼看著她，很認真的想了一下：「約會？」

「……」

您這叫約會？

時吟臉上僅剩的一點表情都沒了。

她面無表情的看著他：「主編，您前女友是為什麼跟您分手的？」

顧從禮平靜道：「因為我朝三暮四。」

時吟：「……」

他在國外的時候，為了解釋那些光怪陸離的夢，說服自己是需要一個異性伴侶了，也嘗試過和年齡相仿的女人接觸。

可惜，從未成功過。

顧從禮沒有辦法對別人熱情。他好像天生就缺少這種東西，也幾乎沒有過誰，讓他產生過這種想法。

他想對母親好，可是他不知道該怎麼辦，他所以為的，對她好的方式和決定，好像讓她變得更糟糕了。

顧從禮沒有自信，他從小在顧璘身邊長大，他見過自私和冷漠，見識了算計和利用，卻從來沒有人教過他，該怎麼對別人好。

他也想對時吟好。可他又怕，想要觸碰她的手伸出去又縮回來，怕他用錯了方式，反而傷害到她，怕他一個不小心，又把她推得更遠了。

時吟目瞪口呆的看著他：「你出軌嗎？」

顧從禮搖了搖頭：「不會。」

時吟覺得這個人的腦迴路，好像有哪裡不太對勁。

她腿一盤，坐在地上，仰著腦袋，跟他講道理：「主編，您看啊，我們現在有一句說一句，你碰巧變成了我的主編以後，我們之間其實也發生了很多不算太愉快的事情吧？」

顧從禮沒說話。

「你對我很冷酷無情。」

顧從禮微微皺了下眉，似乎不太贊同。

「還經常留給我根本不可能完成的作業，為難我，讓我出醜，毒舌，天天一大早來敲按我家門鈴，不讓我睡覺。」

「……」

時吟總結，說著說著，竟然開始覺得有點委屈：「你對我一點都不好。」

顧從禮啞然。

她撇著嘴，繼續道：「就這樣，你還說，你在追我，可是我一點都看不出來——」

你喜歡我。

時吟說不下去了。

顧從禮垂眼看著她安靜問道：「看不出來什麼？」

時吟仰著頭，張了張嘴，沒發出聲音。

他突然走過來，站在她面前，抬手托住她的後腦向上抬了抬，低低彎下腰去，親了親她的額頭。

時吟呼吸一滯。

輕輕地，轉瞬即逝的觸碰，等她反應過來他剛剛做了什麼的時候他已經微微抬起頭，垂眸由上而下看著她：「這樣能看出來了嗎？」

時吟確信了，這次確實不是她在做夢。

顧從禮手指還插在她髮間，冰涼的手指刷過髮絲，五指微收，輕輕揉了揉，直起身來：「以後不吵妳睡覺了，也不毒舌妳，不逼妳畫稿，」他棕眸清淺，聲音輕而低，「妳別跑，我對妳好。」

顫慄的狸貓這腳本名為《退潮》，依然是他拿手的推理懸疑，加一點恐怖色彩。

他埋暗線和伏筆的手法很精妙，時吟看了他給的前兩章，只覺得彷彿又找回了大一的時候看推理的熱情，難過得抓心撓肝的，非常想知道後面發生了什麼。

時吟有點好奇，他這本為什麼沒簽實體小說出版，直接拿來做漫畫腳本，對方沒直接回，只是說他想做漫畫。

《鴻鳴龍雀》是月刊更新，而且托了顧從禮一直不停催她的福，她這本分鏡草稿進度超前了很多，時吟的分鏡草稿圖完成度一向高，兩個助手的情況下，每個月只畫原稿閒置時間還有不少，不過再接一部的話，她就一點休息時間都沒有了。

不過好在顫慄的狸貓說《退潮》是短篇，她就算忙也就忙這幾個月而已。

而且時吟真的很喜歡這個腳本。

考慮了兩天以後，她同意了，那邊也很開心，飛速走了合作條約以後，顫慄的狸貓工作室發了文。

顫慄的狸貓近一年沒有出過新作品，短篇都沒有，就偶爾在社群上發發家庭日常，他結婚四年，養一貓一狗，社群下面留言全是嫂子好美，以及催新書的。

所以這次工作室爆出新作品以及漫畫合作，讀者的反應空前浩蕩，大家都在猜是和哪位漫畫家或者畫手合作。

時吟也很開心地分享了貼文，賣了個萌，看到被頂在第一則的留言是『啊啊啊十一太太啊啊啊我最喜歡的作者和我最喜歡的漫畫家要合作了！有生之年啊！兩個佛系的會晤！』

她忍不住笑出聲，覺得這個小讀者太可愛了，也迫不及待地找了顫慄的狸貓，讓他把剩下的腳本傳她看。

可是對方只又給了她三章，後面不給了，讓她一邊畫，他一邊給。

時吟茫然，從來沒有見過這種操作。

她呆了幾秒，打字解釋：『不是，狸貓老師，您這樣的話我沒辦法畫的啊，有些很多地方後面的暗線啊或者伏筆什麼的我現在也想心裡有個數，畫起來有底，不然後面很容易出BUG或者邏輯不通順的地方什麼的。』

顫慄的狸貓回覆的也很顫慄：『不會有邏輯不通的，我就是想要這種感覺，妳直接畫吧。』

「……」

時吟真實的顫慄了。

她掙扎道：『老師，您可能沒接觸過漫畫，不太瞭解，漫畫和小說真的很不同，而且您這還是推理懸疑的，這個腳本我只看到一半，不知道後面的伏筆結局的話，很多地方我不太好表現，畫出來的效果也會打折扣。』

顫慄的狸貓：『沒事，就這麼畫吧，我想要這種畫的人也不知道後面會發生什麼的效果。』

時吟：「……」

這樣會有個屁的效果。

時吟很想說這樣的話她根本無法畫。

她正考慮著怎麼委婉地表達這個意思的時候，顫慄的狸貓又說道：『社群也發完了，既然什麼都談好了，時一老師，合作愉快 :D』

「……」

時吟有種不太好的預感，她突然覺得，這個你邊畫我邊給你後面的腳本的奇葩事情只是個開始。

《退潮》的開篇是顫慄的狸貓慣用的寫作手法，陰鬱簡潔的語言和文風，陳述性的語句語感十足，帶著很強的個人特色，讓人忍不住一直讀下去。

時吟想了很久，第一頁要怎麼表達出那種感覺。

她沒畫過這種懸疑風格的漫畫，和少年漫比起來，懸疑偵探漫畫差別很大，分鏡的節奏，每一格的留白之類的感覺都要自己重新慢慢找，而且將別人的文字轉換成分鏡草稿，時吟也是第一次嘗試。

自己寫腳本的時候腦子裡大概輪廓很清晰，畫別人的，就完全不是那麼回事了，

而且這個人還不告訴她後面的內容。

時吟無語，但是最終也沒辦法，公告文也發了，合作也談了，她總不能反悔說我不畫了，和他

拆夥吧。

就只能按照她的理解和想法，盡可能的去畫。

時吟欲哭無淚，再次默默地，吐槽了顫慄的狸貓一百遍。

除了《退潮》以外，《赤月》十月刊發行，《鴻鳴龍雀》第二話得到了空前好評。

雙主角的設定，討喜且鮮明的人物設定，用刀的戰鬥方式，開篇前兩話就高潮迭起直接進入主線劇情。

鴻鳴是被「製造者」厭惡，被孿生兄弟刀追殺的外冷內熱小可憐，大廈龍雀是死而復生死灰復燃禍害遺千年的邪魅狂狷老妖精。

內容上兩人沒有絲毫除了友誼以外的氣息，然而這樣的雙主角人設，就註定了會圈上一波CP粉。

這本開始更新僅兩個月，時吟感受到自己社群粉絲漲幅上的變化。

當然可能也有《退潮》這方面的影響。

顧從禮說他不催時吟畫稿以後，就真的沒再提過這方面的事情了。

時吟從換了責編到現在幾個月，每天被他快節奏的催稿搞得精神十分脆弱，這個人突然安靜下來，她反而有點不適應，甚至非常自動自覺地開始畫原稿了。

所以說人性本賤這回事，也不是沒有道理的。

第三話分鏡草稿已經有了，再加上她現在有兩個助手了，原稿進行的速度還是非常可觀的。提前了十幾天，時吟就把第三話的全部原稿傳過去給顧從禮了。

男人也完全沒想到，敲了一個『。』過來。

句號，人類聊天史上不可或缺的重要組成部分，一個句號在不同的語境下，能夠表達多種不同的意思，就和問號一樣。

時吟不知道顧從禮這個句號是什麼意思，所以她也回了一個句號。

顧從禮：『。』

時吟：『？』

顧從禮：『哇哦。』

時吟：「……」

你哇哦個鬼哦。

時吟推著桌邊往後靠了靠，一邊扭著生疼的後脖頸一邊打字：『第三話原稿，全在這了，您請。』

顧從禮：『嗯，收到了。』

他的表現看起來平淡又自然，時吟卻有點恍惚。

她抬手，摸了摸自己的額頭。

那種，柔軟冰涼的觸感，清晰得彷彿是昨天發生的事情。

顧從禮親了她的額頭，很認真的說要追她。

時吟聽懂了，又沒聽懂。這件事已經神奇到了詭異的程度，時吟沒跟任何人說。

想了想，她拿過桌子上的手機，傳訊息給方舒：『桌桌，顧從禮好像喜歡我耶，他說他要追我耶。』

過了三分鐘，方舒回覆：『宛平南路六百號，建議妳去看看。』

「……」

宛平南路六百號，S市著名精神病院。

時吟放下手機，鼓了鼓腮幫子，吐出口氣。

看吧，沒人會信的，不僅不會信，甚至還會覺得她腦子壞掉了。

可是事實就是，這個男人真的連續幾個週末到她家來，也真的不按門鈴吵她起床了，早餐做好了就放在餐桌上，安靜地坐在客廳裡一邊看電腦一邊等她起床。

有的時候時吟磨蹭到中午才會從臥室裡出來，他人已經走了，不過會在桌子上留個紙條。

讓時吟一時間以為，自己家裡多了個田螺姑娘什麼的，新奇並且不知所措。

這種不知所措的感覺，簡單通俗的，用能讓所有人都理解的解釋說明一下的話，大概就是——

吳彥祖，正在真實的追妳。

她這頭安靜了一陣子，過了十幾分鐘，吳彥祖再次傳來訊息：『我看完了，沒什麼問題。』

時吟還在想事，傳了個貼圖過去：『喔，好。』

吳彥祖又問：『週末有空嗎？』

時吟眨眨眼。

她本來是打算休息兩天，然後週六把《退潮》的分鏡草稿畫完。

畢竟是她接的私活，她不可能主動跟顧從禮說這件事，不過她社群上都分享了，顧從禮應該不會沒看到才對。

他既然沒問，時吟也沒有說，只想了想，傳了個疑問的貼圖過去。

顧從禮沒回覆。

過了一下子，時吟電話響了。

她看了來電顯示一眼，舔舔嘴唇，接起來：「喂……」

他那邊很安靜，不像是在辦公室，有點回音，大概是到樓梯間打電話之類的：『週六，有空嗎？』

時吟第一次見到顧從禮，甚至沒有見到他的人，便對他產生了某種欲望，就是因為他的聲音。

他的聲音太好聽了。

她在聊天軟體上，只用打字之類的可以完全放得開，換成電話，時吟立刻繳械投降：「我有啊。」

話音落，她唾棄了自己兩秒鐘：「幹什麼？」

顧從禮說：『約會。』

時吟想起他上次所說的「約會」，撇撇嘴：「週六又是什麼節啊？」

他笑了一聲，聲音低低淡淡：『是我生日。』

時吟愣了愣。

她還真的，不知道他的生日是什麼時候。

時吟拿開手機，飛速看了一下日曆，找到下週六，又重新湊到耳邊：「你是天蠍座。」

『嗯？』

「怪不得你這麼心狠手辣。」

顧從禮：『……』

週六那天，時吟起了個大早。

她提前一天去蛋糕店訂了個蛋糕，那家蛋糕店離她家社區很近，時吟穿著居家服下去取，回來也才不到十點。

和顧從禮約好的時間是中午，時吟回來以後化了個妝，在衣服上開始糾結。

最開始和他重逢的時候，每次和他見面，時吟都會絞盡腦汁的思考要穿什麼比較好。

後來她覺得，自己這行為挺無聊的。

就好像是心裡還在偷偷的期盼著，自己的外表能夠多多少少吸引到他一點注意似的。

再加上後來的幾次突襲，時吟乾脆放飛自我了，什麼沒睡醒時的黑眼圈，水腫的臉，他全見過了。

但是現在又不一樣了。

入了秋，天氣轉涼，晝夜溫差很大，穿裙子晚上應該會冷，最後還是選擇穿褲子。

顧從禮來的時候剛好中午，時吟跑過去幫他開門，高腰鉛筆褲，薄風衣外套，赤著腳站在門口，歪頭看著他。

見到人，時吟笑咪咪：「主編，生日快樂。」

顧從禮沒說話，手搭在門把上，感覺到她的髮梢刷過他手背，有點癢。

時吟已經跑進屋子裡去了，一手提了蛋糕，背著包過來，穿鞋出門。

兩個人先去簡單吃了個午飯，期間顧從禮接了個電話，有人在催他似的。

顧從禮掛斷電話，抬眼問她：「要不要打撞球？」

時吟眨眨眼，嘴巴裡咬著麵條吞：「我都聽你的，今天你最大。」

他突然笑了，薄薄的唇邊勾起，淺棕眼底清清淺淺。

不知道又是哪句話取悅到他了。

吃完午飯，顧從禮開車帶她去一家看起來很高級的撞球館。

燈光略暗，外面大廳是一排排桌子，卡座貼牆邊一排排，沙發柔軟，裡面沒多少人。

顧從禮似乎熟門熟路，進去以後帶著她在撞球桌間穿行，本來，時吟有點好奇，想知道顧從禮在這種和他高嶺之花的氣質完全不相符的，雲煙繚繞的地方會是什麼樣。

結果一進去，毫無違和感。

他帶著她走到大廳最裡面的一排，那邊幾張球桌已經被占滿了，豎排的沙發裡坐著個女孩，手裡捧著杯冰鎮檸檬汁，托著腦袋看。

顧從禮一過去，就有人吹了聲口哨：「顧老闆！恭喜你啊，又老了一歲！」

時吟在顧從禮身後，側了側頭。

剛剛吹口哨那男人看見她，愣了愣，下意識爆了粗口：「我靠。」

其他人也跟著看過來。

那男人旁邊，一個穿黑襯衫的瞥他一眼，隨手拿了個球丟他懷裡：「說什麼呢？我老婆面前不許罵人。」

坐在沙發上的女孩捧著檸檬汁笑咪咪：「我沒事呀，不用聽他的。」

男人笑嘻嘻：「陸總，小嫂子說了不聽你的。」

陸嘉珩眼都不抬又抓了個球丟過去。

顧從禮帶著時吟走過來，對著一群滿臉八卦眼睛幾乎冒光的男性群體簡單介紹道：「時吟。」

沒人說話，大家都在等著他接下來的，關於關係的介紹。

等了十幾秒，大家才意識到，好像沒有了。

於是還是那個口哨男最先反應過來，熱烈的目光X光似的掃過來：「妳好、妳好。」

時吟：「……」

會所裡面空調溫度剛好，比外面要稍微暖一點，顧從禮沒說幾句話就被人拉過去，他脫了外套隨手遞給時吟，看著她接過來，單手撐著沙發椅背，低聲問她：「喝什麼？」

四周都安靜了，時吟感受到身邊，彷彿有無數雙眼睛偷偷摸摸的，或光明正大的注視。

她看了旁邊女孩手裡的檸檬汁一眼。

女孩感受到她的視線，也轉過頭，圓溜溜的鹿眼朝她眨了眨。

時吟指了指她手裡的杯子：「這個酸嗎？」

初梔：「不酸，蠻好喝的。」

時吟道了謝，仰頭看向顧從禮：「那我也要檸檬汁吧。」

他點點頭，幫她叫了一杯，被人拉到撞球桌邊。

看帥哥打球是種享受，大學的時學校裡籃球賽，時吟本來覺得男生打籃球的時候最帥。

今天看見顧從禮，她突然發現自己忘了大學時候那些校草們打籃球是什麼樣了。

男人捲著袖子，修長手指撐在檯面上，拇指微抬，燈光下手背蒼白，因為用力勾勒出筋骨血管，下巴尖壓著球杆，揚起眼，淺棕的眸清冷淨似琉璃，睫毛不像女孩子那種捲捲翹翹的，卻很長，從側面看像刷上去的。

時吟咬著檸檬汁吸管，視覺上得到了充分的滿足。

她正感嘆著，突然有人走過來，桃花眼微揚，瞧著她笑：「時小姐會打嗎？」

時吟愣了下：「不太會……」

桃花眼把自己手裡的球杆遞給她，懶洋洋道：「顧總不會照顧人啊，帶女孩子過來，怎麼不教教？」

他話音落，大家跟著起鬨。

時吟也不扭捏，手裡檸檬汁放旁邊桌子上，懷裡抱著的顧從禮的外套放到一邊，自己風衣外套也脫了，隨手搭在他的衣服上頭，接過桃花眼遞過來的撞球杆，走到顧從禮的那張桌前。

時吟側頭看他，笑了下：「我幫你打？」

顧從禮垂眸，往後退了一步，讓位置給她。

她裡面白襯衫的料子看起來很柔軟，有垂墜感，細跟高跟鞋，一截白皙精緻的腳踝露在外面，筋骨微顯，腿筆直細長。

手裡把著杆，腰背挺直，左手食指圈著球杆，熟練地，習慣性地從下往上刮了一下，眼睛在檯面上，掃了一圈，走到角落，趴上去。

左手撐著檯面架杆，上半身幾乎完全趴在上面壓下近乎九十度直角，雙腳一前一後微微分開，細腰，長腿，翹臀，勾勒出屬於女性的柔軟弧度。

右手把球杆往前一推，身形隨之輕動，白球撞上斜前方半色十號。

「啪」一聲悅耳脆響，藍白色球咕嚕嚕滾進底袋。

陸嘉珩看得笑瞇了眼，抬手鼓掌：「好！」

他旁邊的人也反應過來，跟著啪啪鼓掌：「好，好啊！」

顧從禮瞇起眼，非常煩。

一片掌聲中，他把球杆往檯面上一放，又把她手裡球杆也抽出來，立在旁邊，扯著她走。

走到沙發旁邊，腳步頓住，拽了她長風衣外套往她身上一披，往外走。

陸嘉珩窩在沙發裡，笑得愉快極了，桃花眼揚著：「顧總，幹嘛啊？時小姐還沒玩夠呢。」

顧從禮沒回頭，拽著時吟往外走，聲音冷冰冰：「等等回來。」

十月天涼，下午三點。

顧從禮拉著時吟出了撞球館，兩個人站在會所門口，顧從禮抽了根菸出來，咬在嘴巴裡，微抬了下眼，打火機在手裡轉了一圈，沒點燃，詢問地看著她。

時吟眨眨眼：「你點。」

顧從禮垂眸，打火機舉到唇畔，火石摩擦輕響。

時吟沒怎麼見過顧從禮抽菸，面對面更是第一次。

他這個人，渾身上下充斥著某種極度自律的，潔癖似的清潔感。

菸草酒精這種東西，好像都是離他很遠的，看起來就是那種很討厭這類東西的人。

然而他並沒有，他吸菸，也喝酒，放縱欲望，卻好像沒什麼癮頭，從來適度，也不沉湎。

越接近，越覺得這個男人深不可測，越瞭解，越覺得他和想像中好像不太一樣。

偶爾有人進去，會側目看過來，打量一下這對奇怪的沉默的，像是在吵架的男女。

女人靠著大理石的牆邊站，雙手插進薄風衣外套裡，男人站在她斜前方，微側著身，注意不讓煙霧飄到她那邊去。

一根菸燃到一半，他掐滅，丟進一旁垃圾桶裡。

時吟看著他走過去，又走回來。

沉默的垂著頭看著她，突然道：「結婚吧。」

「……」時吟仰著頭看著他，目光茫然：「啊？」

「結婚吧。」顧從禮平靜地重複道。

時吟差點被自己口水嗆著。

她嚇得無意識往後退了一步，後面是冰涼大理石牆壁，退無可退，她靠在上面驚恐地看著他：「主主主主編？您冷靜一點。」

顧從禮垂眸，無波無瀾：「我挺冷靜。」

時吟咽了口口水，緩慢的從驚嚇中回過神來，慢吞吞地思考了一下，艱難地開口：「主編，我知道您今天過生日了，已經是三十——」

「二十九，周歲。」顧從禮打斷她，強調道。

時吟點點頭：「行，二十九周歲，我知道您今天以後就二十九了，家裡大概對這方面也開始著急，但是，」她提醒他，「我們連戀愛關係都不是。」

顧從禮很淡定，非常好說話：「那談戀愛吧。」

時吟神情複雜。

他低垂著眼看著她，淺棕的瞳孔暗沉沉的。

他的眼神，表情和情緒，時吟一直看不懂，她也一直弄不明白，他到底在想什麼。

那麼平靜地就說出了結婚這樣的話，那麼輕易的就又收回了，好像在他看來，這種事情都不重要，可以隨便拿來開玩笑似的。

現在想想，他好像真的什麼事情都不在意。

六年前，鋪天蓋地的猜測和惡意針對他的時候，他都是若無其事的。

時吟移開視線，低垂下眼，輕輕道：「主編，說實話，其實每次見到你，都會想起以前的事情，我很害怕，一直有點不知道該怎麼面對你。」

顧從禮眼神頓住。

她猶豫了一下，繼續道：「第一次見面的時候我就害怕，我覺得你應該是怪我的吧，應該不太想見到我，我也不想，我每次和你接觸，要表現得若無其事，還要控制著自己的情緒，要保持適當的距離，又不能太生疏，每一次的相處我都覺得像是上戰場一樣，這樣真的好累。」

「我壓力很大，沒辦法就這麼當做什麼事情都沒發生過，可能你覺得當年的事情是小事，沒什麼大不了的，覺得我小題大做，但是對我來說真的是一次打擊，我從小到大從來沒有遇過那樣的打擊，這件事情對我……影響很大。」

她說的是實話，每次見到顧從禮，從前的狼狽都會一遍一遍在腦海裡重播，時吟很害怕，有的時候也會想，萬一，他離開以後過得不好呢。

沒人說話，就連空氣，都像是被按下了暫停鍵，時吟甚至不敢抬頭，去看顧從禮的表情。

她長出口氣，調整一下情緒，總結道：「所以——」

「所以，」顧從禮淡淡道：「我現在給妳贖罪的機會了，妳不好好把握嗎？」

時吟錯愕地抬起頭。

他往前走了一步，單手撐著她耳邊牆面，垂頭。

距離拉近，他聲音低淡，不含情緒，卻莫名讓人覺得有種繾綣的味道：「既然覺得害怕，覺得對不起我，那現在就努力補償我，不應該是這樣嗎？」

男人氣息濃郁，帶著極強的壓迫感，吐息間溫熱的氣流灑在耳畔，時吟覺得耳朵像是要燒起來了，酥酥麻麻的癢。

她縮了縮脖子，手掌貼在冰涼的大理石牆面上，移開視線：「怎……怎麼……」

話音未落。

顧從禮微微側頭，冰涼柔軟的唇瓣落在她滾燙的耳尖。

時吟一顫，整個人僵在原地，像是要炸開一樣，頭皮發麻。

每一個字，都像是在冰原上滾了一圈，然後下油鍋，順著耳膜鑽進腦子裡，劈里啪啦的炸開。

他感受到她的僵硬，嘴唇貼著她耳朵，安撫似的輕咬了一下：「這樣，」輕柔綿長的，曖昧的尾音，「這樣補償……」

壽星牽著妹子沒了人影，一群閒極無聊的男人們終於忍不住自己一顆熾熱的心，餓狼一樣撲到一起，開始瘋狂八卦：「怎麼回事啊，打一半就這麼把持不住了呢。」

最開始吹口哨那個男人把著球杆倚靠在一邊，生動的比劃著：「剛剛那妹妹拿著杆往檯子上一趴——真是……這怎麼能把持得住啊。」

「顧老闆眼光是高，怪不得三百萬年凡心不動，人家喜歡妖精呢。」

陸嘉珩並沒有參與他們的對話，正跟沙發上的初梔說話。說到一半，再抬頭，那邊賭局都開上了。

賭時吟和顧從禮的關係。

口哨男很有經驗，感嘆分析：「也沒說是女朋友，就把人帶來了，這事還真不好說的，說不定妹妹還沒鬆口呢，我看顧老闆把人家寶貝得不行哦，我他媽什麼時候見過他那麼溫柔跟人說話，那眼神，嘖嘖，像大灰狼看著小紅帽。」

陸嘉珩表示讚賞，看熱鬧不嫌事大：「提醒一句，這女孩顧總從人家十七歲的時候就開始惦記了。」

口哨男跳腳：「我靠，禽獸啊，我也想惦記一個。」

十分鐘後，並不知道自己已經被唾棄了一圈並冠上禽獸稱號的顧從禮回來了。

隻身一個，身後沒人。

口哨男「欸」了一聲。

初梔扒著沙發靠背，也失望地「欸」了一聲：「小仙女呢？我喜歡她，我還以為晚上能一起吃飯。」

「不知道，」陸嘉珩幸災樂禍，全場就數他最快樂，「被某人嚇跑了吧。」

顧從禮唇抿成平直的線，沒理他，走過來坐在沙發上，垂著頭，安靜地思索。

他沒有想過，那時候的事情對她造成了這麼大的困擾。

他是真的覺得沒什麼，而且也不是因為那些閒言碎語才辭職的，他只是因為覺得麻煩。

現在看來，是他搞錯了，她有心病，她一直以來對他的刻意疏遠是因為這個。

那他再溫吞下去也沒用，得換種方法。

時吟確實是被嚇著了。

這感覺和之前輕輕落在額頭上的，幾乎感覺不到的吻完全不同，她清晰地感覺到他埋在頸間的呼吸，耳尖濡濕的觸覺，軟骨被輕咬輕微的刺痛感。

等回過神來，她坐在計程車後面，單手拽著耳朵，傳訊息給方舒：『桌桌，顧從禮剛剛咬了我的耳朵。』

『好像還舔了一下。』

方舒：『……』

方舒：『妳已經饑渴到開始做春夢了。』

「……」

時吟嘆了口氣，癱在車後座裡。

對於以前發生的事情，時吟一直閉口不談。

如果可以的話，她甚至想假裝自己失憶了，就這麼一直逃避下去挺好，不用面對，也就不會害怕尷尬。

可是這段時間下來，她又沒辦法，不得不把話攤開來跟他講。

時吟還記得，當時顧從禮的表情，她現在開始有點相信，顧從禮也許是真的有點喜歡她。

不然按照他的性格，怎麼可能會做到這種程度，應該連看她一眼都懶才對，就像高中時那樣。

週日那天，時吟起了個大早，睜開眼睛的時候，天還濛濛亮，不到七點。

她很久沒在九點前自然醒了，在床上躺了一下準備繼續睡，結果翻來覆去睡不著，滿腦子全是顧從禮將她圈在身前，湊在她耳畔，說著「補償」時的樣子。

甚至前一天晚上還做了個夢，夢裡顧從禮是霸道總裁，把她按在牆上，邪魅狂狷微微一笑，說：「妳這個磨人的小妖精，就拿妳的身體補償我好了。」

時吟嚇醒了，一身冷汗。

乾脆爬起來沖了個澡，往書房走。

本來準備週末畫《退潮》的，結果因為顧從禮生日，時吟乾脆提前畫了，好在還是開始，她對這本有十足的激情，分鏡草稿修了幾稿，最終才定下現在這個。

時吟之前和顫慄的狸貓商量過的意思是，這部先暫時在社群上連載，不投出版社。

狸貓老師原話是這樣的：『反正我這本也是為愛發電，不要求有什麼收益，只是想看見這個小說變成漫畫，就先在社群上連載吧，以後再看。』

時吟好感動，覺得顫慄的狸貓老師更值得尊敬了，和這樣的情操德行相比，他不給她後面的稿子就讓她畫的行為都變得沒那麼令人反感了。

然後她理所當然的忽略了那句，以後再看。

就這樣，時吟懷著熱情火速開工，以條漫的形式在社群上連載了兩話，效果比她想像中還要好。第二話，分享點讚破萬。

顫慄的狸貓沒有新作品很久了，社群一年以來一直處於冷冷清清的狀態，《退潮》這兩話條漫，再次把他送到大家的視野中。

時吟給了他很大的署名，留言和分享於是分為兩部分，最開始的時候是時吟的粉絲比較多，後來漸漸地，開始討論腳本劇情。

再後來，就有一些留言，看起來有點奇怪了。

『是顫慄的狸貓啊啊啊啊啊大大！果然是大大的原作，我就說這種伏筆和抖包袱的感覺為什麼這麼熟悉！』

『剛看到是狸貓大，之前看過這個漫畫家在雜誌上連載的，劇情比這個遜色好多，果然不是她自己寫的。』

『狸貓大大嗚嗚嗚嗚有生之年我還能看到你的新書嗎？』

『只有我覺得這個時一很投機取巧嗎，拿著別人的腦洞和劇情漲粉？』

『明明是兩家合作……怎麼時一就變成投機取巧了，難道不是她畫的嗎？』

時吟眨眨眼，她都這麼佛系了，居然還有這種疑似黑粉的存在？

她返回首頁，剛刷新，看到顫慄的狸貓剛剛發了文。

顫慄的狸貓：『最近有好多讀者問我《退潮》這本後續的劇情，本來是打算用腳本做漫畫的，但是既然大家都喜歡，我決定之後這本在ＸＸ中文網連載啦，大家記得來看哦。』

時吟：「……」

時吟：？？？

時吟目瞪口呆的看著這則顯示著「剛剛」的發文，發現她之前那種不好的預感還真的成真了。

這個顫慄的狸貓，跟她說合作，不給她看後續的劇情，嘴上說著想做漫畫不想發表成小說，她就真的信了。

顫慄的狸貓停筆這麼久，讀者和粉絲流失量自然不用說，時吟不一樣，她漫畫連載了四年，從來沒有休息停更過，而且最近《鴻鳴龍雀》勢頭正盛，甚至上期的連載排名直接拿到順位第三。

就算顫慄的狸貓他有神格，他粉絲比時吟多了幾倍，無論是在哪個圈子，新的作者和好看的作品層出不窮，讀者和粉絲流動性都是非常高的。

至少現在，漫畫家時一的活粉和熱度肯定是高於作者顫慄的狸貓。

如果顫慄的狸貓直接說他要開新書，固然會引來一些死忠粉的期待和支持，但是關注度和現在絕對無法相提並論。

他不是真的只想做漫畫，只是在等她幫忙炒熱而已。

此時此刻，時吟確信了自己是個傻子。

生平第一次遇到這種事情，時吟氣到想爆粗口。

顫慄的狸貓確實打得一手好算盤，兩話分享數過萬，免費幫他打了一波廣告，下面留言裡還有一堆不知道哪裡來的「路人」控場，一時間留言區裡全是狸貓老師新書幾個大字。

時吟不是那種斤斤計較的人，之前甚至也問過他了，這個故事要不要出版什麼的，但是當時對方給出的答案是否定的。

她當時還覺得可惜。

就算他直接跟她說，這本他是準備連載的，想跟她合作做漫畫，這個本她很喜歡，時吟也不會拒絕。

根本就沒必要搞這麼一出。

她強忍著一肚子的火，點開了顫慄的狸貓的聊天室，敲他：『狸貓老師，您在嗎？』

下一秒，對方的狀態從線上變成了離線，頭像唰一下就黑了。

時吟：「……」

時吟終於忍不住，爆了句粗口。

她深吸口氣，單手推著嘴角，往上一推，一邊默默碎唸。

不生氣，仙女不生氣，我們仙女不生氣！！！！！！！

時吟啪啪打字：『狸貓老師，我剛剛看到您發了文，你這部馬上要開連載了是嗎？可是之前我問您的時候您說您不想連載的哦？』

『您如果日更連載的話，我這邊條漫的速度肯定是跟不上連載速度的，那這樣的話就相當於給看了你文的讀者劇透了後面的劇情，那我這邊漫畫畫著還有什麼意義呢？別人都看過了，對後面也都瞭解，我每話最後絞盡腦汁想的懸念和留白不是就像笑話一樣了嗎？』

『您這樣是不是有點不太好？』

對面一片死寂，什麼都沒有。

時吟冷笑一聲，繼續打字：『老師，這個圈子其實說小吧，真的不小，但是說大也不大，當時我們的聊天記錄也都還在的，您這樣出爾反爾把別人當槍使連句謝謝都沒有，被人知道了的話對您以後也是有的影響的吧？』

過了五分鐘，顫慄的狸貓那邊頭像重新亮起來了。

狸貓老師很高冷：『不要說得那麼難聽，我並沒有想把誰當槍使。』

『我這本本來就是為愛發電的，也是真的想好好做漫畫，妳既然看到我的發文，也應該知道了，是因為確實有很多人問我接下來的劇情，也想看這個寫成小說，畢竟漫畫和小說給人的感覺肯定是完全不一樣的。』

『因為確實有很多人想看，我才會臨時決定的，合作的時候也沒說這樣不行吧？』

時吟：「……」

都是你提前計畫好的，難道還會在合作的時候把這個包括進去嗎？我怎麼可能會提前知道你打得是這個算盤啊？

時吟覺得，不愧是寫小說的，詭辯起來真的是讓人啞口無言。

她這個嘴巴笨又不會說話的畫畫的，完全說不過他。

大概是時吟這邊的沉默讓顫慄的狸貓覺得她無話可說，自己占得上風，頭像又重新亮起來，劈里啪啦又是一段話。

『我對於我的作品和我的文，我的小說，是抱著絕對純粹的想法的，並沒有時一老師您想得那麼複雜，我也想不到這些，真的是臨時決定，您想太多了。』

時吟：「……」

搞得好像她花花腸子很多，她以小人之心度君子之腹一樣？

時吟氣得癱在椅子上，第一次知道什麼叫寧可得罪君子，也不要跟小人打交道。

就算她真的把聊天記錄放出去，人家也可以說，我社群上說的明明白白，是臨時決定的，因為我的粉絲都在要求，沒辦法，誰讓我寵粉呢。

而且大多數人不會覺得這當中的利弊關係有多麼嚴重，她們只會覺得漫畫這邊更新和小說反正也兩不誤，可能還會覺得時吟小題大做，覺得時吟太小氣。

無話可說。

無話可說。

時吟氣得想摔滑鼠。

她打開聊天軟體，點出大學寢室群組，傳了一個憤怒的貼圖：『朋友們，你們還記得我以前看的那個推理雜誌，裡面有一個作者叫顫慄的狸貓嗎？』

她說著，把聊天記錄截圖，啪啪啪一張張傳進群祖裡，憤怒咆哮：『你們看到了嗎！！！！！他就是這種人！！！多麼無恥！！！！！！！』

時吟的室友除了她全都脾氣火爆，整個寢室裡就她脾氣最好，最軟，最好說話，她說清楚前因後果以後，果然，剩下三位姐妹爆炸了。

一頓瘋狂的唾罵從頭到腳從前到後從橫著到豎著，寢室的老大就差沒罵出一篇八百字小作文了，看著訊息一則一則往外彈，時吟突然覺得心情好了不少。

罵夠了，室友問她：『那妳還畫嗎？』

時吟趴在桌子上，悶悶地：『畫吧……』

念念海鮮過敏：『……？？？』

我主管是傻子：『……？？？』

小仙女從來不罵人：『……妳他媽有什麼毛病？他都這麼欺負妳了，妳還繼續幫他炒熱度？妳直接窗了他不行嗎？』

念念海鮮過敏：『魔都鴿王時咕咕，妳要對得起鴿子王這個稱號，直接放他鴿子不就完了，鴿了他！』

時吟懶得打字，直接傳語音，有氣無力地：「我沒辦法啊，我都跟我的粉絲說了我會畫這個啊，現在也有很多粉絲在追啊，我現在直接鴿了他是解氣，但是我這樣不就是棄坑了嗎？我總不能這麼坑我的粉絲啊……」

我主管是傻子：『……在下佩服。』

時吟哭唧唧：「我都這麼慘了，妳還嘲笑我。」

對方也換了語音：『我不是嘲笑妳，我是真的佩服妳，我真的覺得妳這種自由職業很難，要考慮的事情太多，我工作上受氣了實在忍不了我還可以辭職跳槽，像妳這種，再受氣也要顧及到粉絲啊讀者啊，有些事情就只能自己憋著，太不容易了。』

時吟被逗笑了：「其實大多數時候還是很開心啊，有人私訊妳說喜歡妳的時候，看見自己的故事在雜誌上被大家認可了，或者單行本加印了，真的開心，妳也來試試看就知道了。」

我主管是傻子：『對不起，我選擇和我的傻子主管鬥爭到底，我們不是你死就是我活，我就不信了，我還搞不死她。』

時吟：「……」

時吟雖然平時挺軟的，也好說話，但是絕對不是任人欺負的人。

畫是肯定會畫下去的，畢竟無論如何，她也是有一大堆粉絲在等著她每週更新的，時吟總不可能因為自己一時間爭口氣，就直接棄坑，不管那些粉絲了。

她直接跟顫慄的狸貓要了剩下的稿子。

因為她之前已經跟顫慄的狸貓說過了，條漫黑白的話畫起來比彩漫要省時一點，所以差不多一週可以畫出一話。

社群上更新的條漫不像是雜誌連載，沒有那麼確切的截稿日，差不多的時候更新就可以，顫慄的狸貓知道她還有另一本主要更新的在連載，這個只能算是兼職，所以他自然以為，她一週只能畫得出一話。

也許是因為這個人還有僅存的一點良心覺得愧疚，也許是因為他知道她畫不出來，再加上新文即將準備開始連載的消息已經發出去了，並且反響良好，所以他很大方的，真的把剩下的稿子很放心的給她了。

時吟直接叫來了梁秋實，她畫分鏡草稿和主要角色，駁身、實景這些交給梁秋實。

她身體裡燃燒著滿腔怒火，這些被人算計以後的怒氣，直接化作行動力，體現在她的工作效率上面。

出一話的時間，她不眠不休畫出了三話。

說白了，偵探懸疑這種和少女漫，言情之類的不一樣，最重要的部分就是劇情案件的懸念。

他小說開始更新以後是日更，雖然每天字數不多，但是肯定比這邊漫畫出得要快的，讀者那邊看過後續的劇情和發展以後，時吟就算再絞盡腦汁畫出那些伏筆和感覺，大家再看的時候也都會「啊，這段後面發生了什麼我知道」，那她那些費力想出的，拼命想要營造氣氛的分鏡就廢了一半。

相對應的，如果她這邊的劇情先出來，那麼一部分的讀者在看過了，知道劇情和懸念再去看小說，小說的趣味性也會大打折扣，一定程度上，肯定會影響到一部分讀者的訂閱。

他日更，故事的進度比她快，時吟就只能做到更快。

反正熱度炒也幫他炒了，臉也不能撕破，不畫也不能不畫。

那就乾脆也噁心他一把。

小人就要有對待小人的方式，既然顫慄的狸貓想拿她當槍使，她總不能真的心甘情願給他上膛。

果然，時吟一口氣發出三話那天，留言比平時多了一倍。

下面都在哭泣嚎叫。

『啊啊啊啊，三話！三話！太太辛苦了嗚嗚！』

『我永遠愛您！太太這也太高產了吧 qwq 也要注意身體啊！』

『看完了，剛好昨天狸貓大大的更新斷在這裡，本來我還抓心撓肝的不知道發生了什麼等著他下一章，現在終於舒服了。』

時吟很滿意。

熬了幾天，她準備開心的回去補覺。

洗了個澡，回來關電腦的時候，就看見螢幕右下角，一隻面目可憎的狸貓一直跳啊跳啊。

時吟彎起唇角，愉快地點開。

顫慄的狸貓：『不是每次更新一話？』

時吟想了想，慢悠悠地打字：『啊，本來是準備一更一話的，但是狸貓老師這個故事太好看了！畫起來就不想停下來，完全廢寢忘食不知不覺就畫了三話！』

『您也知道的啊，創作這個東西就是這樣，有的時候靈感來了會有種停不下來的感覺。』

顫慄的狸貓：『……』

顫慄的狸貓：『那也不用直接全部發出來？』

時吟按摩一下這幾天一直在不停工作吱吱嘎嘎的手腕，重複之前的話：『老師，您也知道的啊，創作這種東西有的時候就是這樣，畫完了或者寫完了以後覺得非常滿意，就忍不住想要給大家一起看。』

顫慄的狸貓不說話了。

時吟癱在椅子上揉著生疼的手腕，開心得想蹬腿。

還沒等蹬起來，顧從禮的訊息又過來了。

顧主編：『妳的社群怎麼回事？』

時吟笑嘻嘻，像個求表揚的小朋友：『我一個禮拜三話！』

顧從禮：『條漫一話本來也沒幾頁。』

時吟：『那也是三話。』

顧從禮沉默了一下，傳了語音過來：『別開心了，妳覺得會做出那種事情算計妳的人，可能白白吃妳這個虧？』

「……」

時吟已經完全不想去深究，為什麼她明明什麼都沒跟他說過，他卻好像什麼都知道。

被他這麼一說，她突然有點不安：「你別潑我冷水啊……」

顧從禮淡淡道：『妳自己打不過他，小朋友。』

時吟啪地放下手機，不回覆了。

不想聽他烏鴉嘴。

事實證明，烏鴉嘴這個東西，不是不聽就可以的。

熬了幾天，時吟身體處於極度疲憊的狀態，一覺睡到下午，一開社群，就被下面鋪天蓋地的@和留言霸占了。

她愣了好半天，點進去一則一則的看，才明白是怎麼回事。

顫慄的狸貓發了文：『夫人一直以來都很喜歡時一老師，即使我並沒有聽說過她的作品，但是因為我夫人喜歡，所以我是很期待這次和時一老師的合作的，雖然之前我決定開始同步連載小說的時候和時一老師發生了一點小小的分歧，但是對我來說這些都是小事，我唯一無法忍受的是我的作品，我所珍惜的作品被隨意修改，希望時一老師能夠給出合理解釋。』

下面幾張圖，一張是他文件的截圖，另一張是大綱，還有之前他們談合作時說好了的，時一不能任意篡改劇情和設定，如果有這方面的想法，也要徵求對方的意見。

還有一個，是昨天時吟發出去的漫畫更新截圖。

她一張一張點開來看，瞌睡蟲被趕得一乾二淨。

走向不一樣。

顫慄的狸貓發的這個大綱和小說的內容，和她畫的內容，劇情走向和伏筆什麼的完全不一樣。

甚至他這份修改過的劇情什麼的都明顯比之前的更波折，更飽滿出彩一點。

可是時吟畫的，就是他之前給她的稿子裡面的內容。

雖然有自己添加的一些小細節，畢竟畫和小說還是有點差別的，但是劇情伏筆上，她根本沒有做任何改動。

他連夜，把自己的大綱，和後面的劇情全都改掉了。

時吟氣得手都在抖。

她出了大學校園，就直接在家裡畫漫畫了，交際圈非常單純，從來沒有見過這樣的人。

她丟掉手機，爬下床，小跑進書房，準備去找之前顫慄的狸貓傳給她的後續劇情的檔案。

剛走到客廳，就聽見門鎖喀嗒一聲輕響。

時吟轉過頭去，顧從禮拿著鑰匙站在門口。

女孩光著腳丫踩在地板上，頭髮亂糟糟，睡衣亂糟糟，一看就是剛睡醒。

深秋天涼，不比夏天，南方又沒有地面暖氣，地板冰冰涼涼的。

她呆愣愣地仰著頭看著他，想起他昨天的烏鴉嘴，突然覺得好委屈。

又氣，又委屈，憋屈到不行。

她為什麼會遇到這種人啊。她也沒做過壞事，為什麼會遇到這種討人厭的人。

顧從禮走進來，回手關上門，站在門口看著她，低低嘆了口氣：「過來。」

時吟皺皺鼻子，走過去。

他俯身，從鞋櫃裡抽了雙拖鞋出來，放在她腳邊：「穿上。」

她沒動，停了一下，才慢吞吞地踩進拖鞋裡，揉了揉鼻子。

顧從禮直起身：「又哭？現在知道委屈了，妳自己不是挺有主意的嗎，什麼都不跟我說。」

時吟瞪他，鼻子酸酸的，硬是沒掉眼淚：「我哪哭了？我氣得不行嘛！我都被人這麼欺負了，稍微委屈一下怎麼了！」

「沒不讓妳委屈。」顧從禮垂眼，看著她紅紅的眼眶，抬手，拇指指尖從她有些濕潤的眼角擦過去，落在耳際，輕輕捏了捏她軟綿綿的耳垂，

「這事妳要是早來找我說，跟我撒撒嬌，妳說，我能讓誰欺負得了妳？嗯？」

時吟縮了下肩膀，揉鼻子：「主編，您今天的人設是霸道總裁嗎？」

顧從禮：「……」

時吟繼續誇獎他：「你真霸道。」

「……」

顧從禮收回手，看起來不太想理她了，直接進了屋。

時吟像個小尾巴似的，乖乖跟著他。

顧從禮來過她家很多次，不過據點除了客廳沙發就是廚房，甚至連洗手間，時吟都沒怎麼見他去過。

這次，他直接走到書房門口，詢問抬眼。

時吟走過去，打開了書房的門，恭恭敬敬把人請進去。

顧從禮走進書房，環視一圈，房間不算很大，四面牆密密麻麻的全是漫畫書和各種工具書、傳記什麼的，高高的書架幾乎堆到天花板

左手邊兩張桌子，工作檯，應該是助手工作的地方，右邊一個一人長的小沙發，靠著牆邊放，可以臨時休息。正對著門一張巨大的桌子，旁邊也堆滿了書，還有一些零食、即溶咖啡的袋子。

腳邊垃圾桶裡，全是零食的巧克力的袋子、優酪乳的瓶子。

一個漫畫家宅女的真實工作環境沒錯了。

時吟摸摸鼻子：「我本來打算找一下那個，他之前傳給我的檔案記錄，可是那個記錄也不能證明什麼吧，萬一他說是我修改過的怎麼辦？」

顧從禮走到桌邊，捏起一袋她吃了一半的洋芋片，丟進垃圾桶裡：「先開電腦，那個檔案接收以後會有最後修改時間的。」

時吟：「咦？」

「妳不知道？」

「我知道。」時吟倔強地說。

顧從禮微微揚了下眉，沒說話，看著她過去開電腦。

時吟這時也冷靜下來了，很平靜地打開了聊天軟體，翻好友清單。

沒找到。

狸貓把她刪了。

時吟：「……」

她委屈兮兮地仰起頭：「他把我刪了……」

顧從禮單手撐著桌邊，人站在她身後，俯身看著她電腦螢幕：「訊息管理器，裡面有個已刪除聯絡人。」

時吟點開，還真的找到了。

她感嘆：「我從來都沒注意過還有這種東西，我以為刪好友了就找不回來了。」

顧從禮淡聲說：「妳檔案接收的那個資料夾，後面也有一個最後修改時間，而且，一開始就抱著這種心思來的人，妳覺得他人品會好到哪裡去。」

時吟點點頭：「我本來以為我畫三話已經夠噁心的了，沒想到他還能這麼不要臉。」

她話音落，顧從禮低低笑了一聲。

時吟轉過頭來：「你笑什麼？」

他直起身來，後退了兩步，靠在窗臺上：「三話通宵了幾天？」

「……也沒幾天。」

顧從禮沒再說話，抽出手機開始玩。

時吟也重新轉過頭，把之前顫慄的狸貓傳給她的所有的聊天記錄，檔案的最後修改時間截圖，一張一張儲存在同一個資料夾裡。

一時間書房裡十分安靜，沒人說話。

時吟以前從來沒遇見過這種事情，有點猶豫，想了想，還是轉過頭來：「我先把截圖整理出來做長條圖？這種事情是越早發聲越好吧？」

顧從禮眼都沒抬：「妳隨便弄，也可以再等等。」

時吟眨眨眼：「我不說話會不會顯得我像是心虛一樣的。」

顧從禮抬起眼來：「我不是說了嗎？這種心思的人，人品不會好到哪裡去，不急。」

他這麼說，時吟好像就真的放下心來了。

他太淡定，太平靜，讓人很難會覺得，有什麼事情是他解決不了的。

時吟安安靜靜「哦」了一聲，把記錄截圖全部儲存，放在一個資料夾裡，然後趴在桌子上發呆。

從頭到尾想一下，一開始就是她太傻，沒什麼防備，對方說什麼，她就信了。

可是她也是真的沒有想到，接個合作而已，會遇到這麼奇葩的事情。

她從來沒有遇過這樣的惡意。

時吟側臉貼在桌面上，臉蛋被壓得扁扁的，聲音聽起來有點含糊：「主編，他又不是沒有能力，為什麼要這樣呢，他自己好好寫，好看的東西總不會被埋沒的呀。而且我又不紅，他看上我哪了？」

顧從禮玩著手機：「看上妳不紅了吧。」

「……」時吟面無表情，「主編，我怎麼說也是你唯一的作者。」

「時一老師，《鴻鳴龍雀》第四話原稿什麼時候給我。」

男人冷冷淡淡「時一老師」這個名字一出口，時吟打了個哆嗦，小聲嘟囔：「說好的不催我畫稿的……」

書房裡安靜，她聲音小，顧從禮依然聽見了。

他沉默一下，放下手機，看了眼時間：「去洗漱吧。」

時吟才驚覺，自己起床到現在，急著找文件和記錄，頭沒梳臉沒洗。

她飛速起身，屁滾尿流滾出了書房去洗了個澡。

吹好頭髮換了衣服出來，顧從禮人已經坐在沙發上了，聽見聲音回過頭：「要不要去吃早茶？」

時吟拿著毛巾站在臥室門口，終於意識到哪裡不對勁了。

「主編，你今天話好多啊。」

顧從禮：「……」

「……不是，我不是那個意思，」她趕緊解釋，「我的意思是說，平時你都沒幾句話的，今天說了好多話。」

除了談工作上的事情，這是第一次。時吟想。

不過今天這個事情，應該也算工作上的吧，畢竟她這邊如果不管，《鴻鳴龍雀》的連載也會出問題。

顧從禮唇角微抿，沉默地看了她一下，忽然淡淡別開眼：「有人跟我說，追女孩子的時候要話多一點。」

「……」

時吟臉紅了，她站在臥室門口，突然有點手足無措。

冰川下的凍火突然開始燃燒起來，燙得上面的冰層開始融化，讓人一時間完全不知道如何招架。

時吟偷偷捂住臉，轉身進臥室：「那我去換衣服……」

「砰」一聲，臥室門被關上，時吟靠在門後，調整一下呼吸，人撲到床上，從枕頭下面摸出手機。

時吟：『桌桌！！！顧從禮好像真的瘋狂愛上我了！！』

一次兩次就算了，次數聽多了，方舒那邊，終於有一點動搖。

方舒：『……』

方舒：『時吟，騙子胖十公斤。』

時吟飛速改口：『行吧，可能沒有瘋狂的愛上我，但是他說他在追我。』

時吟：『千真萬確。』

時吟：『毫無弄虛作假。』

時吟：『他之前還說他一直在追我。』

方舒思考了一下：『他是不是家裡催婚了，身邊沒什麼適合的異性，他不是三十了嗎？』

時吟很在意的糾正她：『二十九，周歲。』

時吟：『而且，身邊沒有適合的異性，這話妳自己說出來信嗎，顧從禮這個人明明就像是發情期的公孔雀一樣，無意識的，隨時瘋狂開屏吸引異性。』

方舒：『……』

除了臉，方舒真的不覺得顧從禮哪裡好，哪裡吸引人了。

看起來就是那種很不好接近的，無情無義，並不需要愛情的冷酷男人。

果然是情人眼裡出西施。

方舒：『那，妳答應他嗎？』

時吟：『啊？』

方舒：『妳不是說他在追妳嗎，那妳準備答應嗎？不要考慮那麼多，就是妳最真實的想法，想還是不想？』

時吟沉默了。

想，她當然想。沒遇見他的時候，覺得自己放下了，再遇見以後，就會發現好像還是不行。下再多決心，也抵不過一個顧從禮。

時吟甚至覺得，再一次、再一次，她心裡那個已經支離破碎的底線，大概會被他澈底打破。

時吟換了件毛衣長裙，跟顧從禮出去吃早茶。

不到十一點，正是一天溫度最高的時候，天光薄淡，不穿外套也並不覺得冷。

但是今天是工作日。

兩個人坐在茶餐廳，時吟起來到現在水都沒喝過，餓得不行，狼吞虎嚥吞了一份腸粉，才覺得緩過來，可以以正常的速度進食了。

兩個人坐在窗邊，時吟一根頭繩綁著長髮，一邊咬著排骨：「主編，你今天不上班嗎？」

顧從禮又往她盤子裡夾了一塊：「照顧我的作者也是工作。」

時吟差點嗆著。

她戳了戳盤子裡的排骨：「主編，我才二十三歲……」

顧從禮歪了一下頭：「嗯？」

時吟臉紅了：「我不想結婚……」

「……」顧從禮一頓，平靜道：「那就不結婚。」

不結婚，不要小孩，什麼都不給他也都可以。

不需要別的，只要她是時吟，就什麼都夠了。

時吟囁嚅：「可是你都三十了，你家裡人……」

「……二十九，」顧從禮執著地說：「我家裡人不管我，而且，我奶奶很喜歡妳。」

時吟想起健身房那個很潮的老太太。

她垂著頭，筷子機械地點在盤子裡，裡面的粉蒸排骨被她戳出一個又一個洞。

顧從禮直直看著她，淺棕的眸子在陽光下顯得顏色更淡，耐心地輕聲問道：「要試試嗎，我會做家務，也會煮飯。」

他頓了頓，微微向前傾了傾身，提出他覺得，對她來說最有吸引力的條件，低聲誘惑她，「我還可以幫妳畫畫。」

其實仔細想想，顧從禮對她態度的改變，好像也是在她在健身房遇到顧奶奶以後開始的。

但是時吟確實被誘惑到了。

顧從禮幫她畫畫，他真的好瞭解她。

一想到以後她躺在沙發裡吃零食看電視劇，顧從禮抱著電繪板拿著筆當牛做馬窩在電腦後面幫她畫連載和更新的畫面。

太大逆不道了。

她喜歡。

時吟覺得人生爽事，不過如此。

時吟夾起盤子裡那塊粉蒸排骨，塞進嘴巴裡，腮幫子一鼓一鼓的，吐出骨頭：「那《鴻鳴龍雀》第四話，今天就開始畫吧。」

她心咚咚咚狂跳，緊張到手指有點發抖。

顧從禮：「……」

時吟很善良：「我也不能不做事，要麼我們一人一半？」

顧從禮夾了粒水晶蝦餃給她：「回去就畫，把妳那個助手辭了。」

時吟瞪大眼睛：「誰？」

「妳那個助手，」顧從禮頓了頓，補充，「有妳家鑰匙那個。」

時吟沒 get 到重點：「主編，您講點道理，球球是個好助手。」

「我幫妳畫就夠了。」

「……這不是一回事。」

顧從禮把花生冰沙往前推了推：「這就是一回事，我不想哪天去妳家剛坐下就看見一個男人自己開門進來。」

時吟有點不適應他這個說法，總覺得哪裡有點奇怪，只能跳過這個話題，誠懇地說：「主編，您今天真的好健談。」

話多了一倍。

顧從禮看著她，突然皺起眉來：「女孩子不是都喜歡這樣的。」

時吟：「哪樣的？」

「油嘴滑舌。」顧從禮認真地說。

「……」

時吟突然覺得，顧從禮這個人成語用的真的不怎麼樣。

上次那個朝三暮四的時候，她就該發現了才對。

兩個人喝了個早茶，工作日，顧從禮還要上班，時吟自己回家。

一旦變成一個人獨處，安靜下來，剛剛忘記掉的那些亂七八糟的事情全都回到腦子裡了。

時吟有點想看看網路上現在怎麼說，又不敢看。

她躺在床上，拽過枕頭捂住腦袋，嗚嗚嗚地邊叫邊翻滾。

所以她和顧從禮算是在一起了嗎？她剛剛那樣算是默默同意了嗎？

她那麼說，應該挺明顯的吧，就是算是默認了吧？

但是感覺和之前好像也沒什麼差別啊。

相處起來，顧從禮的態度，兩個人說話什麼的，感覺都沒有什麼差別啊……

可是那種場景，茶餐廳，時吟想像一下自己羞澀的，不好意思的，紅著臉，被求婚似的說「我願意」的場景。

「……」

也太尷尬了。

說不出口，還很羞恥，而且，顧從禮追她的原因，時吟也有點在意。

她唰地拽下枕頭，看著雪白的天花板，忽然抬手，啪啪啪拍了拍自己的臉，抬起手伸出手指，指著天花板，認真道：「時吟，大家都是成年人了，談個戀愛而已，又不是談論婚嫁，這也沒什麼，原因更無所謂了，妳能不能表現的老辣一點？」

「妳又不是小女生，不要每天糾結那些愛不愛我之類的問題，他奶奶喜歡還是他喜歡不都一樣嗎？而且，可能是妳想多了呢。」

安靜了幾秒，她忽然又挫敗地，垮下表情：「談戀愛怎麼能不喜歡啊……談戀愛一定是要喜歡呀……」

顫慄的狸貓發文第二天，時吟已經將手裡全部能用的聊天記錄和文件傳過來的時間、修改時間全都截圖了。

她花了一下午的時間寫了個長文，用盡了她這輩子全部的文采，把從顫慄的狸貓找到她合作到現在的前因後果寫了個明明白白。

如果不是顧從禮讓她等等，她大概會直接發文澄清。

第二天下午，時吟收到林佑賀的訊息。

甜味蘋果糖老師最近大概也忙到意識模糊，他的新連載是在週刊上的，也就是每週一話，而且這個人完全是非人類的，他少女漫那邊還有一部在月刊上連載。

百忙之中，林佑賀傳了十多則訊息。

校霸小甜甜：『我看到社群上的那個。』

校霸小甜甜：『這個怎麼回事？』

校霸小甜甜：『顫慄的狸貓是誰？』

校霸小甜甜：『妳那個社群的條漫畫得不錯啊，他就是腳本？』

校霸小甜甜：『我看他怎麼說妳改了他的劇情。』

巴拉巴拉，以此類推，一大堆。

然後過了幾個小時，又連著幾則──

校霸小甜甜：『哦，這個反轉我喜歡。』

校霸小甜甜：『老子白擔心妳了，行了，我去忙了。』

時吟：「……」

時吟一臉茫然，莫名其妙，先是傳了個貼圖給他：『什麼反轉？』

過了幾分鐘，時吟倒了杯水回來，林佑賀回覆：『？』

校霸小甜甜：『社群上的啊，不是妳弄的嗎？』

時吟端著水杯，歪了下腦袋，然後打開社群，點進顫慄的狸貓的帳號。

置頂的還是之前的那則『請時一老師給我一個說法』，下面留言數量可怕。

好像看不出來有什麼不對勁。

時吟有點茫然，帶著找虐又有點好奇的心理點開留言，置頂點贊數量最多的第一則——

『別裝死不說話好吧，這件事你解釋一下唄，我還真的信了你的邪，覺得你特別，你們夫妻倆感情特別好，呵呵。』

「……」

時吟：「咦。」

她眨了眨眼，沒明白是怎麼回事，被算計怕了，行動快於思考，唰嚓截了張圖，繼續往下翻。

內容差不多，還有一則在很前面的是為他打抱不平的，罵時吟的，發表的時間要早一點。

一直往下翻了很久，時吟才勉勉強強整理出劇情。

顫慄的狸貓從出道到現在所有作品，除了第一年沒掀起過什麼火花的，文筆很拙劣的作品以外，沒有一本是他自己寫的，早年有幾本大綱來自槍手，剩下的，從他爆紅的那本推理開始以後的每一本，是他老婆寫的。

時吟驚得下巴都要掉了。

這個反轉，她是真的沒想到。

爆料的人是他之前的粉絲，死忠粉，從他剛開始寫文的時候就一直粉他的那種，到現在，六年。

死忠粉轉黑是件很可怕的事情，因為你永遠不知道他掌握作者本人多少黑料。

時吟從下面留言裡的傳送門點進那位死忠粉絲的帳號，裡面置頂的一則就是很多張長圖。

看得出來，她以前真的很喜歡顫慄的狸貓。

從六年多前開始粉，最開始的時候，顫慄的狸貓文筆不好，劇情又幼稚，內容寫的很垃圾，她覺得這個作者的筆名好玩，又覺得他沒有讀者，冷冷清清的有點可憐，就一直跟著看了。

寫了幾本，顫慄的狸貓的書，慢慢地變得好看了起來。

死忠粉覺得他積累下經驗和文筆，覺得金子總算是發光了，看著他漸漸地被大家知道，漸漸地有名氣，漸漸地粉絲從一百到一千到一萬。

死忠粉心情很複雜，又覺得自己果然沒看錯人，看著他變得越來越好，越來越受歡迎，開心是真的覺得開心，可是又忍不住有種吾家有女初長成的莫名奇異心酸感。

可是顫慄的狸貓好像沒什麼改變，依然是嘻嘻哈哈的，充滿正能量，死忠粉覺得顫慄的狸貓真好，她喜歡的大大是世界上最好的大大，她會喜歡他一輩子。

那個時候，死忠粉喜歡了顫慄的狸貓兩年。

因為他，她喜歡上了推理，她看了好多的推理方面的，還有心理方面的書，看了好多經典的推理大家，這方面的電影電視劇也看了個遍。

死忠粉的心裡開始有了自己的想法，她終於提筆寫自己人生中的第一本小說，是一個不算很長的中篇，她用盡了心血，每天腦子裡都是劇情和大綱。

寫出來以後，她很開心，第一時間悄悄私訊了顫慄的狸貓，拿給他看了。

死忠粉原本都沒想到顫慄的狸貓會看到，他有幾萬的粉絲，他總不可能都能看到，她就是，很單純的想發給他看看。

結果顫慄的狸貓回覆了。

他誇她寫的好看，給她的評價很高，說她的作品驚豔，說她是天才。

死忠粉覺得眼前像是有煙花盛開一樣，劈里啪啦的爆炸了。

但是，顫慄的狸貓誇獎完她，又說覺得羨慕。

死忠粉看出他不開心，就問了問。

顫慄的狸貓也沒有什麼作者架子，那天晚上，他們聊到凌晨三四點，最後放下手機的時候，天都亮了。

顫慄的狸貓說自己寫了兩年了，從最開始沒人知道到現在小有知名度，他以為他對推理的追逐和夢想不會有終點，但是原來不是。

他也有江郎才盡的一天，他寫不下去了，他絞盡腦汁也想不到新的案子和推理，顫慄的狸貓這個名字，大概要從此消失了。他說他很羨慕她的天分，也想再寫出一次，她這樣的故事。

顫慄的狸貓再三表示，她寫得真的很好，他很喜歡，很感謝。

死忠粉當即表示，既然你喜歡，這個故事就給你好了呀。

死忠粉家裡是做生意的，公司規模不小，非常有錢。她那年大學剛畢業，不急著找工作，她對這方面的東西完全沒有什麼感覺，對寫文也沒有任何追求。

她是因為他才接觸到推理，因為他才寫出這篇文，把這個故事送給他，死忠粉完完全全不介意。她只是想看到他一直更新，他每天發發文，分享一下他的日常和生活，在讀者群組裡和大家聊聊天，說說話。

她不想讓他永遠沉寂。

於是，死忠粉的故事，被顫慄的狸貓做了一些小的修改，然後發表了。

那本大概算得上是真正讓他一炮而紅的一本書。

顫慄的狸貓說的沒錯，死忠粉確實很有天分。

她的第一本推理小說，甚至文筆什麼的還有些青澀，可是她的內容，就是讓人有一種想要讀下去的欲望。

因為這件事，死忠粉開始和顫慄的狸貓熟悉起來。

兩個人互相加了聯絡方式，每天都聊天聊到凌晨。

越接觸越覺得，他人比想像中還要好。

幽默風趣，健談又很體貼，給人一種很成熟的感覺。

死忠粉被家裡養得很好，戀愛都沒談過，那段時間，她第一次感受到那種微妙的感覺。

想跟他聊天，想知道他在做什麼，每時每刻每分每秒都想跟他說話，遇到什麼開心的事情第一時間就想跟他分享。

但是她們差距太大了，她是她的讀者，他是作者大大。

所以，在顫慄的狸貓跟她表白的時候，死忠粉激動得手指都在顫抖。

這個世界上有什麼事情是你以為遙不可及的，你喜歡的人，也喜歡你更讓人開心呢。

死忠粉想不到了。

想見他，想和他見面，對他的渴望已經無法滿足於每天聊天這麼簡單。

順理成章的，兩個人見面了。

兩個人是異地，顫慄的狸貓甚至願意為了死忠粉來她的城市生活。

他說，我父母分開了，兩個人現在都重組了新的家庭，我在哪都沒關係，只要有妳在就行。

死忠粉抱著他泣不成聲，她想，這個男人真好，她願意一輩子對他好，他想要什麼她都給他。

死忠粉和顫慄的狸貓結婚的那天，她覺得自己是這個世界上一定是最幸福的人。

她被父親牽著手牽進教堂裡，交給站在前面的男人。

她是家裡嬌生慣養的小公主，這輩子第一次愛上一個人，他們在教堂裡宣誓，從今天開始相互擁有，相互扶持，無論是好是壞，富裕或貧窮，疾病還是健康。

死忠粉願意為了他學習如何做一個好妻子，她發誓會和他相互扶持，這輩子都盡自己最大的力量去愛護他，幫助他。

看《大話西遊》的時候，紫霞仙子說：「我的意中人是一位蓋世英雄，有一天他會身披金甲聖衣，駕著七彩祥雲來娶我。」

死忠粉好羨慕，希望她也能成為紫霞仙子，遇到自己的至尊寶。

現在，她穿著潔白的婚紗，嫁給了她的意中人。

她忘了，至尊寶和紫霞仙子，最後沒能在一起。

這個世界上，也不全都是童話的。

有人說每個人的人生中遇到的好的事情和不好的事情，都是一樣的，如果你經歷過太多不幸，那一定是後面有幸福的事情在等著你。

死忠粉有個很美的名字，她叫韓菡，和菡萏讀音相似，尚未盛開的荷花花苞的意思。

韓菡二十幾年來被養得實在太好了，所以她的不幸，都在後半生。

顫慄的狸貓沒什麼錢，寫書攢下來的稿費結婚用了不少，韓菡的父母幫他們買了房子和車子，顫慄的狸貓的工作不需要出去上班，兩個人每天待在家裡，甜甜蜜蜜，如膠似漆度過了很美好的一段時間。

很快，韓菡幫他寫的那本新書完結了。

顫慄的狸貓開始想新書的大綱了，他整天待在書房裡，到後半夜才會出來睡覺。

最開始的時候，她以為他是在寫新書。

後來某次，她無意間發現，他的遊戲畫面沒關。

他整日待在書房裡，其實並沒有在寫新書，只是在打遊戲而已。

她去問他，顫慄的狸貓第一次跟她發了脾氣，說她隨便進他的書房，兩個人吵了一架，後來，他又跟她道歉，說自己沒有靈感，寫不出東西，壓力太大了，每天都很痛苦。

韓菡覺得能理解，寫書哪是那麼簡單的事情呢。

而且他那麼要強，心氣那麼高，寫不出讓自己滿意的東西，他的心情肯定很不好。

她嘗試著幫他想新的推理故事，盡可能的幫助他，因為他們現在是一家人了，她們是共同體。

她寫出了第二部推理小說，並且在顫慄的狸貓生日前一天，悄悄地，將硬碟放在他的桌子上。

顫慄的狸貓果然很開心，對她比以前更好了，他社群上的粉絲漸漸變得越來越多，韓茵喜歡逛社群，顫慄的狸貓的社群裡全都是他和她的日常，那些點點滴滴，都被他在網路上記錄了下來，他的粉絲都知道他有太太，他們感情很好，很相愛。

這些假像，讓她忽略了很多東西。

比如他越來越懶，一開始的時候韓茵會寫了大綱給他，後來他連內容都不想寫了，全由她代筆。

比如他的脾氣好像有點古怪，上一秒會突然因為很小的事情發很大的火，下一秒又會哄她，跟她道歉，說是自己不好，說他真的很愛她，不能沒有她。

後來，他所有的東西，乾脆都由韓茵來弄了。

她用他的帳號和筆名寫文，一本又一本的推理小說從她的筆下誕生，她的文筆和故事越來越成熟，線索和伏筆安排精妙無比，韓茵有的時候甚至會有點恍惚得分不清自己是誰，她覺得自己就是顫慄的狸貓本人，她就是這個筆名的所有者。

顫慄的狸貓粉絲越來越多，名氣越來越大，她卻開始覺得這樣不對勁。

和讀者越互動，越熟悉，越相處，就越感受到了某種負罪感，這是種欺騙，這種事情是不對的。

韓茵說她不想再寫小說了，她希望顫慄的狸貓能自己寫。

她不想再披著他的皮，看著網路上那些讀者對他的喜愛和讚美，然後再若無其事的欺騙她們了。

他沉默了很久，然後答應了。

那是他們結婚的第三年。

她幫他寫了三年的書。

也是那段時間，韓茜家裡出事了，她父親的公司破產了。

她父母老來得子，四十多歲才有了她，現在父母都已經近七十歲，一夜之間一無所有，她父親一病不起，賣掉房產填了欠的錢和漏洞，到後來，她父母連治病的錢都拿不出來。

她跟顫慄的狸貓說，要拿錢給父親治病。

他說他沒有錢。

韓茜半信半疑，她從來沒缺過錢，對金錢向來不太敏感，但是顫慄的狸貓紅了三年，她幾乎沒休息過，幫他寫了三年書，發行量多少，賺了多少錢，雖然她從來沒有注意過，但是不應該是沒有的。

就這樣一直拖了幾個月，她父親去世了。

她家房產賣了個乾淨，韓茜把母親接回家，和她一起住。

顫慄的狸貓不開心，幾次提出想把岳母送到敬老院去。

韓茜氣瘋了，她的悲傷，她的怒氣，她近幾個月以來積累下來的負面情緒爆發，第一次和他吵架，第一次產生了離婚的念頭。

顫慄的狸貓只好作罷，哄著她，讓她繼續幫他寫書，因為他們現在需要錢，他們已經沒有娘家可以依靠了。

可是她寫不出來。

她整個人精神狀態都不太好了，腦子裡一片空白，想不到任何東西，整天坐在電腦前，一個字都寫不出來。

整整一年，顫慄的狸貓在發現她寫不出東西以後，開始一點一點的發生變化。

他的溫柔，他的耐心全都沒了，他變得暴躁易怒，稍微有一點不順心就對她破口大罵，拽著她的頭髮隨手拿起什麼都往她身上砸。

他的工作不需要出門，他就每天看著她，不讓她出門，看著她的手機和所有通訊工具。

他的社群發文依然不斷，每天都會發一些他們的日常，讀者都以為他們依然很恩愛。

韓菑用半年的時間意識到曾經的自己有多麼愚蠢，意識到了她到底愛上了什麼樣的畜生。

他根本沒愛過他。

從一開始，就是因為她的身上有利可圖，現在，他發現她沒有利用價值了，於是毫不猶豫地暴露了本性。

韓菑看過無數推理殺人案件，寫出更多，有無數個瞬間，她甚至想過將它們用在顫慄的狸貓身上。

但是她還有母親。

她平靜下來，主動提出把母親送去養老院，然後，用剩下半年的時間，寫出了新書《退潮》，悄悄地收集了一些證據。

她的順從和才能讓顫慄的狸貓放鬆了警惕，對她好了不少。

顫慄的狸貓這個筆名無聲無息了整整一年，韓茵知道，他絕不可能甘心平靜。

果然，他找了一個不那麼紅，粉絲的戰鬥力沒有很強的，卻也有著可觀熱度的漫畫作者，利用她幫自己的新書製造熱度。

手段依然是那麼低劣。

韓茵沒有阻止，冷眼看著他做了一連串的事情，甚至在他讓她用一晚的時間改掉關鍵劇情和大綱的時候，她也很順從的改了。

她就是要等到他覺得自己勝券在握，沾沾自喜著爬上樓頂的時候。

再由她，親手把他推下來。

韓茵的發文很長很長，時吟看到最後，眼睛都哭腫了。

她本來以為，這個顫慄的狸貓對她做的事情已經夠噁心了。

沒有想到，他完全脫離了「噁心」這個詞的範疇，他是個不折不扣的人渣。

所以門鈴響起的時候，時吟一手拿著手機，一手抱著一包衛生紙，一邊擦著鼻涕一邊過去，抽抽搭搭地開了門以後，顧從禮站在原地，看了她好幾秒。

時吟眼睛腫得像金魚，塞進魚缸裡就能吐泡泡了。

顧從禮回手關門：「妳在學吐泡泡？」

時吟哭得嗓子都啞了，聲音悶悶的，沒心情和他拌嘴：「你看到社群上那個嗎，韓茵小姐姐的事。」

「嗯，」顧從禮手裡提著一袋東西，走進廚房，放到流理檯上，一樣一樣拿出來。餐桌上擺得滿滿的，很多新的零食，還有最新日期的牛奶。

顧從禮頓住。

時吟還在那邊哭，一邊哭一邊跟他罵顫慄的狸貓：「太噁心了，為什麼這個世界上會有這樣的人渣，小姐姐真的太可憐了，他還打她！他的小說，所有的小說，全都是那個小姐姐幫他寫的！我大學的時候還算是他的書粉，還覺得他很厲害寫得好好看……」

她說到一半，又想起來，忽然抬起頭，淚眼朦朧看著他：「你早就知道了？」

顧從禮拿出袋子裡的豆腐：「嗯。」

時吟瞪大了眼睛：「你怎麼知道的？你不讓我發文，就是因為你知道會出這種事情？」

「他來找妳合作的時候我就去查了，妳沒名氣，真的想做漫畫，他不會找妳這個級別的。」顧從禮把食物一樣一樣拿出來擺好，開始洗水果，晚秋，他穿了薄薄的毛衣，肩頸的輪廓薄削，垂下頭的時候露出一截白白的後頸。

但是這並不能影響到，時吟很不爽。

她蹦跳到廚房桌邊坐下，瞪著他的背影：「我哪個級別了？」

「只有一部作品，知名度不高，姑且還算新人的級別。」

顧從禮關掉水龍頭，嘩啦啦的水聲消失，他端著果盤轉過身來，裡面一顆顆碩大飽滿，通紅的櫻桃。

她撇撇嘴，捏了顆塞進嘴巴裡，酸酸甜甜的口感，果實飽滿，一咬，汁水滿溢口腔。

美食沖淡了悲傷的情緒，時吟解了手機鎖，點開社群，看下面的留言。

顫慄的狸貓的帳號已經爆了，韓萏不僅一篇長文，也有不少音訊的實錘，雖然她發文下面也有一些顫慄的狸貓的死忠粉不相信，罵她罵得很難聽，但是大多數人，還是非常理性的用唾沫淹死了顫慄的狸貓。

甚至韓萏的發文裡面，還有時一老師出鏡，她單獨發了一篇文向她道歉，下面是一段錄音。

『關於之前那個劇情的事，是顫慄的狸貓要我通宵把劇情改掉了，漫畫合作這個事情也是他計畫好的，給時一老師造成了很大的麻煩和不便，真的很抱歉。』

下面的留言紛紛恍然，格式變成了統一的「時一對不起」，零星能看到那種——『狸貓老師的書邏輯性那麼強，怎麼可能是女人寫得出來的？妳和時一就是商量好一起黑老師吧，這年頭自導自演還少嗎，呵呵。』

時吟看得嘆為觀止，嘖嘖稱奇。

這一錘子錘的那麼深，錘的那麼認真，卻依然還有粉絲說不可能。

還性別歧視。

女同志妳女人何苦為難女人啊。

時吟狀態轉好，眼淚止住了，咬著櫻桃滑手機，顧從禮坐在她對面，瞥她一眼：「心情好了？」

時吟點點頭，叼著櫻桃細細的梗，忽然想起什麼，揉了揉哭得紅紅的鼻子，又有些擔心地問：「主編，這種東西被發出來，顫慄的狸貓會怎麼樣啊？」

她有點擔心這個韓萏小姐姐。

顧從禮淡道：「她搬出去了，這貓找不到她。」

「那她接下來打算怎麼辦？這種應該可以打官司了？」

「嗯，好像是在準備起訴。」

時吟不說話了，眼神奇異地看著他。

顧從禮抬眼：「怎麼了？」

「沒什麼，」她搖搖頭，「就是感覺，你什麼都知道，我不告訴你的事情你也知道，我不知道的事情你也知道。」

「因為是和妳有關的。」他神情平淡，把腳邊垃圾桶踢到她旁邊，方便她吐果核，頓了下，突然問道，「妳想見她嗎？」

時吟一愣。

顧從禮單手撐著臉側，微揚著下巴，棕眸安安靜靜看著她，聲音聽起來有點懶：「妳想見她，我可以帶妳去。」

她眼睛亮了亮，朝他眨了眨眼：「我想幫幫她，」她咬了咬嘴唇，「雖然我也做不了什麼，但是我阿姨是律師，能幫一點是一點。」

「可以，」顧從禮指尖輕點了兩下桌沿，緩聲說，「不過我要收點報酬。」

第七章　冰原與月光

時吟想不到，她還能有什麼給他作為報酬。

畢竟他們現在已經是男女朋友關係了，他總不可能真的進展那麼快，剛談戀愛就要跟她提一些什麼太限制級的要求吧。

而且顧從禮這個人看起來像是個很典型的禁欲系，她自己，首先pass掉了這個有顏色的想法。

所以她痛快的答應了：「好啊，你想要什麼。」

顧從禮似乎沒想到她這麼乾脆，停了兩秒，才反應過來。

他靠進餐廳椅子裡，回憶一下某不知名陸姓男子手把手的教導，心平氣和：「想要妳成為我的女朋友。」

時吟：「……」

顧從禮：「……」

時吟：「……」

顧從禮：？

時吟面無表情地看著他，臉上一片空白。

她想起她自從那天以後，這幾天時而春心蕩漾時而後悔莫及的糾結，還有一大堆有的沒的的顧慮和亂七八糟的考量，她甚至還想著找個時間跟他說一下，兩個人談戀愛的事情是不是還是先保密比較好。

結果鬧了半天，全都是多此一舉。

大爺完全沒聽出來，她那天的話是默認的意思，可能還以為她是不動聲色的拒絕他所以故意岔開了話題。

時吟終於，在非起床氣影響時間內，再一次的氣得想打嗝。

上一次，她出現這種想要把他的腦袋按進水果盤裡揍一頓的想法的時候，是他隨意限制她交友，不讓她跟人吃飯，在西班牙餐廳裡那次。

而這次，她不知道到底是在氣他，還是氣自己。

時吟唰地站起身，椅子一推，朝著空氣擺了擺手：「小鄧子，送客。」

顧從禮一動不動：「不要這麼嚇人，妳馭的是鬼差？」

時吟沒好氣：「是啊，還珠格格漱芳齋裡那個小鄧子，死了二百多年了。」

顧從禮察覺到她情緒不對勁，微微歪了下頭，神情淡漠：「妳突然生什麼氣？」

她抬手，「啪」一巴掌拍在餐桌上，凶狠地瞪著他，聲音拔高：「你哪看出我生氣了？」

顧從禮：「……」

顧從禮覺得陸嘉珩教他的那些話都是什麼狗屁，一點效果都沒見著，怎麼反而感覺更糟糕了。

他以退為進：「行了，不收妳報酬了。」

「……」

時吟心情複雜。

等人走了，時吟想把這件事情和方舒分享一下。

打開聊天軟體，字打出去一半了，想了想，又覺得有點丟人，放下手機。

雖然這件事情其實歸根結底是個烏龍事件，但是她莫名有一種，自己很自作多情的感覺。

她很不開心。

更不開心的是顧從禮的反應。

時吟確定了，這男人是真的沒追過女孩子，想想也知道，他這種人，活了近三十年，大概都是女人追著他跑的。

她的默認就真的那麼不明顯嗎？

時吟氣到連自己一直糾結著顧從禮是不是因為他奶奶喜歡她才追她這件事都忘了。

韓萏家在陽城，離S市不算遠。

週六早上八點多，顧從禮到她家來接人。

來不及吃早飯，時吟咬了袋牛奶下樓，還帶了一點水果和麵包。

深秋早上天涼，一推開門，冷風往走廊裡灌，時吟拽著鼓起來的風衣小跑到車邊，打開車門鑽進去。

顧從禮瞥了她一眼，調高了車裡空調溫度，「早。」

時吟叼著牛奶袋子，聲音含糊：「早。」

她之前沒去過陽城，前一天晚上查了一下，S市過去走高速公路差不多兩個多小時。

時吟側頭：「主編，你去過陽城嗎？」

顧從禮頓了頓：「不太熟。」

時吟「哦」了一聲，點點頭表示明白，抽出手機，打開導航。

機械而冷漠的女聲在安靜的車裡不斷、不斷的迴盪，時吟喝了一袋牛奶又啃了半個麵包，吃飽喝足精神頭十足，也開始跟著導航念。

導航說一句，她重複一句。

『XX地圖持續為您導航，前方五十公尺紅綠燈右轉……』

時吟：「五十公尺紅綠燈右轉，右轉。」

『前方七十公尺，左轉進入福州路。』

時吟：「左轉進入福州路。」

『靠左沿山海路行駛四百公尺。』

時吟：「沿山海路行駛四百公尺。」

『繼續前行二點一公里進入第三大道。』

時吟：「第三大道、第三大道。」

顧從禮：「……」

紅燈亮起，顧從禮車子停在路口，終於忍不住側過頭，問她：「櫻桃好吃嗎？」

時吟腿上放著用保鮮袋裝好的洗好的櫻桃，左手舉著手機，右手捏著櫻桃，宛如一個戰鬥狀態的士兵，眼都不眨地看著上面的地圖路線，聞言扭頭，眨眨眼，「甜的呀，你上次買的，」她以為他餓了，迅速意會，「我還有兩瓶優酪乳，還有麵包和巧克力，你吃嗎？」

「妳吃吧，」顧從禮伸過手來，從她腿上的保鮮袋子裡隨便捏了顆塞進她嘴裡，時吟下意識含住。

冰涼的指尖輕輕觸碰到柔軟濕潤的唇瓣，兩個人皆是一頓。

顧從禮垂眼看著她，手指順著飽滿的果實滑下去，捏住細細的梗，一聲輕響，拽下來，丟進旁邊垃圾袋裡：「乖乖吃。」

綠燈亮起，他轉過頭。

女孩嘴巴裡還含著剛剛那顆櫻桃，杏眼睜得圓圓的，沒回過神。

過了好幾秒，她的視線才重新聚焦，腮幫子一動一動的，咬他剛剛送到她嘴裡的那顆櫻桃，吐核。

動作十分機械。

小鸚鵡終於安靜了。

只剩下手機導航裡冷冰冰的女聲，一遍一遍一遍的迴盪。

顧從禮手搭在方向盤上，食指指尖上沾到一點點淡淡的口紅，他垂眼，拇指指腹輕輕地，緩慢撚了下。

時吟發現，顧從禮對於去陽城的路好像很熟。

他沒按照手機導航上的提示走，很快出了市區上高速，過收費站。

時吟已經把語音導覽關了，她吃了一路，肚子裝得飽飽的，靠在副駕駛座裡垂著眼皮昏昏欲睡。

十一點，車子進了陽城市區內，顧從禮先去帶她吃了個午飯，時吟肚子不餓，沒吃多少，基本上是坐在對面看著他吃。

他好像對這地方的餐館什麼的很熟悉。時吟撐著下巴，問他。

顧從禮夾了根青菜，平靜說：「我母親是陽城人，小時候在這邊住過。」

時吟筷子懸在半空中：「……啊？」

「啊什麼。」

「因為，」時吟歪了下頭，「你剛剛不是說你不是很熟。」

顧從禮拿了瓷碗，盛了碗魚頭湯推給她，神情淡漠：「嗯，現在不怎麼來了。」

吃過午飯，兩人往韓萏租的房子走，車子開進一個老式社區樓下，門鎖壞的，直接進去是昏暗樓梯，一層兩戶，鐵門拉上裡面是一層木門。

站在韓萏家門口，時吟有點緊張。

她回過頭，看向身後的顧從禮：「你跟她說過了嗎？」

「嗯。」

「那我直接敲門了？」

顧從禮看了她一眼，抬手，輕輕拍了下她的頭：「別怕。」

時吟點點頭，舔了舔嘴唇，剛要敲門，裡面的木門被打開了。

她愣了愣。

門裡小心翼翼地伸出來一個腦袋，提著一袋垃圾，怯怯往外看了她們一眼。

原本應該是個很漂亮的女孩，白淨的小臉，但是看起來有些憔悴，唇色蒼白，沒什麼精神。

時吟儘量放輕了聲音開口：「您好，我是時一。」

木門被打開，兩人隔著鐵門對視，韓萏看看她，又看看她身後的顧從禮，輕輕地點了點頭，將外面的鐵門門鎖打開：「您好……」

她將垃圾袋放在門口的小紙箱裡，側身讓兩個人進去。

房子不大，看起來不到二十坪，一室半，沒有客廳，只有一個小小的方廳，靠牆邊擺了一張折疊餐桌。

再往裡面走是臥室，同樣簡陋，床旁邊一張桌子，對面一個折疊的小沙發。

時吟她們站在臥室門口，對面房間緊閉的門打開，一個老人警惕地看著他們。

韓萏從廚房端了兩杯水來：「這是我媽。」

時吟坐在小小的折疊沙發上，拘謹地問了好。

韓萏笑了笑，她眼睛不算大，一笑起來彎彎的，沒什麼殺傷力的下垂眼，看人的時候很溫柔。

很多事情，聽到當事人說起來帶來的震撼是不一樣的。

尤其是對方的語氣，平靜淡定的，彷彿在說的是別人的故事。

時吟從來不覺得自己的淚腺像今天一樣發達。

她鼻子酸得不行，眼睛都紅了，卻還是忍著沒哭。

顧從禮原本沒進來，靠著臥室門邊站在小方廳裡，看著她，微微皺了下眉。

韓萏笑笑，大姐姐似的拍了拍她的背：「都已經過去了，我都不難過了，妳也別哭了，妳眼淚一掉，我感覺顧先生要怪死我了。」

她手一抬，纖細白皙的手臂露出來，上面一道道淺淺的疤痕和印子，還有燙傷的菸圈。

時吟鼻子一酸，別開眼。

待到下午四點，時吟和顧從禮離開了韓萏家。

走之前，她把阿姨的名片給了韓萏，女人站在門口，低垂著頭，聲音很低：「謝謝，真的很謝謝你們，錢我會儘快還的。」

時吟正在穿風衣外套，聞言一頓。

顧從禮順手接過時吟遞過來的包：「不急。」

直到兩個人下樓，上了車，時吟轉過頭，奇異地看著他。

一眨不眨，目光熾熱，就這麼看了五分鐘，顧從禮終於轉過頭來：「幹什麼。」

「沒什麼，在觀察顧主編的善良細胞到底都藏在哪裡呢？」

顧從禮懶得理她。

時吟吸了吸鼻子：「你什麼時候借的錢啊？」

他打方向盤，上高架：「打官司需要錢。」

「這個我已經跟我阿姨那邊打過招呼了，我就是很單純的沒想到，原來你已經借過錢給她了。」

顧從禮淡道：「這官司她不打，還得我自己來。」

「你跟顫慄的狸貓什麼仇。」

他輕輕勾起唇角：「很大仇。」

他一笑，時吟頭皮發麻，遍體生寒，打了個哆嗦轉過頭去。

別人的笑容是治癒，他的笑是至鬱。

比起他的笑來，時吟覺得這個人還是一直冷著臉比較好。

時吟的大學室友林念念男朋友是陽城人，所以畢業以後她也跟著來了陽城，時吟來之前跟她說過，大家畢業以後就沒再見過面。

都是同年級同校，林念念的男朋友時吟自然也認識，關係也還不錯，於是約好了晚上一起聚聚。

顧從禮接下來好像還有事，把她送到餐廳，人就走了。

約五點半，時吟到的比較早，林念念還沒來，她找了個靠窗邊的位置坐，左手邊是巨大的落地窗，市中心商業街，窗外燈火通明，斜對面是個商場，巨大的ＬＥＤ看板照得外面亮如白晝。

她撐著下巴看完了對面兩支廣告，視線一垂，就看見那看板下面站著一對男女。

男的長得端正斯文，女的也漂亮大氣，兩個人站在斜對面街角，似乎正在爭執些什麼。

那男的動作幅度很大，看得出吵得很凶，女孩子氣急，哭著推他。

他倒是也沒還手任她推了兩下，但是似乎再也沒耐心理她，轉身就走。

女生追著他跑出去一段，邊跑邊喊。

男人沒回頭。

女孩站在原地，看著他走的方向，慢慢蹲在地上，頭深深埋進臂彎裡。

時吟覺得這頓飯，恐怕是吃不成了。

她正猶豫著要不要過去，一直蹲在地上的林念念站起來了，轉身走進商場裡。

十分鐘後，她走進餐廳，視線掃了一圈，找到坐在窗邊的時吟。

時吟朝她招了招手。

她笑著快步走過來，神色自然，看不出有什麼不對。

她應該是去剛補了妝，除了眼睛還稍微有點紅，看不出有什麼異樣。

還好剛剛沒跑出去找她，時吟慶幸的想。

林念念在她對面坐下，時吟什麼都沒問，把菜單推給她：「看看，想吃什麼？今天我請妳。」

她接過菜單，瞪了她一眼：「妳是什麼意思啊，來陽城還要妳請，我不要面子的啊？」她狀似不經意，「老秦工作忙，今天加班，就沒來，等下次吧。」

時吟垂眼，笑了笑：「好啊，工程師是比較忙。」

兩個人點了一桌子菜，主要都是林念念點的，葷的素的一大堆，擺了滿桌以後她又要了啤酒。

畢業到現在一年多沒見，兩個人好像有說不完的話題要聊，時吟大學畢業的時候，她們班的老師說，你們大學時代交的朋友，是你們最後的，可以不因為任何外界因素選擇朋友的階段。

隨著你們進入社會，進入職場，你們的朋友會越來越多，單純的可以交心的，可以暢所欲言的，可以不被利益因素影響到的朋友卻越來越少。

兩瓶啤酒下肚，兩個人正聊到大一時，秦江追林念念的時候。

時吟本來是避開這話題的，還是林念念自己提起來的。

說到一半，她突然不說話了，手指捏著冰涼的玻璃杯壁，輕輕吸了吸鼻子：「吟吟，其實秦江今天沒加班，我們本來都來了，然後吵架了。」

時吟沒說話。

「我當時跟他來陽城的時候，我父母都不太同意，覺得我走太遠了，我當時也沒聽他們的，就覺得他們從小到大什麼都要管我，到我畢業，還要左右我的人生，不讓我跟喜歡的人在一起，我覺得他們特別自私，」林念念將酒杯倒滿，自嘲似的笑了，「我就是覺得，我跟秦江在一起四年了，從來沒吵過架，我們做什麼都合拍，我們可以相愛一輩子，可是工作以後很多事情跟還在讀書的時候，真的一點都不一樣。」

時吟不知道該說什麼。

整個寢室裡，大學四年只有她沒談過戀愛，她一點經驗都沒有。

「吵架而已，情侶哪有不吵架的啊。」她抬手去握她的手。

林念念冷笑著抬起頭來：「妳知道我們為什麼吵架嗎？我們準備明年訂婚買房，秦江跟我說好我們一起還房貸，結果私下偷偷跟他媽說，絕對不會把我的名字寫在房產證上的，他沒那麼傻，他媽還跟他說如果三年我生不出兒子，就讓他跟我離婚。」

「……」

時吟覺得有一股火，唰地衝上去了。

她咕咚咕咚灌掉杯裡剩下的酒，儘量心平氣和地說：「念念，妳真的那麼喜歡秦江嗎？」

林念念紅著眼抬起頭，有點茫然：「我們在一起五年了，我現在覺得自己的生活裡已經哪裡都有他了。」

時吟突然覺得好難過。

韓萏也是一樣，林念念也是一樣。

時吟又抽了瓶新的啤酒，用筷子後面起開，舉到林念念面前，冰涼的玻璃瓶體貼上她的臉。

林念念被冰得直往後縮，眼神清明了一些。

時吟又抽了瓶酒，貼在她另一邊臉頰上：「妳不是暴躁老哥林念念嗎？怎麼現在變得這麼萎？這種傻子就讓他去死好了，妳還怕找不到男人？」

林念念的臉被擠在一起，嘟著嘴巴，突然一拍桌，砰的一聲。

時吟嚇了一跳。

林念念一躍而起，紅著眼，中氣十足喊了一嗓子：「對！讓這蠢蛋去死好了！我他媽男人多得是！讓他滾！」

鄰桌紛紛側目。

時吟放下手裡的酒瓶，啪啪啪給她鼓掌：「說得好！讓他滾！」

七點半的時候，顧從禮打了個電話給時吟，說他大約半個多小時後到。

時吟很痛快的答應了，說自己這邊也馬上吃完了。

八點半，顧從禮踏進這家飯店，找到時吟她們那桌的時候，發現事情發展得有點歪了。

兩個女人坐在最裡面的沙發裡，一個已經倒了，人趴在桌子上，另一個臉蛋通紅，桌上瓶子白的啤的紅的黃的什麼色都有，她正撐著腦袋，把最後一點啤酒往紅酒裡頭兌。

兌完，晃了晃杯子，就要往嘴裡送。

顧從禮抓住她的手腕，皺了皺眉：「時吟。」

時吟抬起頭。

時吟的酒量其實挺好。

同學聚會的時候，顧從禮已經見識過了，白酒咕咚咕咚乾完，還能面不改色的裝醉逗人玩。

時吟自己也知道自己大概的線在哪裡，差不多到了那個量，她就不會再喝了，所以很少有醉的時候。

高三畢業的那天，她第一次碰酒。

實驗班的一群同學聚在藝體樓樓頂，懷念往昔暢想未來，和自己的過去道別。

那是她第一次喝醉，也是唯一一次醉到斷片。

她還恍惚記得自己好像做了個夢，夢裡她拽著顧從禮，和他告別。

後來他在她夢裡走掉了，她蹲在角落裡偷偷哭著跟他道歉。

從那以後，時吟喝醉的次數一隻手數得過來，大學聯誼，三四個男生喝不過她一個。

所以，今天她覺得自己也挺清醒的。

她笑笑，放下杯子，反手拽過顧從禮手腕，屁股往裡面蹭了蹭，給他讓位置：「顧老師，坐。」

顧從禮一頓，在她旁邊坐下，然後一瓶一瓶，把她手邊所有還有液體的瓶子全都拿走了。

時吟不滿地瞪他，去拽他的手指：「你幹什麼拿我的酒，想喝你不會自己買嗎？」

顧從禮被她拽著手，平靜道：「妳喝太多了。」

時吟不高興了，覺得他在侮辱人。

她轉過身來，一手勾著他脖頸，把他拉過來，另一隻手抵在他腹部，揚著眼，由下往上看著他。

「我沒醉，我酒量很好的。」她很不開心地說。

顧從禮垂下眼。

她黑漆漆的眼珠濕漉漉，明亮又清澈，看起來確實不像是醉了的樣子。

女孩和他對視了一陣子，忽然咯咯地笑了，勾著他的脖子，柔軟的身體貼上去。

濕潤的唇瓣幾乎貼上他的下巴，她吹了口氣，聲音低柔微啞，帶著濃濃的酒氣：「顧老師，你是王八嗎？」

顧從禮：「……」

——《睡夠了嗎？》未完待續——

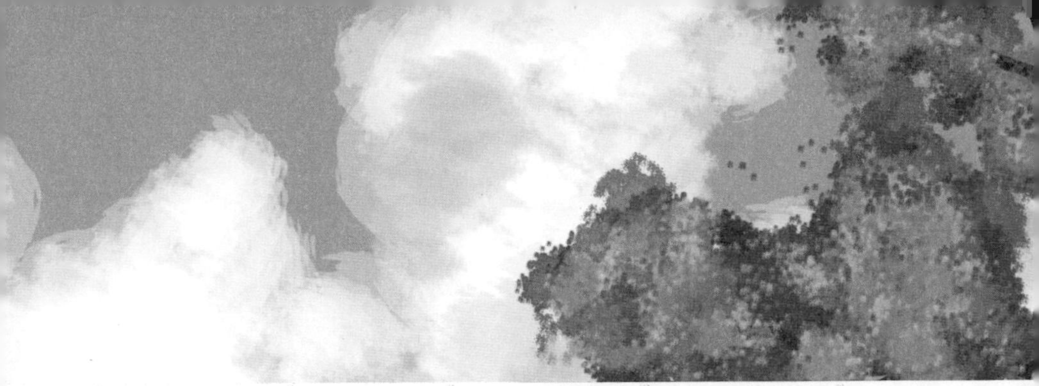

高寶書版集團
gobooks.com.tw

YH 151
睡夠了嗎？【上】

作　　者　棲見
責任編輯　吳培禎
封面設計　單　宇
內頁排版　賴姵均
企　　劃　何嘉雯

發 行 人　朱凱蕾
出　　版　英屬維京群島商高寶國際有限公司台灣分公司
　　　　　Global Group Holdings, Ltd.
地　　址　台北市內湖區洲子街88號3樓
網　　址　gobooks.com.tw
電　　話　(02) 27992788
電　　郵　readers@gobooks.com.tw（讀者服務部）
傳　　真　出版部(02) 27990909　行銷部 (02) 27993088
郵政劃撥　19394552
戶　　名　英屬維京群島商高寶國際有限公司台灣分公司
發　　行　英屬維京群島商高寶國際有限公司台灣分公司
初　　版　2024年3月

本著作物《睡夠了嗎？》，作者：棲見，由北京晉江原創網絡科技有限公司授權出版。

國家圖書館出版品預行編目(CIP)資料

睡夠了嗎？/棲見著. -- 初版. -- 臺北市：英屬維京群島商高寶國際有限公司臺灣分公司, 2024.03
冊；　公分. --

ISBN 978-986-506-938-4(上冊：平裝). --
ISBN 978-986-506-939-1(下冊：平裝). --
ISBN 978-986-506-940-7(全套：平裝)

857.7　　113002447